U0797180

MIAOWU YU JITUO

# “妙悟”与“寄托”

## 现代诗学视野下中国诗性生命的审美追寻

景旭锋 著

GUANGXI NORMAL UNIVERSITY PRESS
广西师范大学出版社
·桂林·

"妙悟"与"寄托"
MIAOWU YU JITUO

**图书在版编目（CIP）数据**
"妙悟"与"寄托"：现代诗学视野下中国诗性生命的审美追寻 / 景旭锋著. -- 桂林：广西师范大学出版社，2024. 10. -- ISBN 978-7-5598-7428-3
Ⅰ. I207.2
中国国家版本馆 CIP 数据核字第 20246QM172 号

广西师范大学出版社出版发行
（广西桂林市五里店路 9 号　邮政编码：541004
网址：http://www.bbtpress.com）
出版人：黄轩庄
全国新华书店经销
广西广大印务有限责任公司印刷
（桂林市临桂区秧塘工业园西城大道北侧广西师范大学出版社集团有限公司创意产业园内　邮政编码：541199）
开本：880 mm × 1 240 mm　1/32
印张：8.75　　　字数：200 千
2024 年 10 月第 1 版　　2024 年 10 月第 1 次印刷
定价：50. 00 元

如发现印装质量问题，影响阅读，请与出版社发行部门联系调换。

# 目 录

# 第一章　中国诗学的现代转型

中国诗学是新文化运动和整理国故后，现代学人依据西方诗学体系建构起来的。新文化运动对以儒家思想为主导的传统诗学进行了空前深刻的质疑、检讨和反思，对以儒家思想为代表的传统思想根基进行价值重估的同时以一种革故鼎新的大无畏精神转向西方诗学及其思想。在“西学东渐”的过程中，西方思想以一种全新的面貌大规模涌入，成为中国诗学现代转型的推动力量与参照。

诗学范畴构成诗学形态的基点，传统诗学能否向现代形态转化，在很大程度上取决于这些范畴能否获得现代意义，实现自身生命的更新。在中国诗学的众多范畴中，作为中国诗学诗性生命审美追寻的“妙悟”与“寄托”属于晚出的概念，前者产生于南宋，后者形成于清代晚期。

“大抵禅道惟在妙悟，诗道亦在妙悟。且孟襄阳学力下韩退之远甚，而其诗独出退之之上者，一味妙悟而已。惟悟乃为当行，乃为本色。然悟有浅深，有分限，有透彻之悟，有但得一知半解之悟。”[1] 在中国诗学传统中，“妙悟”既不是先天赋予的，也不是一种神秘体验过程，它是由人的整体生命发出的，既是一种能力，又是一种修养。“妙悟”作为中国诗学诗性生命的活动方式，是相对后起的范畴。“妙悟”把审美与悟道紧密结合在一起，在这里，“道”乃是生命的本真境界。

中国传统诗学的基本关注点是诗性生命的建构，是人的诗性生命体验由萌发、成形、升华并最终通过诗歌作品得到适当的表达。所以，当蕴含着这一观念雏形的“诗言志”命题提出之时，诗学的中心话题便已初步展开。被尊奉为中国传统诗学开山纲领的“诗言志”，其影响遍及中国文学各种体裁。本为男女爱情游戏笔墨、吟唱于花间酒边的词体也受其泽惠。常州词派开创人张惠言提出的“寄托”说词方式，便是“诗言志”观念在词体中的落实。“寄托”说，作为常州词学的范畴虽然是晚出的概念，却是对整个中国传统诗学“诗言志”“比兴”以及“兴寄”观念的总结，也是对词体美感特质的体认。

---

1. 严羽．沧浪诗话校释［M］. 郭绍虞，校释．北京：人民文学出版社，1961：12.

# 第一节　诗学及中国诗学

## 一、诗学概念简析

一般而言，“诗学”是一个舶来词。“诗学”一词最早可以追溯到亚里士多德的《诗学》，这是流传至今的第一部以“诗学”命名的著作，在整个西方文艺思想界具有“法典”的权威。《诗学》是西方第一部从理论内容到理论形态都比较完整的文学研究与美学理论著作，深刻地体现了亚里士多德的方法论。全书现存二十六章，共分为五个部分，讨论了文学艺术的本质、文学艺术与现实的关系、文学艺术的社会作用以及悲剧和史诗等问题。《诗学》开篇即讲：“关于诗艺本身和诗的类型，每种类型的潜力，应如何组织情节才能写出优秀的诗作，诗的组成部分的数量和性质，这些，以及属于同一范畴的其他问题，都是我们要在此探讨的。”[1]但事实上，亚里士多德又不是只讲诗歌、戏剧写作的技巧，而是涉及更深广的方面，寻求一种普遍性的知识。因此，古希腊诗学从一开始就体现出强烈

---

1. 亚里士多德．诗学 [M]. 陈中梅，译注．北京：商务印书馆，1996：27.

的理论性。《诗学》讨论了各种各样的诗，甚至超出诗的范围，涉及悲剧、喜剧以及即兴的故事演唱等体裁。在《诗学》中，亚里士多德并非就作品谈作品，也并非谈论单独的作品，而是提出和分析了许多理论问题，对亚里士多德而言，艺术的主旨是经验事实背后的“原因”。因而，《诗学》是诗歌之本质与功能的理论性论述，是亚里士多德广泛的哲学研究的组成部分。

《诗学》以其严谨的逻辑推理、自然科学与社会科学相结合的方法论成为“第一篇最重要的美学论文，也是迄至前世纪末叶一切美学概念的根据”，亚里士多德“是第一个以独立体系阐明美学概念的人，他的概念竟雄霸了二千余年”。[1]

不过，也有学者指出，亚里士多德其实并不是西方诗学第一人，“诗学”也不一定由他命名。他的这本书的书名原来叫作“亚里士多德的诗学”[2]，以此区别于其他人的诗学著作，在他之前、之后，古希腊有不少学者对诗学都有所论述。从发生论的角度来讲，在明确的、系统的诗学产生之前，必然存在一段潜在诗学的漫长历史。人们关于“诗”的意识、观念必然在漫长的时间里逐渐积累并清晰起来。人们的日常生活中出现了“诗”以及对“诗”的看法，也就有了最早的、广义的“诗学”。在弗莱看来，“一种批评的理论，其原则适用于整个文

---

1. 车尔尼雪夫斯基 . 美学论文选 [M]. 谬灵珠，译 . 北京：人民文学出版社，1957：124，129.
2. 亚里士多德 . 诗学 [M]. 陈中梅，译注 . 北京：商务印书馆，1996：28.

学，并在批评过程中足以有效地说明其各种类型的”[1]，就是亚里士多德所指的“诗学”。

“诗学”一词源于古希腊文，其原意为“制作的技艺”。在古希腊人看来，诗人作诗，与鞋匠做鞋一样，靠自己的技艺制作产品，“诗学”就是“作诗的技艺”。后来，随着“诗学”内涵的不断演变，“诗学”一词慢慢指代一般的文学理论。在18世纪“文学”概念出现之前，“诗学”作为语言艺术一直与各种戏剧题材、英雄史诗及抒情诗混为一谈，如古罗马作家贺拉斯论述文学艺术的著作《诗艺》，法国古典主义理论家布瓦洛的经典文艺理论著作《诗的艺术》。

西方文艺发展史上三次著名的“为诗辩护”，就不单单是为诗歌辩护，而是为整个广义的文学辩护。“传统的希腊哲学认为，诗和哲学有着不同的工作范畴和对象。诗描绘一个变化中的、五光十色的、哲学的思辨终将予以扬弃的世界，而哲学揭示的则是一个静止的、永恒不变的、传统诗人笔下的境界无法与之媲美的世界。诗和哲学有着不同的企望和归向。”[2]古希腊人认为哲学研究的是本体世界，而诗专注于现象世界。在柏拉图看来，哲学家和诗人好像是水火不容的，因为诗背弃了我们

1. 弗莱．批评的剖析［M］. 陈慧，译．北京：北京大学出版社，2021：17.
2. 亚里士多德．诗学［M］. 陈中梅，译注．北京：商务印书馆，1996：258.

相信是真理的东西，诗人“完全没有把握真相”。[1]由于诗不能揭示真理，故柏拉图将哲学与诗对立起来。面对柏拉图指责诗不表达真理、诗人逢迎人性中卑劣的部分从而决定将诗人赶出理想国的观点，亚里士多德坚决不认同，且挺身而起，为诗一辩。“诗是一种比历史更富哲学性、更严肃的艺术，因为诗倾向于表现带普遍性的事，而历史却倾向于记载具体事件。所谓‘带普遍性的事’，指根据可然或必然的原则某一类人可能会说的话或会做的事——诗要表现的就是这种普遍性。”[2]很显然，亚里士多德笔下的“诗”，就是广义的“文学”。

第二次“为诗辩护”——在神学面前的辩护，发生在文艺复兴之后。文艺复兴在精神文化方面的表现，主要是恢复古希腊时期开始的自然科学。当时，教会的力量还很大，神学仍然压制着文学艺术，针对教会对文艺的摧残，但丁最早起来为诗辩护。但丁提出文学的“寓言”说，从“宗教的观点为诗辩护”。其后，薄伽丘、彼得拉克等人在重复但丁“寓言”说的同时提出文学的虚构不是说谎，“要把实在的真理埋藏在虚构这幅障面纱后面”，“诗和神学可以说是一回事”，“神学实在就是诗，关于上帝的诗”。[3]但丁等人在宗教神权面前，只能如

---

1. 柏拉图．柏拉图全集：第 2 卷 [M]. 王晓朝，译注．北京：人民出版社，2003：621.
2. 亚里士多德．诗学 [M]. 陈中梅，译注．北京：商务印书馆，1996：81.
3. 朱光潜．西方美学史 [M]. 北京：人民文学出版社，1963：152.

此辩护。二百多年后英国文学家菲利普·锡德尼针对清教徒牧师高森对诗和诗人欺骗公众、败坏道德的污蔑和抨击，写下《为诗辩护》一文。他认为诗人是学术之父，诗歌是其他一切学术文化活动的起因；诗歌融合了哲学的观念和历史的事例并与艺术相结合，完成教育的目的；诗歌是一种能言的图画，能更有效地达到怡情悦性的目的；诗歌创造了自己独特的陈述，使启示和真理更普及和更容易接近。锡德尼在亚里士多德“摹仿”说的文论传统中引入柏拉图诗歌“迷狂”说的因素，对引导诗歌创作的真诚、自然、内容充实都是非常有利的。这些看法至今仍有启示意义。

第三次“为诗辩护”——在科学面前的辩护。随着英国工业革命的完成，整个西方出现了科学革命的高潮，人们普遍采用科学主义和实验科学的标准看待世界。在科学主义看来，文学不过是一种谎言、梦呓，无法通过科学来加以验证。“科学已经扩大了人们统辖外在世界的王国的范围，但是，由于缺少诗的才能，这些科学的研究反而按比例地限制了内在世界的领域；而且人既已使用自然力做奴隶，但是人自身反而依然是一个奴隶。”[1]诗人对自身所处的困境并非无能为力，拯救之道仍然在于诗人自己。雪莱将诗人视作先知和预言者，并且赋予了诗人全新的时代内容。诗人的预言能力不是指诗人能预言具体的

1. 刘若瑞．十九世纪英国诗人论诗［M］. 北京：人民文学出版社，1984：152.

未来之事，而是“他不仅明察客观的现在，发现现在的事物所应当依从的规律，他还能从现在看到未来，他的思想就是结成最近时代的花和果的萌芽”[1]。此外，黑格尔的美学观念影响甚大，值得重视。在《美学》中，黑格尔依据“美是理念的感性显现”这一思想原则，将“诗”分为史诗、抒情诗和剧诗。“诗比任何其他艺术的创作方式都要更涉及艺术的普遍原则”，这就将一种具有普遍意义的“文学理论”与“诗学”联系在一起，进一步促进源自亚里士多德的“诗学”观念成为西方文学世界的主流判断。古希腊的文化遗产在20世纪再次得到继承。

20世纪初，俄国形式主义批评家继承了自亚里士多德以来的诗学传统。鲍里斯·托马舍夫斯基为“诗学”做出如下定义：“诗学的任务（换言之即语文学或文学理论的任务）是研究文学作品的结构方式。有艺术价值的文学是诗学的研究对象。研究的方法就是对现象进行描述、分类和解释。……研究非艺术作品的结构的学科称之为修辞学；研究艺术作品结构的学科称之为诗学。”[2]维克托·日尔蒙斯基认为“诗学是把诗当作艺术来进行研究的学科”。他认为诗学的任务不仅在于对诗歌手法进行描述并将之系统化，更要在一组具有最本质类型学特征的诗歌作品中指出这些手法的最重要的风格功能，“不仅要对诗

1. 刘若瑞．十九世纪英国诗人论诗［M］．北京：人民文学出版社，1984：122.

2. 托马舍夫斯基．诗学的定义［C］// 什克洛夫斯基，等．俄国形式主义文论选．方珊，等译注．北京：生活·读书·新知三联书店，1989：76，79.

歌程序进行描述和使之系统化（‘形态学’），而且要指出这些程序在诗歌作品各本质的类别代表中最主要的风格功能”。维克托·日尔蒙斯基将诗学分为理论诗学和历史诗学。“普通诗学或称理论诗学的任务，是对诗歌的程序进行系统的研究，对它们进行比较性的描写和分类；理论诗学应当依赖具体的史料，建立科学的概念体系，这个体系是诗歌艺术史家在解决他们面临的具体问题时所必需的”“历史诗学主要就是研究这种个人或历史风格的更替；这些风格在零散的文学史研究中组成统一的要素”。[1]美国文学理论家韦勒克、沃伦同样回应了古希腊的“诗学”遗产。在《文学理论》中，他们指出：“亚里士多德和贺拉斯的古典的类型理论是我们的范本。根据他们的理论，我们知道悲剧和史诗是各有特征的两个主要的文学种类。但是，亚里士多德至少还知道有另外更多的基本区分，即戏剧、史诗和抒情诗。大部分现代文学理论倾向于废弃‘诗与散文两大类’这种区分方法，而把想象性文学区分为小说（包括长篇小说、短篇小说和史诗）、戏剧（不管是用散文还是用韵文写的）和诗（主要指那些相当于古代的‘抒情诗’的作品）三类。”[2]韦勒克的文学观念是典型的现代文学观念，在外延上与黑格尔的

---

1. 日尔蒙斯基．诗学的任务［C］// 什克洛夫斯基，等．俄国形式主义文论选．方珊，等译注．北京：生活·读书·新知三联书店，1989：209，225，238.
2. 韦勒克，沃伦．文学理论［M］．刘象愚，等译注．北京：生活·读书·新知三联书店，1984：258.

关于诗的论述大体一致，与亚里士多德的诗学观念在外延上也差不多。

可见，在西方现代话语体系中，“诗学”的另外一个含义是文学理论。源自亚里士多德的“诗学”概念在两千余年的历史演进中逐渐变为现代的“文学理论”，它的理性精神、外延分类以及研究艺术性的语言等在历史的长河中基本没有什么变化。在古印度梵语文学领域，“诗”往往代表着“文学”。金克木曾指出：“印度古典文学中所谓诗，常是广义的，指文学，但比现在我们所了解的文学的意义为狭。它指的是古典文学作家的作品，以我们现在称为史诗的《罗摩衍那》为最初的典范。”[1]尹锡南在《梵语诗学与西方诗学比较研究》中也曾指出：“在印度古代，诗是文学的通称，诗就等于文学，这和古希腊的情况基本相似。”[2]

“‘诗学’并非仅仅指有关狭义的‘诗’的学问，而是广义的包括诗、小说、散文等各种文学的学问或理论的通称。诗学实际上就是文学理论，或简称文论。”[3]黄药眠等人论述了以“诗学”指称“文艺学”的原因和依据，在他们看来，现代学者使用“诗学”概念表明了一种“返回到原初状态”的根本性的意图。返回诗学就是返回原初状态，返回本体。但是，严格

---

1. 金克木 . 梵语文学史 [M]. 南昌：江西教育出版社，1999：404.
2. 尹锡南 . 梵语诗学与西方诗学比较研究 [M]. 成都：巴蜀书社，2010：63.
3. 黄药眠，童庆炳 . 中西比较诗学体系：上 [M]. 北京：人民文学出版社，1991：2.

地说，西方的“诗学”与“文学理论”还是有差异的。“诗学”是一个古代概念，是一个属概念；“文学理论”是一个现代概念，是一个种概念。由于西方文学艺术长久以来的“诗学传统”以及对亚里士多德的尊重，把“文学理论”纳入“诗学”范畴似乎是顺理成章的。由此可见，源于古希腊亚里士多德的“诗学”传统是西方特有的话语，拥有特定的指涉内容和对象空间。从这个意义上讲，中国古代是没有系统的诗学的。

## 二、中国诗学概念演变

“中国向来只有诗话而无诗学，刘彦和的《文心雕龙》条理虽缜密，所谈的不限于诗。诗话大半是偶感随笔，信手拈来，片言中肯，简练亲切，是其所长；但是它的短处在零乱琐碎，不成系统，有时偏重主观，有时过信传统，缺乏科学的精神和方法。”[1]朱光潜先生认为中国没有西方式的诗学，中国的诗文评传统只能算作诗话或诗论。中国的文化传统不鼓励精细的说理与严密的论证，追求的是点到即止、得意忘言。中国诗学最高的追求是“可意会而不可言传”，是“不着一字，尽得风流”，在表现形式上往往呈现为有鉴赏而无认识、有妙悟而无分析、有评点而无研究、有情感而无逻辑、有文学而无文法。

---

1. 朱光潜．朱光潜美学文集：第 2 卷 [M]. 上海：上海文艺出版社，1982：3.

中国虽然没有西方式的诗学，但中国古代却早有“诗学”之说。在古代，“诗学”最初指《诗经》之学，属于经学的一个分支。“经学之‘诗学’，就整体来讲，以《诗经》为研究对象的诗学，是经学的一个分支，与易学、礼学、尚书学、春秋学等并列。这门学问建立于汉代，其渊源则应该追溯到先秦孔门诗学，开始主要还是属于文学研究范畴的学问，经过汉以来历代《诗经》学者的发展，成了一门以《诗经》为研究对象的综合性的专书之学，其中当然也包括了诗歌理论和诗歌批评的内容，属于今天所讲的诗学的范畴”“在中国古代，不仅从无用诗来概括整个文学的传统；相反的诗还常常被别的文体和文艺的概念所整合，最早诗被包括在‘乐’里面，后来又常被包括在‘文’里面”。[1]

中国是个诗的国度，不仅有着悠久的诗歌传统，也有着同样悠久的诗歌研究传统，诗学一直是古典文学中数量最庞大、内容最丰富的部门。孔子教育学生，《诗经》是最重要的教学内容之一。“不学诗，无以言”是夫子对弟子的最重要的诗学启蒙。因此，中国古代诗学，是从学“诗”开始的。魏晋之前，“诗”特指《诗经》，“诗”有时候也被称作“诗三百”或“三百篇”，如：“诗三百，一言以蔽之，曰，思无邪。”“诵诗三百，授之以政，不达；使于四方，不能专对；虽多，亦奚

1. 钱志熙 .“诗学”一词的传统涵义、成因及其在历史上的使用情况 [J]. 中国诗歌研究，2002 (00) ：262–280，328–329.

以为？”“从‘学诗’到‘诗学’，经过了长久的积累；在中国，潜在的诗学比体系严密、观念明确的诗学，历史要漫长得多。”[1]

20世纪80年代，构建体系的冲动激荡着中国学人的神经。面对中国诗学，陈良运以志、情、形、境和神五个范畴描绘了中国古代表现性诗学的概况：“发端于言‘志’，重在表现内心；演进于‘情’与‘形’，注意了‘感性显现’，但虽有‘模仿’‘再现’而没有改变‘表现’的发展方向；‘境界’说出，‘神似’说加入，‘表现’向高层次、高水平发展。构成这一理论体系各个组成部分，按它们出现的次序，后一个与前一个都有着深刻的内在联系，是融合而不是排斥、否定前一个。”[2]

与西方诗学相比，中国诗学在形式上往往呈现为诗论、画论、书论、乐论、序、跋、书信等，体裁上大多为随笔体或语录体，因而给人一种“凌乱琐碎，不成系统”的印象。作为第一部诗话，《六一诗话》的条目编排顺序表面上看起来似乎很随意，事实上经常起到强化主题的作用，就在这二十八条“只言片语”中，西方汉学家宇文所安将原来的顺序做了调整之后发现“在欧阳修所感兴趣的问题中，最重要的是声名的脆弱，理解的失败，文学作品的散失以及作家被彻底遗忘”，因此，“为了抗拒无所不在的遗忘，他为自己设定了这样的任务：回

1. 王先霈．中国古代诗学十五讲［M］．北京：北京大学出版社，2007：6.
2. 陈良运．诗学·诗观·诗美［M］．南昌：江西高校出版社，1991：27.

忆、记录、纠正错误的评价、保存碎片”。[1]可见，在表面宣称“资闲谈”的消遣之作中，竟然潜藏着严肃的主题；在追求闲适之风，似乎随意记录的、零散的对诗歌和文学的见解背后，竟然隐藏着一以贯之的主题。

在宇文所安看来，中国诗学大体可以区分出“三种不无交叉的论说方式”：第一种以《诗大序》为代表，其特征是“若干因素围绕某一中心的汇集”。这种论说方式如同注疏传统一般，“首先摆出最古老和最权威的陈述，然后再附加补充和引申性陈述，它们依重要性和一般性程度以及历史顺序等大致等级，依次出场”。因为“仅仅在主题上彼此相关的若干段落的一种集合，所以，这些文本就经常真的是支离破碎的”。第二种论说结构是修辞分析，以《文赋》和《文心雕龙》的部分篇章为代表。在这种分析中，“一个主题被剖分为若干亚主题，然后再继续划分，分到不能再分，让被讨论的事物得到最详尽的阐述”。第三种的代表是叶燮的《原诗》。“叶燮追求流畅的线性论说结构”，是“中国古代晚期走向精熟的一个代表作”。但是，宇文所安认为，因为使用了大量从句，叶燮的文风已经算不上好文风了。[2]在宇文所安提到的这三种中国诗学的表现形式之外，古代史书“文

1. 宇文所安．中国文论：英译与评论 [M]. 王柏华，陶庆梅，译．上海：上海社会科学院出版社，2003：399–400.
2. 宇文所安．中国文论：英译与评论 [M]. 王柏华，陶庆梅，译．上海：上海社会科学院出版社，2003：4–5.

苑传”中有不少诗学见解，如《史记·屈原贾生列传》《宋书·谢灵运传》，均是影响深远的传统诗学文献。

《汉书》“诗之为学，性情而已”或许是“诗”“学”最早连在一起使用的记录。这里提到的“诗”已经突破《诗经》的范围。魏晋之后，经学衰微，作为经学之一的《诗经》学也受到冲击，狭义的诗学开始兴盛。清人惠栋在《九曜斋笔记》中提到：“汉末建安七子及魏以后黄初、正始之间，五言始兴。六朝尤盛，唐以后则有专攻诗者。诗学盛而经学衰，则始于魏以后也。”[1]唐代元和三年，公元9世纪初年，李行脩给唐宪宗上《请置诗学博士书》，建议朝廷设立诗学博士，重新推行古代的诗教。在这份长篇奏议中，作者十分郑重地建议朝廷设立诗学博士，专门研究古代诗歌的学问。诗的内容也不仅限于《诗经》的范围，诗人的范围也扩大到屈原等人。李行脩认为汉武帝立《诗经》于学官，但汉代以来的经师在解释《诗经》时只重视其社会教化功能，所谓汉儒解诗，“美”“刺”二端[2]，只重视文字的训释，不注意诗歌艺术性的剖析和诗歌意味的领会。

---

1. 惠栋．聚学轩丛书：第3集［M］// 刘延福．《荀子诗学研究》．北京：人民出版社．2019：6.

2. 汉儒注重诗歌的美刺倾向，郑玄首倡之。“比，见今之失，不敢直言，取比类以言之。兴，见今之美，嫌于媚谀，取善事以喻劝之。”郑玄的这个解释将“比兴”和“美刺”联系在一起。孔颖达接受了这个说法，更进一步加以申说：“比者，比托于物，不敢正言，似有所畏惧，故云见今之失，取比类以言之；兴者，兴起志意，赞扬之辞，故云见今之美，以欲劝之。”见拙作：张惠言《词选序》的“寄托”命意——词学“寄托”说之一［J］. 常州大学学报（社会科学版），2013，14（05）：69–75.

诗学是一门传统的学问，它可以概括为诗人从事诗歌创作活动所凭借的各种内外素养，即知识、思想、技能的体系。按照钱志熙的理解，传统诗学涵括了创作与理论批评两方面，而以创作一面为根本。宋人冯山[1]《与蒲宗孟傅正察推》诗中写道："诸君好诗学，论议每相轧。"这里的"诗学"，正是创作之事，"其中所论的是庆历以后诗学中的豪壮奇险与平淡两派的风格问题"[2]。晚唐诗人郑谷在《中年》一诗中有"衰迟自喜添诗学，更把前题改数联"之句，这是把诗学理解为作诗的学问与技巧。裴庭裕《东观奏记》载："商隐字义山，诗学宏博，笺表尤著于人间。"钱志熙认为，晚唐五代之际，"诗学"已成为专有词，用以概括诗歌创作行为或创作才能与技巧的学问。此后的诗学专指诗词的创作技巧和批评方法，诗学的形态也逐渐转向诗话。宋人许顗《许彦周诗话》曰："诗话者，辨句法，备古今，记盛德，录异事，正讹误也。"[3]学诗、诗学、诗为专门之学这样的意识，在宋代无疑被强化了。宋代以后，不少研究《诗经》的论著也直接以"诗学"命名，如北宋蔡卞《诗学名物解》（又名《毛诗名物解》）、清初经学名家陆奎勋评点式的诗经学著作《陆堂诗学》、钱澄之重视《诗经》历史鉴戒功能

---

1. 冯山（？—1094），嘉祐进士，熙宁末为秘书丞，通判梓州。
2. 钱志熙．关于诗学研究的对象与方法 [J]. 复旦学报（社会科学版），2020，62（01）：58-65，173.
3. 许顗．许彦周诗话 [M]. 北京：中华书局，1985：1

的《田间诗学》等，研究对象明确而具体，往往注重具体作品的讨论。

同时，以诗歌理论批评为主的诗学类著述也不绝如缕。元代刘祁《归潜志》介绍当时文士王郁的观点："其论诗，以为世人皆知作诗，而未尝知有学诗者，故其诗皆不足观。诗学当自三百篇始，其次《离骚》、汉魏六朝、唐人，近皆置之不论，盖以尖慢浮杂，无复古体。故先王之诗，必求尽古人之所长，削去后人之所短，其论诗之详皆成书。"王郁认为世人只知道作诗，忽视了学诗的重要性，所以他们创作的诗歌没有价值，不值得重视。研究诗学就要从学诗开始，学诗应当学习从《诗经》到唐代的经典作品，正所谓"夫学诗者以识为主，入门须正，立志须高，以汉魏晋盛唐为师，不作开元天宝以下人物"。因此，从诗学的传统内涵来看，诗歌史与诗学史是可以重叠的。清代鲁九皋《诗学源流考》概述了战国至明代晚期诗歌的历史发展情况，同时涉及诗体正变问题。

诗学作为专门术语并被广泛运用的一个重要标志，就是在元明时期出现了不少以"诗学"命名的著作。如元代范梈《诗学禁脔》，明代《诗学权舆》《诗学集脔》《诗学题咏》《增广事联诗学大成》《诗学阶梯》《诗学统宗》《诗学体要类编》等等。"'诗学'一词，初见于晚唐五代，而至元代方始流行，明清两代盛行不衰，成为概括诗歌创作实践体系与理论批评的一个总称，也就是对实践诗学与理论诗学的一个整体的概括。”[1] 可以看出，传统的“诗学”概念既可以指对诗歌创作实践、诗歌发展的研究，也可以指对诗歌理论的批评的研究，兼具实践性、理论性的双重品格。中国古代诗学研究的范围主要包括：诗歌的基本原理和基本范畴、诗歌的形式与创作技巧、诗歌的流变以及诗歌理论的整理等。

“西学东渐”之后，西方的“诗学”概念及其思维特征为新文化运动以来的知识分子所接受，一批以“诗学”命名的著作开始出现，主要介绍传统诗学。如中华书局 1918 年出版谢无量的《诗学指南》主要介绍了诗之渊源、诗体、诗法论等，大东书局 1925 年出版徐敬修的《诗学常识》，东南大学 1927 年出版陈去病的《诗学纲要》等。杨鸿烈《中国诗学大纲》（1928 年），内容包括中国诗的定义、起源、分类、结构要素、作法、功能、演进等，涉及的面颇广。田明凡《中国诗学研究》（1934 年），内容范围也包括演变、派别即诗史的问题。与杨书同年出版的江恒源所撰同名著作以及稍后范况的《中国诗学通论》（1930 年），则局限于体制、作法、基本理论等。新时期以来，从整体上讨论文学的普遍原理问题并与西方诗学逐渐接轨，产生了一批重要著作，如刘若愚《中国诗学》（1990 年）、叶维廉《中国诗学》（1992 年）、陈良运《中国诗学提心论》

1. 钱志熙．“诗学”一词的传统涵义、成因及其在历史上的使用情况 [J]. 中国诗歌研究，2002（00）：262–280，328–329.

（1992 年）、王先霈《中国诗学通论》（1994 年）、袁行霈《中国诗学通论》（1994 年）等著作，开始拥有了西方理论的外衣。

中国古代“诗学”既不同于古希腊“诗学”传统，也有异于现代“文学理论”。我们不能因为中国古代没有西方式的诗学就坚称中国古代没有诗学，不同的文化观念孕育不同的“诗学”思想，“既然寻求定义始终是西方文学思想的一个最深层、最持久的工程，那么，这种追寻在中国文学思想中的缺席（以及在中国思想史其他领域中的缺席）就显得颇为惊人”“每一种文明都试图在其文学思想传统内部，阐明文学关注与其他关注之间的关系，也就是说，试图对文学在该文明中所扮演的角色做一说明，并以若干同时活跃在学术和社会生活其他领域中的术语，对文学和文学作品作一描述”。宇文所安认为，西方诗学主要是引导人去认识一个先在的概念或理念，比如善；中国诗学则引导人如何在具体的个案中识别善，而不是认识“善”这个概念。其间的差异正像《诗大序》试图告诉我们“诗应该是什么”，而不是亚里士多德《诗学》定义的“诗是什么”。“中国文学思想正是围绕着这个‘知’（knowledge）的问题发展起来的，它是一种关于‘知人’或‘知世’的‘知’（knowing）。这个‘知’的问题取决于多种层面的隐藏，它引发了一种特殊的解释学——意在揭示人的言行的种种复杂前提的解释学。中国的文学思想就建基于这种解释学，正如西方文学思想建基于‘poetics’（‘诗学’，就诗的制作来讨论‘诗’

是什么)。中国传统诗学产生于中国人对这种解释学的关注，而西方文学解释学则产生于它的‘诗学’。在这两种不同的传统中，都是最初的关注点决定了后来的变化。”[1]宇文所安对中西两种诗学的判断，既没有西方中心主义的偏见，也没有以中国材料印证西方观点，的确是中西诗学双向阐发、互见、互识、互相照亮的极好范例，诚为持平之论。

1. 宇文所安．中国文论：英译与评论 [M]. 王柏华，陶庆梅，译．上海：上海社会科学院出版社，2003：18.

# 第二节　中国诗学的现代生成

## 一、中国诗学现代转型的背景：儒学的衰微与失序的危机

深受民族危机刺激的严复曾在戊戌年间直言，传统诗学研究与考据之学，“非今日救弱救贫之切用”；宋明理学与古代经世之学，“救死不赡，宏愿长赊。所托愈高，去实滋远”。[1]基本上对中国传统思想尽皆否定。严复这种偏激的态度，体现出清末士人对传统学说合法性的合理质疑。最早提出现代新儒家概念的贺麟曾在《儒家思想的新开张》中坦陈：“儒家思想之正式被中国青年们猛烈地反对，虽说起于新文化运动，但儒家思想的消沉、僵化、无生气、失掉孔孟的真精神和应付新文化需要的无能，却早腐蚀在五四运动以前。儒家思想在中国文化上失掉了自主权，丧失了新生命，才是中华民族的最大危机。”[2]

身处传统社会即将解体时期的龚自珍，以诗人的敏感意识到清王朝由盛转衰的危机，极力主张把学术研究与现实生活联

1. 王栻．严复集：第 1 册 [M]. 北京：中华书局，1986：44.
2. 贺麟．文化与人生 [M]. 上海：上海人民出版社，2019：12.

系起来，在一篇杰出的政论文章中，他这样描述清帝国的“衰世”征兆：“履霜之屩，寒于坚冰，未雨之鸟，戚于飘摇，痹痨之疾，殆于痈疽，将萎之华，惨于槁木。”[1] 龚自珍批判衰世的文化现象，表现为儒学的衰微与传统的失序。龚自珍之后，开眼看世界的晚清士人王韬在其《答强弱论》中指出：“呜呼，世变至此极矣。中国三千年以来所守之典章法度，至此而几将播荡澌灭，可不惧哉。”[2]

晚清儒学的衰微可以从清代学术内部的变化进行考察，首先是诸子学的兴起逐渐打破了儒学独尊的局面。清代中晚期治诸子学的风气逐渐兴起，清代经师为考证经学文献真伪，特别注重子书的内容。俞樾《诸子平议 · 序》：“（诸子）其书往往可以考证经义，不必称引其文，而古言古义居然可见。故读《庄子 · 人间世篇》曰：‘大枝折、小枝泄’，泄即抴之假字，谓牵引也；而《诗 · 七月篇》：‘以伐远扬，猗彼女桑’之义见矣。……凡此之类，皆秦火以前，六经旧说，孤文只字，寻绎无穷！乌呼！西汉经师之诸论已可宝贵，况又在其前欤。”[3] 俞樾的意思是，先秦诸子比西汉经师更接近六经的年代。基于考证的需要，不得不重视诸子之书。与重视考证相伴而行的是，诸子在义理上的地位越来越得到认可。乾隆时期的汪中在《荀卿

---

1. 龚自珍 . 龚自珍全集 [M]. 上海：上海人民出版社，1975：7.
2. 王韬 . 弢园文新编 [M]. 北京：生活·读书·新知三联书店，1998：101.
3. 俞樾 . 诸子平议 [M]. 上海：上海书店出版社，1988：1.

子通论》中直接把传承六经的功劳全部归于荀子，而将思孟学派完全摒除在外。汪中在《墨子》一书中更是将其提升到与儒学并行的地位，认为墨子之说，在九流之中，唯儒足与相抗。“自墨者言之，则孔子鲁之大夫也，而墨子宋之大夫也，其位相埒，其年又相近，其操术不同，而立言务以求胜。”[1]汪中对推动荀子与墨子的复兴意义重大。作为诸子学的健将，俞樾对诸子的义理做了极其通达的评估：“圣人之道，具在于经，而周秦两汉诸子之书，亦各有所得。虽以申韩之刻薄、庄列之怪诞，要各本其心之所独得者而著之书。”[2]俞樾在考证与义理两个方面都肯定了诸子学的价值，俞樾的治学理念深刻影响到一代国学大师章太炎。章氏曾在杭州诂经精舍八年，耳濡目染，受俞樾诸子学的影响，在文章中发挥诸子义理远超发挥经学意蕴。先秦诸子在晚清逐渐由末席跻身首座。章氏曾说“惟诸子能起近人之废”，诸子学为“国学之原”，“盖学问以语言为本质，故音韵训诂其管籥也，以真理为归宿，故周秦诸子其堂奥也”。章太炎早年曾潜心新学，常常援引墨子、管子之书比附西学，比如，章太炎认为墨子在声、光、热、重等科学知识方面，是诸子中的翘楚；墨子名学精义频出，与西洋逻辑性相通。诸子学的兴起，打破了千百年来儒学独尊的局面。章太炎早年受康有为影响，竭力尊孔。不久，章太炎的思想发生了重大变化，

1. 汪中．述学［M］. 戴庆钰，涂小马，校点，沈阳：辽宁教育出版社，2000：43.
2. 俞樾．诸子平议［M］. 上海：上海书店出版社，1988：1.

在《訄书》重印本中出现了第一篇诋毁孔子的文章《订孔》篇，开始大力抨击孔子。章氏往往摭取子书中轻薄孔子的材料从而对其加以揶揄，他认为孔子学说中的精华如破除鬼神、以天为无明、精治史学等都是从老子那里习得的。这个说法已经暗示了孔老的高下之分。1906 年发表的《诸子学略说》更是将“尊老贬孔”的思想发挥到极致，对晚清鼎革之际的知识界造成了巨大的影响。章太炎的思想实际上代表着传统文化濒临崩溃的前夜。

在章太炎之前，旧传统的激烈批评者汪士铎在他生前一直未公开的《乙丙日记》，这个充满情绪、矛盾、杂乱无章的空间里记录了一个潦倒书生内心潜在的变化，这些潜滋暗长的文字预示着传统的崩溃无可避免而又无药可救。汪士铎，字振庵，别字梅村，生于嘉庆七年（1802 年），卒于光绪十五年（1889 年），江苏江宁人，四十九岁时开始自称“无不悔翁”“悔翁”。汪氏早年屡试不第，三十九岁始中举人，仕途不顺，故常在士大夫之家教馆或帮人编纂书籍。在时人眼中，汪士铎向来是一位推崇温柔敦厚、修齐治平的礼学大家，讲求经邦济国、舆地兵略的学者。1853 年，太平军攻陷南京，汪士铎被掳至城外，九个月后伪装成太平天国的书吏，更衣剃头逃出困境，避地安徽绩溪，开始痛切反省政治、思想、文化的种种问题，在日记中写下了一些可能是古往今来最激愤、最偏矫、最极端的议论，以至于他只敢在日记中聊以遣怀。“今日之失，与宋明末之失，皆笃信孔孟之祸也。”[1]如此严厉地批评儒学在中国历史上是少见的。“大抵仲尼如如来以语修身，作自了汉则可，然亦易入虚无心性空谈，以言兵刑皆缪，言礼乐亦只能言敬礼空话，不能言器数实际也，郁郁从周，启后人文胜之弊……正名之言，极于礼乐刑罚，无论称谓文字，皆极附会，好礼好义好信而民至，亦属虚想，与修己安人安民安百姓同一妄发，修文德以来，真是作梦……”[2]汪士铎指斥儒学不能经世致用，痛责儒家理想只是做梦、大言空谈而误国，儒学无法经世致用，治国只能依靠严刑峻法。“立太公、周公、孔子于上，而辅以韩、申、商，又辅以白起、王翦、韩信，配以管仲、诸葛，则庶乎长治久安之道矣。”[3]

与当时复兴诸子的其他学人不同，汪士铎大力揄扬申韩诸子，既不注重诸子的学术，也不注重诸子的义理，完全从实用的角度出发，其语气之坚决，对儒家贬抑之彻底，迥非时流可比，特别是对孟子一系的思想，批判得最厉害，时时强调孟子语多不可通。如他说“孔子成《春秋》而乱臣贼子惧”是孟轲的荒唐之语，“《春秋》既成，乱贼十倍于前……盖既为乱贼，何惧《春秋》，此犹后儒正统之辨……成事之后，史臣谀之，

1. 汪士铎．汪悔翁乙丙日记［M］. 台北：文海出版社，1966：110.
2. 汪士铎．汪悔翁乙丙日记［M］. 台北：文海出版社，1966：136-137.
3. 汪士铎．汪悔翁乙丙日记［M］. 台北：文海出版社，1966：82-83.

谓之正统，惮其强盛而无如何，谓之闰统，皆可笑也”[1]。儒家的政治思想，儒家所向往的理想境界，在这个讲求富强的新时代中几乎完全失效，不但失效，而且还是包袱。汪士铎这种颇为极端的情绪化表达显示出传统士人对两千年来相守勿失的一套价值体系的信心正一步一步流失。他不再从道德教化或社会规范的角度去评估儒家的价值。他所要问的是，儒家的资源对解决当前的问题到底有没有实际用处。汪士铎对传统的不满是显而易见的，但是从汪氏的言论中，我们没有见到新的出路。他亲眼看到帝国已是一具被蛀空了的躯壳，是一具烂尸，大风一吹，便无影无踪，但是却显然没有发现新的出路。思想方面，翻来翻去，还是非周孔，即申商刑名；在治术方面，也只是通则不能放开则例取用人才，不能循名责实，不能严，不能杀。他的议论比前人的激切狠刻，但是在整个制度的规划或政治思想上并没有什么新的出路。尽管康有为等人仍然在拼命推尊儒学，极力揄扬孔子，但是孔子及其儒学的衰微已不可避免。

“丸之走盘，横斜圆直，计于临时，不可尽知。其必可知者，是知丸不能出于盘也。”杜牧《注孙子序》中“丸之走盘”非常形象地描绘了传统社会在西方现代性进入中华大地之后所引发的三千年未有之大变局。古老的神州大地上传统这个“盘”终于兜不住士大夫这个“丸”，士大夫这个“丸”也终于失去

1. 汪士铎．汪悔翁乙丙日记［M］. 台北：文海出版社，1966：118.

了两千余年的凭借，彻底散落世间。丸已出盘成为中西文化最初碰撞时发生的表象。《乙丙日记》显示儒学已经难以维系世道人心，丸之离盘的趋势已不可逆。

## 二、中国诗学现代转型的外部力量：西学东渐与中体西用的失效

中华文明产生了诸多具有原创性与生命力的思想学说。在中国历史上，每每遇到社会动荡或社会转型，总会出现对整个时代精神走向进行反思与探讨的人物。晚周之际，诸子百家蜂起；汉魏之际，名法玄理之士各有擅长；明清之际，士人遗老著书反省世变，中华传统思想在这些时代里表现得尤为绚丽多姿。而在晚清，面对西方资产阶级的政治、经济、文化与意识形态时，中华传统文化则显得进退失据、应对乏力，既不能深刻解释、批判这些新事物，又不能从传统内部学理中提出一套摆脱危机的应对之道。

萧功秦在《儒家文化的困境》中指出，晚清士人囿于传统思维方式，无法建构新的概念和术语来表征新观念、命名新事物，“只能从原有的概念术语的库存中去寻找相近的术语，近似地表达自己的新观念”。[1]这种以强制性附会为特征的认知西

1. 萧功秦．儒家文化的困境——中国近代士大夫与西方挑战 [M]. 成都：四川人民出版社，1986：63-64.

方事物的方式显然是隔靴搔痒，无法真正理解西学的本质。“近代士大夫用‘百工技巧’‘机巧’‘艺技’‘杂技’等古代传统概念来表征近代西方资本主义的工业技术。从而把这种代表巨大生产力的新事物与中国传统意义上的营建城郭都邑及制作宫室车服器械的工匠之学视为同一范畴，使两者混为一谈而不必作任何根本的区分。”[1]观念与现实悖离到如此程度，导致一种认识心理和文化心理上的错误与严重障碍。

晚清以来国势日渐衰颓，传统思想与学术受到极大冲击，士人纷纷质疑古代典籍辞章能否在滔滔世变中为国人提供有效的应对之道，让中国得以振衰起微。而规模日渐宏大的西学东渐，让传统士人认识到中华大地之外，犹有其他思想学问存焉。晚清时期所谓的“西学”，是西方自然科学和社会科学的总称，也就是我们通常所说的西方文化，主要是指文艺复兴以来资本主义上升时期的欧美文化。西学的最早传入是在明末，它以明万历九年（1581 年）意大利传教士利玛窦来华为标志。传教士来华传教时陆续撰写编译了一批书籍，大部分是宗教宣传品，但其中也有一些介绍了西方的自然科学。例如，17 世纪初意大利传教士艾儒略编写了一部西方大学教科书纲要《西学凡》。但清雍正、乾隆时，朝廷禁止耶稣会来华传教，西学的输入也随之中断。晚清时期，中国的大门被迫打开，西学随之

1. 萧功秦 . 儒家文化的困境——中国近代士大夫与西方挑战 [M]. 成都：四川人民出版社，1986：67–68.

源源不断涌进，大批西学著作和译著在中国出版，其规模和速度远远超过明末清初。

鸦片战争前，清政府禁止耶稣会在中国传教，但传教士以南洋为基地，向中国渗透宗教和输入西学。按照熊月之的说法，“1811 年，马礼逊在广州出版第一本中文西书，揭开晚清西学东渐的序幕”。从 1811 年到 1840 年，“马礼逊等传教士共出版中文书籍和刊物 138 种，属于介绍世界历史、地理、政治、经济等方面知识的，有 32 种，比较重要的有《美理哥合省国志略》《贸易通志》《察世俗每月统记传》《东西洋考每月统记传》等。这些书刊，成为日后林则徐、魏源、梁廷枏、徐继畬了解世界情况的重要资料”。[1]“师夷长技以制夷”尽管只是主张学习西方的技术，但毕竟成为学习西方的第一声呼号。冯桂芬在《采西学议》一文中谈到学习西学的必要性时说：“如算学、重学、视学、光学、化学等，皆得格物至理，舆地书备列百国山川厄塞风土物产，多中人所不及。昔郑公孙挥能知四国之为，子产能举晋国，实沈台骀之故，列国犹其有人，可以中华人一统之邦而无之乎？亦学士之羞也。”[2]

洋务运动期间，洋务派开设译书局。大规模的西书翻译，引进了西学知识体系与学术话语，促进了传统思想的现代转

1. 熊月之 . 西学东渐与晚清社会 [M]. 上海：上海人民出版社，1994：7.
2. 冯桂芬 . 采西学议——冯桂芬马建忠集 [M]. 郑大华，点校 . 沈阳：辽宁人民出版社，1994：82.

型。对于西学的阅读与接受，可以促进对传统的改造和反思，表达“求新”的旨趣，构建新的价值和信仰。士人不断调适并寻求新的思想资源以缓解内在的“紧张”，也证实了西学的“文化催化剂”作用。

自从鸦片战争以来，中国正面遭遇了强势的西方。面对时代变局，王韬反对将西方简单视为“夷狄”的做法，而是主张全面认识西方，正视西方的富强。在晚清士人中，王韬的经历颇为独特，他是近代第一批“职业报人”，在沿海城市办报纸、当编辑、做主笔，具有新式知识分子的某些特征。1867 年，他从香港出发到达欧洲，应邀实地考察了近代西方国家。因此，与那些仅仅从传教士撰写的论著中了解西方的读书人相比，王韬有着更多的亲身体验与深入观察。经过考察，他认为未来全球文化会形成某种融合的态势。1875 年，郭嵩焘作为中国历史上第一位驻外使臣出使英法等国。出使欧洲期间，郭氏留心观察英法等国的政治、经济、社会与民生状况，在日记中对西方国家的政治制度和社会景象赞誉有加，并在此基础上探索破解中国落后的难题，通过新知来反思旧学。后来郭氏在担任驻英公使期间，积极鼓励留学英国的严复努力从思想文化方面探讨社会变革与振兴中华的根本之途，二人因此成为忘年交。

为了寻求富强以及有效应对强势的西方文明，“中学为体，西学为用”成为中国早期现代化的一种概念化表达。学术界一般将“中学为体，西学为用”简称为“中体西用”，并归之于张之洞名下，主要是因为张之洞在其《劝学篇》中比较系统地论述了“中体西用”的方略。其实，最早使用“中体西用”一词的是沈寿康。他在光绪二十一年（1895年）三月的《万国公报》上发表《匡时策》一文，提出：“夫中西学问，本自互有得失。为华人计宜以中学为体，西学为用。”[1]次年，孙家鼐在《筹议开办京师大学堂折》中强调办学宗旨时说：“今中国京师创立大学堂，自应以中学为主，西学为辅；中学为体，西学为用。”[2]同年，梁启超在代总理衙门起草的《筹议京师大学堂章程》中也指出：“夫中学体也，西学用也，二者相需，缺一不可。”[3]著名历史学家陈旭麓在《论“中体西用”》一文中告诉我们，最早从冯桂芬在《采西学议》中开始提出“如以中国伦常名教为原本，辅以诸国富强之术，不更善之善者哉？”到薛福成提出“今城取西人气数之学，以卫吾尧、舜、禹、汤、文、武、周公之道”，中学与西学的差异不断被类比为“道”和“器”、“本”和“末”，或者“形而上者”和“形而下者”的关系。不光是洋务派，凡是讲求西学的莫不如此，以至于其渐渐成为士大夫阶层的流行语。直至道光皇帝在1898年《定国是诏》中宣谕“中外大小臣工，自王公以及士庶，各宜发愤为

1. 李天纲．万国公报文选［M］. 北京：生活·读书·新知三联书店，1998：333.
2. 中国史学会．戊戌变法：第2册［M］. 上海神州国光社版．上海：上海人民出版社，1957：426.
3. 中国史学会．戊戌变法：第4册［M］. 上海神州国光社版．上海：上海人民出版社，2000：488.

雄，以圣贤义理之兴植其根本，又须博采西学之切与时务者，实力讲求……以成通经济变之才”，所谓“中学”，亦称“旧学”，范围虽广，“推而及于中国旧有的文化皆属之，其核心则为‘伦常名教’”。[1]张之洞《劝学篇》中使用的不是“中学为体，西学为用”，而是“旧学为体，新学为用”。虽然梁启超、张之洞所言的中学与旧学、西学与新学所包含的内容可能不同，但在概念上，旧学就是中学，新学就是西学，故在表述上，“旧学为体，新学为用”与“中学为体，西学为用”是一样的。不过，沈毓桂、孙家鼐等并没有对中体西用做比较明确的表述。而张之洞则明确加以阐明与限定：“其学堂之法约有五要：一曰新旧兼学。四书五经、中国史事、政书、地图为旧学，西政、西艺、西史为新学，旧学为体，新学为用，不使偏废。”[2]张之洞的明确表述，以及张之洞的地位，使得中体西用说甚为流行，如梁启超所言：“甲午丧师，举国震动，年少气盛之士，疾首扼腕言‘维新变法’，而疆吏若李鸿章、张之洞辈，亦稍稍和之。而其流行语，则有所谓‘中学为体，西学为用’者，张之洞最乐道之，而举国以为至言。”[3]

如果要为古典中国向现代中国的全面转型找到一个确切的

1. 陈旭麓 . 论“中体西用”[M]// 陈旭麓 . 陈旭麓学术文存 . 上海：上海人民出版社，1990: 282；前引冯桂芬等人文字，皆转引自该文，见：274-300.

2. 王树枏 . 张文襄公（之洞）全集 [M]. 台北：文海出版社，1996：14538.

3. 梁启超 . 清代学术概论 [M]. 上海：上海古籍出版社，1998 ：97.

时间点，1895 年也许是一个恰当的年份[1]。就是在这一年，退出北洋水师的严复发表了《论世变之亟》《原强》《辟韩》《救亡决论》四篇重要论文，提出著名的“鼓民力、开民智、新民德”的变革纲领，阐发了在时人看来相当激进的政治改革乃至文化批评主张。就是在这一年，《天演论》译出初稿。这部书所传达的进化论及其进步意识形态，将整个中国引入现代世界。20 世纪中国发生的所有巨大变革都可以在《天演论》中找到思想的先导，一股改弦更张、向西方学习的潜流涌出地面。

海外华人学者最早对晚清文学中所蕴含的现代性因素进行发掘。王德威“没有晚清，何来五四？”的呼声极大地冲击了国内研究界，形成一股晚清与现代性研究的热潮。王德威在这句口号之下，将关注的重心放在文学领域，特别是将“狎邪”“狭义公案”“丑怪谴责”“科幻”等晚清通俗小说视为新文学起源的范式，释放晚清小说中被压抑的现代因素。

> 摆荡于各种矛盾之间，如量化／质化、精英理想／大众趣味、古文／白话文、正统文类／边缘文类、外

1. 回头看，对中国历史的进程而言，1895 年具有不同寻常的意义：1895 年，康有为组织“公车上书”，开启了激进变革的先声；1895 年，孙中山领导了第一次反清武装起义，意味着士大夫从书斋走向社会，寻求社会体制的改革；1895 年，严复发表了《论世变之亟》，《原强》《辟韩》《救亡决论》四篇雄文，指出西方之强盛，盖以“自由为体，民主为用”；1895 年，《天演论》译出了初稿，标志着“别求新声于异邦”成为晚清士人的新选择。

来影响／本土传统、启蒙理念／颓废欲望、暴露／伪装、革新／守成、教化／娱乐等……晚清小说呈现出一个多音复义的局面，其“众声喧哗”之势足以呼应当时那个充满爆发力的时代。[1]

海外华人学者提出的“晚清”学术意识，对我们重新理解中国诗学的现代转型有着不一样的参考价值。古典文明的转型叙事不再将晚清局限于政治进程与革命史的叙述框架中，发现并褒扬晚清文学种种难能可贵的现代意蕴，是现代诗学研究领域的一次转折性的调整。

## 三、中国诗学现代转型的内部力量：别求新声于异邦

1922 年，梁启超应《申报》之邀撰写了《五十年中国进化概论》。在这篇文章中，梁启超提出了一个影响很大的说法，他把中国的现代化进程分为三个阶段：第一个阶段是洋务运动，从器物上进行现代化；第二个阶段是戊戌变法，进一步要求制度上的现代化；第三个阶段是 1917 年以来的新文化运动，为前

1. 王德威．被压抑的现代性［M］. 北京：北京大学出版社，2005：21.

两期现代化运动的失败而废然思返，于是从文化根本上感觉不足，要求全人格的觉悟。

1895年，严复连续发表了《论世变之亟》《原强》《辟韩》《救亡决论》四篇著名的时论，对中西国家制度和文化思想的区别做了准确而精练的概括，指出西方“以自由为体，以民主为用”，标志着西学东渐的传播主体由西方传教士一变而为中国留学生，传播内容也由科学技术一变而为以社会政治经济文化思想为主。在激烈革新人士眼中，传统文化迅速降为“旧学”，学术应尽变“新学”。“三十以后，新学洒然一变，前后判若两人。三十之年，适在甲午，地球全势忽变，嗣同学术更大变……过此以往，方当金篦刮目，慧剑刳胸，上九天而下九地，魄万生而魂万灭，长与旧学辞矣。”[1]在戊戌时代的一众思想家中，谭嗣同或许是最为激进的一位。谭嗣同不仅最早主张以暴力革命的手段来实现社会变革，而且最早对传统政治和思想文化持根本性批评态度。在他看来，三千年来的中国政治就是“乡愿与大盗”的结合，“三纲五常”必须从根本上被推翻。与“旧学”长辞，意味着对传统文化存在价值的否定，也意味着传统诗学观念的全面动摇甚至崩塌。事实上，由于认识的分化与发展，传统诗学语言已经无法准确地表述新的诗学观念。

“至于讲一学、治一艺，则非增新语不可。”随着西学东渐

---

1. 谭嗣同．与唐绂丞书［M］// 谭嗣同．谭嗣同全集．蔡尚思，方行，编．北京：中华书局，1981：259–260.

的渐次深入，一批反映西方文化的范畴、概念、术语也不断涌入中国。正如王国维于 1905 年所说："近年文学上有一最著之现象，则新语之输入是已。"这里的"文学"，指传统的文化典籍、规章制度等文治教化之学。"故我国学术而欲进步乎，则虽在闭关独立之时代，犹不得不造新名，况西洋之学术骎骎而入中国，则言语之不足用，固自然之势也。""故我中国有辩论而无名学，有文学而无文法，足以见抽象与分类二者皆我国人之所不长，而我国学术尚未达自觉之地位也。况于我国夙无之学，言语之不足用，岂待论哉！"[1]王国维认识到，传统的学术用语已经不足以表达中西思想碰撞之际大量的学术变化以及新生的文化现象。为了说明引进"新学语"的必要性，王国维将"新学语"及其负载的新思想与印度佛教典籍入华时进行对比，指出"周秦之言语，至翻译佛典之时代而苦其不足；近世之言语，至翻译西籍时而又苦其不足"，魏晋至唐，大量印度佛教术语输入，大大丰富了传统语汇。现在传统学术用语不足，需要再次输入外来学术用语加以弥补，于是有"新学语"的涌入。"十年以前，西洋学术之输入，限于形而下学之方面，故虽有新字新语，于文学上尚未有显著之影响也。数年以来，形上之学渐入于中国。而又有一日本焉，为之中间之驿骑，于是日本

1. 王国维 . 论新学语之输入 [M]// 王国维 . 王国维全集：第 1 卷 . 杭州：浙江教育出版社，2010：126–127.

所造译西语之汉文，以混混之势，而侵入我国之文学界。"[1]王国维从中西对比的视野出发，发现语言文字与思维方式之间的内在关系。语言的差异，实质上是思想的差异，"言语者，思想之代表也，故新思想之输入，即新言语输入之意味也"。长期以来，中国学术不大关注思想的深度和表达的准确度，"抑我国人之特质，实际的也，通俗的也；西洋人之特质，思辨的也，科学的也。长于抽象而精于分类，对世界一切有形无形之事物，无往而不用综括（Generalization）及分析（Specification）之二法，故言语之多，自然之理也。吾国人之所长，宁在于实践之方面，而于理论之方面，则以具体的知识为满足，至分类之事，则除迫于实际之需要外，殆不欲穷究之也"。[2]术语是思想的体现，新思想必须用新术语才能得到准确的表达。中国文化传统缺乏古希腊式的认识论与科学主义的理论根基，更不会使用逻辑推理的方式论证诗学的理论内涵，习惯于随心所欲的印象式点评诗学对象。"新学语"是晚清末期东西方文明冲撞、融合的产物，吸纳外来新词语使本民族的语汇更加丰富，又可以与西方话语系统实现良性互动。"新学语"的输入首先对传统的文言系统带来极大的冲击，其次为中国诗学从古典形态向现代形态的转换提供了基本的语汇。

---

1. 王国维 . 论新学语之输入 [M]// 王国维 . 王国维全集：第 1 卷 . 杭州：浙江教育出版社，2010：126–127.
2. 王国维 . 论新学语之输入 [M]// 王国维 . 王国维全集：第 1 卷 . 杭州：浙江教育出版社，2010：126–127.

从王国维的论述中可以看出，西方学术话语注重逻辑性，概念内涵与外延都比较清晰，进入中国诗学之后，必然会改变传统诗学的文体结构、语言模式和创作理念。王国维移植、创化的“新学语”，为中国诗学的现代话语转型提供了依据。据钱中文的统计和分类，在诗学领域，王国维独创或移植的“新学语”主要有“美学”“美术”“艺术”“纯文学”“纯粹美术”“艺术之美”“自然之美”“优美”“古雅”“宏壮”“美雅”“高尚”“感情”“想象”“形式”“抒情”“叙事”“悲剧”“欲望”“游戏”“消遣”“发泄”“解脱”“能动”“受动”“目的”“手段”“价值”“独立之价值”“他律”“自律”“天才”“超人”“直观”“顿悟”“创造”等，几乎不胜枚举。[1]这些“新学语”在一定程度上开启了中国诗学的现代转换。王国维对传统学术话语的革新以及建立现代诗学话语体系有着相当高度的自觉，对日本现代化过程中创造的西方语言的汉译词汇明确表示开放、理性的学习态度。“窃谓节取日人之译语，有数便焉：因袭之易，不如创造之难，一也；两国学术有交通之便，无扞格之虞，二也。有此二便而无二难，又何嫌何疑而不用哉？”[2]王国维使用的诗学术语，不仅源自引进，还有他天才

1. 钱中文 .“五四”前我国文学观念的论争和现代化之首演 [J]. 陕西师范大学学报（哲学社会科学版），2004（4）：5–15.
2. 王国维 . 论新学语之输入 [M]// 王国维 . 王国维全集：第 1 卷 . 杭州：浙江教育出版社，2010：126–127.

式的独创以及对传统诗学观念的转化，许多成为今天我们耳熟能详的词语。

1905 年，王国维在《论近年之学术界》中明确表示了他对异邦新声的欢迎与期待。王国维将晚清以来的西学东渐与佛教东传并举，称之为两次重要的思想冲击和学术更新的机遇。王国维认为佛教东传之后与传统思想融合化生、催生出宋代新儒学。但西学东渐并没有真正在思想层面与中国的传统思想界相互砥砺。或者如严复等人出于经济学、社会学这类分科之学的功能主义的兴趣；或者如康有为、谭嗣同等这样出于政治目的，都不是真正出于学术意义上的纯粹的求真目的。

“外界之势力之影响于学术，岂不大哉！自周之衰，文王、周公势力之瓦解也，国民之智力成熟于内，政治之纷乱乘之于外，上无统一之制度，下迫于社会之要求，于是诸子九流各创其学说，于道德、政治、文学上，灿然放万丈之光焰。此为中国思想之能动时代。自汉以后，天下太平，武帝复以孔子之说统一之。其时新遭秦火，儒家唯以抱残守缺为事，其为诸子之学者，亦但守其师说，无创作之思想，学界稍稍停滞矣。佛教之东，适值吾国思想凋敝之后，当此之时，学者见之，如饥者之得食，渴者之得饮，担簦访道者，接武于葱岭之道；翻经译论者，云集于南北之都。自六朝至于唐室，而佛陀之教极千古之盛矣。此为吾国思想受动之时代。然当是时，吾国固有之思想与印度之思想互相并行而不相化合；至宋儒出而一调和之，此又由受动之时代出，而稍带能动之性质者也。自宋以后以至本朝，思想之停滞略同于两汉。至今日，而第二之佛教又见告矣，西洋之思想是也。”[1]

王国维对西方思想的这种欢迎姿态，代表了当时清末士人的普遍态度，但当时士人崇尚的“西学”，主要集中于“西政”。王国维一生远离实际的政治活动，是一个典型的书斋型学者。与当时普遍的趋向不同，王国维的目的并不是借由“外界之势力”以改良现实政治，他关注的是新的思想学术的建设，即如何帮助中国固有文化摆脱“停滞”的状态，从“受动”走向“能动”，重新获得生机。

对于王国维在中国学术史上的贡献，陈寅恪指出：“自昔大师巨子，其关系于民族盛衰、学术兴废者，不仅在能承续先哲将坠之业，为其托命之人，而尤在能开拓学术之区宇，补前修所未逮。故其著作可以转移一时之风气，而示来者以轨则也。先生之学博矣，精矣，几若无涯岸之可望、辙迹之可寻。然详绎遗书，其学术内容及治学方法殆可举三目以概括之者：一曰取地下之实物与纸上之遗文互相释证，凡属于考古学及上古史之作，如《殷卜辞中所见先公先王考》及《鬼方昆夷猃考》等是也。二曰取异族之故书与吾国之旧籍互相补正，凡属于辽、金、元史事及边疆地理之作，如《萌古考》及《元朝秘史之

1. 王国维．论近年之学术界［M］// 王国维．王国维全集：第 1 卷．杭州：浙江教育出版社，2010：121.

主因亦儿坚考》等是也。三曰取外来之观念与固有之材料互相参证，凡属于文艺批评及小说、戏曲之作，如《红楼梦评论》及《宋元戏曲考》等是也。”[1]陈寅恪所说的“外来观念”即西方诗学。王国维于1902年前后开始接触康德、叔本华等西方近代哲学、美学、伦理学家的思想并被其深深吸引。特别是康德最知名的哲学著作《纯粹理性批判》，王国维在六年之内曾反复研读四遍之多。《〈红楼梦〉评论》这篇论文可以说是王国维“完全凭借西方既有之理论体系，将之应用到中国文学批评中”[2]的代表作。彼时，王国维正沉浸于叔本华的悲观哲学不能自拔。因此，他在《红楼梦评论》中写道，“叔本华置诗歌于美术之顶点，又置悲剧于诗歌之顶点”，而悲剧“以其示人生之真相，又示解脱之不可已故”[3]。所以，王国维认为《红楼梦》是艺术的顶点，悲剧中的悲剧。“所以这篇文章乃是全部以叔本华的哲学及美学观点为依据所写的一篇文学批评论文。”[4]据叔本华的思想，王国维指出生活的本质乃是人天性中的欲望得不到满足而带来的痛苦。一个欲望被满足了，新的欲望又产生了。所以，欲望无法得到最终的解脱。而艺术可以为痛苦的人生提

1. 陈寅恪．海宁王静安先生遗书序［M］// 王国维．王国维全集：第20卷．杭州：浙江教育出版社，2010：212–213.
2. 叶嘉莹．王国维及其文学批评［M］. 北京：北京大学出版社，2008：147.
3. 王国维．《红楼梦》评论［M］// 王国维．王国维全集：第1卷［M］. 杭州：浙江教育出版社，2010：69.
4. 叶嘉莹．王国维及其文学批评［M］. 北京：北京大学出版社，2008：148.

供一种暂时的解脱。这就改变了古人借助文学“明道”“载道”的教化传统，又与时人往往借助文学来传播其政治观念和革命主张不一致，真正重视了文学自身的价值。

王国维对中国诗学现代转型的推动首先是从文学的非功利思想开始的。王国维从康德美学出发，宣称“审美之境界，乃不关利害之境界”。[1]“美之性质，一言以蔽之曰：可爱玩而不可利用者是已。”“其价值亦存于美之自身，而不存乎其外。”[2]王国维非常重视艺术形式之美，一再强调形式本身的重要性，“一切之美，皆形式之美”，“一切优美皆存于形式之对称变化及调和”。[3]传统诗学向来不重视文学艺术作品的形式，轻视乃至贬低形式的存在成为传统诗学思想的主流倾向，儒家“辞达而已”的修辞观与道家“得鱼而忘筌”的审美观，奠定了传统诗学非形式化的审美取向。在王国维看来，美源于事物的形式，形式无法满足人的实用需求。审美主体在凝神观照之际，注意力集中在事物的外观和形式之上，超然于利害之外。艺术作品一不能果腹，二不能御寒，主体对它的赏玩也只是聚焦于精神层面。

1908 年，《人间词话》发表。《人间词话》是王国维借助

---

1. 王国维 . 孔子之美育主义 [M]// 王国维 . 王国维全集：第 14 卷 . 杭州：浙江教育出版社，2010：16.
2. 王国维 . 古雅之在美学上之位置 [M]// 王国维 . 王国维全集：第 14 卷 . 杭州：浙江教育出版社，2010：106.
3. 王国维 . 古雅之在美学上之位置 [M]// 王国维 . 王国维全集：第 14 卷 . 杭州：浙江教育出版社，2010：107.

“外来观念”研究“中国固有材料”的又一典型。王国维专力研究文学的时期，不再撰写单纯介绍西学的文章，而是极力借助“外来观念”研究“中国固有材料”。罗钢发现，王国维对北宋词人周邦彦前后评价的变化体现出其以西学观念处理传统材料时不可避免地遭遇传统诗学与西方诗学的碰撞。两种文化传统与诗学价值之间的矛盾，使王国维的观点时有怀疑和动摇。“尽管王国维拓展了西方理论的视野，但在辛亥革命之前，叔本华美学仍然是他的最重要的思想资源。这同时也说明，当‘外来观念’与中国传统词学发生冲突的时候，尽管王国维也产生过犹疑和动摇，他最终倚重的，仍然是西方美学或在西方美学的基础上建构起来的标准。”[1]“意境”是传统诗学遗留下来的符号，但“这个符号原本具有的意义空间的包容性、模糊性、不确定性，使王国维得以在其中寄植了不止一个，而是一束西方美学观念”[2]。

在《传统的幻象：跨文化语境中的王国维诗学》中，罗钢以翔实可靠的资料与充分的论证指出：“王国维的‘意境说’所包涵的正是一种以‘康德叔本华哲学’为基础的、在中国诗学史上从未有过的‘新’的诗学话语。”这种诗学话语的基本构成元素是：“一、以叔本华的‘直观说’为核心的认识论美

---

1. 罗钢 . 传统的幻象：跨文化语境中的王国维诗学 [M]. 北京：人民文学出版社，2014：26.
2. 罗钢 . 传统的幻象：跨文化语境中的王国维诗学 [M]. 北京：人民文学出版社，2014：260.

学”“二、席勒关于自然诗与理想诗的区分”“三、康德的自然天才理论”“四、席勒－谷鲁斯的游戏论”。罗钢通过大量丰富的资料、严密的逻辑、精审的判断、深入细致的考证指出王国维建构的“‘意境说’是德国美学的中国变体”[1]。在表现形态上，“意境说”是彻底中国化的，但精神实质上却是极度西方化的。罗钢的这个论断“并非故作惊人之语”[2]，却还是引发了学术界关于“意境说”理论的归属问题以及跨文化视角下中西诗学互鉴问题的持续争鸣。

在《文学小言》中，王国维写道：“文学者，游戏的事业也。人之势力用于生存竞争而有余，于是发而为游戏。”[3]这是王国维对“席勒－斯宾塞”“剩余精力说”的继承。这样，王国维对文学的认识中，除了叔本华的认识论维度，又增加了心理学的维度。在这里，王国维根据想象与情感这两种心理能力来界定文学的本质。在《屈子文学之精神》中，王国维对屈原文学的评价，不再基于是否提供了对真理的某种认识，而是基于其是否表现了某种深挚的情感和丰富的想象。王国维在《雪堂校刊〈群书叙录〉序》中率先打破传统知识分子“士志于道”的精神理念，提出学者应该以学术为业，甚至“以学术为性

1. 罗钢．传统的幻象：跨文化语境中的王国维诗学［M］. 北京：人民文学出版社，2014：259.
2. 李春青．略论“意境说”的理论归属问题——兼谈中国文论话语建构的可能路径［J］. 文学评论，2013（05）：32–39.
3. 王国维．文学小言［M］// 王国维．王国维全集：第 14 卷．杭州：浙江教育出版社，2010：92.

命”。据此，王国维对文学的本质进行了认识论的界定，他先是把“景”与“情”规定为文学的“二原质”，随之对“景”与“情”的内涵进行了规定，他说文学之“景”不仅指自然景观，也包括“人生之事实”，而文学之“情”也不是人的自然情感，而是指“吾人对此种事实之精神的态度”。后来，王国维又从学科比较的角度给文学重新下了定义。他先是把人文学科分为“三大类：曰科学也、史学也、文学也。凡记述事物而求其原因，定其理法者，谓之科学；求事物变迁之迹而明其因果者，谓之史学；至出入二者间，而兼有玩物适情之效者，谓之文学”[1]。王国维对“文学”所下的定义及其对文学学科特征所做的规定标志着中国文学理论从传统描述型向现代认识型话语言路的转型，其思想史意义不可小觑。首先，文学的现代定义向世人宣告了中国传统文学理念的终结，它向人们表明，文学并非什么“经国之大业”，而只是一个普通的学科门类；其次，王国维将“景”与“情”而不是传统的“道”作为文学的“原质”，从理论上否定了文学的工具性质，使文学活动得以从社会本体转向文艺自身本体，文学独立自律从此具有了充足的认识根据。[2]王国维的论述为传统诗学走向思想解放提供了思想依据，也给中国诗学的独立发展提供了理论根基。

---

1. 王国维.《国学丛刊》序 [M]// 王国维. 王国维全集：第 14 卷. 杭州：浙江教育出版社，2010：129.
2. 张清民. 王国维与中国现代文学话语的奠基 [J]. 中国现代文学研究丛刊，2015（02）：104–114.

## 第三节　诗话——传统诗学批评模式

诗话，作为最具民族特色的文学批评形式之一，从其诞生之日起，就显示了强大的生命力。历经宋元明清，直至民国，可谓绵延不绝。但随着国人现代批评意识的觉醒，在西方思维理论及其批评模式的冲击下，有着千百年历史的诗话遂成绝响。诗话最初是一种非正式文类，是一种口头和社交的话语形式，后来才变成书面形式。

### 一、诗话概说

自从欧阳修将其"退居汝阴，而集以资闲谈"的小册子命名为《诗话》之后，或许连他自己都没想到，他就此开启了传统文学批评的一种新样式。《四库全书总目》（下文简称《四库》）卷一百九十五认为古代论文之作，凡有五类，诗话即为其一。

> 文章莫盛于两汉。浑浑灏灏，文成法立，无格律之可拘。建安、黄初，体裁渐备。故论文之说出焉，《典论》

其首也。其勒为一书，传于今者，则断自刘勰、钟嵘。勰究文体之源流而评其工拙；嵘第作者之甲乙，而溯厥师承。为例各殊。至皎然《诗式》，备陈法律；孟棨《本事诗》，旁采故实。刘攽《中山诗话》、欧阳修《六一诗话》，又体兼说部。后所论著，不出此五例中矣。

此处论诗话有三点值得注意：一、诗话为古代文学批评五体之一；二、刘攽《中山诗话》、欧阳修《六一诗话》为诗话之源头；三、诗话具有“体兼说部”的性质（第二、三点留待后文讨论）。《四库》是对古代文化的全面总结，代表了清朝后期对先秦以来的整个中华文化的总认识和总评价。其对于诗文评总括性的介绍，也就是对于整个古代文学批评的总体理解。这种认识得到越来越多后人的认可。朱自清在《诗言志辨·序》里面说道：

诗文评虽然极少完整的著作，但从本质上看，自然是文学批评。……现在一般似乎都承认了诗文评即文学批评的独立的平等的地位。[1]

诗文评既然是文学批评，那么诗话毫无疑问就是文学批评

1. 朱自清．诗言志辨 [M]. 北京：商务印书馆，2017：6.

的一种样式，而且还是宋元以来我国文学批评的主要样式。其影响所及，日本、朝鲜等国亦有数百年的诗话批评实践。

新中国成立之前，有两部以《中国文学批评史》命名且享有盛誉的著作，以专门章节论述了诗话这种古代诗歌批评样式。郭绍虞在其著作中写道：“宋人开诗话之体，于是论诗开一方便法门。”罗根泽则在其著作中辨识了“诗话”与“诗格”“本事诗”“诗句图”等其他诗歌批评样式的渊源，同时指出：“四库提要说诗话‘体兼说部’，最为有识。”

今人张伯伟在其《中国古代文学批评方法研究》（下文简称《方法研究》）一书中总结了六种“最具有民族特色的批评形式”，按出现时间先后，诗话排在第五。在该书外篇第五章中，张伯伟以相当长的篇幅论述诗话，考察了诗话产生的背景、诗话体制的演变、诗话在流变过程中体现出来的时代特征，如宋代诗话与党争、禅学，明代诗话与刻书业、淫靡之分，清代诗话与考据、地域之关系等，最后论及域外——对韩国与日本诗话，做了细致的文献整理工作，分析其特征以及和中国诗话的关系。为我们认识诗话提供了重要的参考。

## 二、诗话渊源

前文已述，第一部以“诗话”命名其书的是北宋欧阳修。

但这一命名究竟是欧阳修的独创，还是因袭前人的成名？因此，有必要追述诗话之起源。

关于诗话的起源，影响较大的有以下两种说法。

（一）清代何文焕《历代诗话序》曾云：

> 诗话于何昉乎？庚歌记于《虞书》，“六义”详于古《序》，孔孟论言，别申远旨，《春秋》赋答，都属断章。[1]

所谓“庚歌”，指的是《尚书·虞书·皋陶谟》中关于帝舜作歌、皋陶庚和的记载；所谓“六义”，则是指“风、雅、颂、赋、比、兴”，首见于《周礼·春官·大师》，后来《毛诗序》做了进一步阐发（需要指出的是，《毛诗序》乃是汉儒的手笔，非先秦之作）；孔子和孟子则有许多关于《诗经》的具体论述，如“思无邪”“兴观群怨”“事父事君”“以意逆志”“知人论世”等，影响极为深远；“《春秋》赋答”是指《春秋左氏传》记载的当时外交场合中大量的赋诗酬答的情况，虽多属断章取义，但在“论诗及事”上与后世诗话有相似之处。

但是，先秦典籍里面所附带的论诗、评诗之语，往往是针对具体的诗歌作品——《诗经》而言的，虽然具有评论的性质，

---

1. 何文焕．历代诗话［C］. 北京：中华书局，1981：3.

但“诗歌”本身还没有上升到“类”“属”的抽象概念，遑论诗文评类。故何氏之论，不足以为据。

（二）清代章学诚《文史通义·诗话》：

> 诗话之源，本于钟嵘《诗品》。……后世诗话家言，虽曰本于钟嵘，要其流别滋繁，不可一端尽矣。《诗品》之于论诗，视《文心雕龙》之于论文，皆专门名家，勒为成书之初祖也。[1]

章氏开首即言《诗品》乃后世诗话的源头，但接着又讲不能完全归源于《诗品》。章氏认为诗话有两种形式：或“论诗而及于事也”，或“论诗而及于辞也”，而这两种形式早已见于《论语》《孟子》等先秦经传中了。可以看出，在诗话的起源上，章学诚所持之多元论，比何文焕开通。

以上所述，其关注点皆在于诗话类著作的内容，或言“论诗而及于事也”，或言“论诗而及于辞也”，而“事有是非，辞有工拙”。但诗话成为有别于西方文学批评的样式，则是因为其独具东方文人情趣的闲适性，即“体兼说部”。

《四库》认为诗话“体兼说部”，即与小说在体制上有着某种相似性。这种相似性是存在的。诗话与小说的确有

---

1. 章学诚．诗话［M］// 章学诚．文史通义校注．叶瑛，校注．北京：中华书局，1985：559.

渊源。魏晋南北朝时有一部非常著名的笔记小说——《世说新语》，其中有谢安叔侄雪天论诗的高逸之事，无论是从形式、性质，还是从内容上看，都非常接近后世的诗话。都是论诗，都是闲谈，都是文人雅士。魏晋人物风流自赏，向来为士林所称道，宋人仿效前贤，品评诗词，以此相高，自由漫谈式的随笔或许是最合适的文体了。或许，正是这则故事直接启发了欧阳修。

《四库》论诗话之源，将刘攽《中山诗话》置于《六一诗话》之前，不知出于何故。张伯伟在《中国古代文学批评方法研究》中称，刘攽在其诗话中引用了司马光的《续诗话》，而司马光则明确表示续写欧阳修的《诗话》。从现有资料来看，第一部以“诗话”命名其书的是北宋欧阳修的《诗话》。此后，仿作纷起，后人为了便于征引和区分，便以其号加之于前。

## 三、诗话之流变

诚如章学诚所言，诗话或主于“论事”，或主于“论辞”。宋代诗话以欧阳修《六一诗话》为宗，论诗及事，于叙事之中现作者一己偶得之见，多为“以资闲谈”的记事随笔。两宋之际的诗话，闲谈性、资料性的记事随笔居绝多数，纯粹理性批评的诗论专著则比较少见，像《岁寒堂诗话》《沧浪诗话》等极具理论色彩的著作，还是难得一见的。受宋代诗话创作倾向的影响，金元诗话仍遵循闲谈随笔的体系，走模拟宋代诗话之路。

明代诗话则以“论辞”类为主。有明一代，诗坛热闹非凡，争论不断。影响波及诗话，遂为繁富。拟古、反拟古；宗唐、宗宋。各派间为一争高下，都比较注重从诗歌内部探讨其创作规律。明代诗话的针对性、批评性、知识性明显有所增加。如徐祯卿《谈艺录》、谢榛《四溟诗话》、胡应麟《诗薮》等，都着重论述其个人诗学见解，品评诗人诗作，显露出理论的色彩。

清代大兴考据之风，诗话受其影响，考证是非、辨别真伪。在当时浓厚的学术研究之风影响下，清代诗话家都以严谨的治学方法和严肃认真的写作态度，从事诗话创作。王夫之《姜斋诗话》、王士禛《带经堂诗话》、沈德潜《说诗晬语》、袁枚《随园诗话》、赵翼《瓯北诗话》、叶燮《原诗》等，都名噪一时，影响深远，且都入选郭绍虞、罗根泽主编的《中国古典文学理论批评》专著选辑第一辑。清代诗学理论的三大思潮：“神韵说”“格调说”“性灵说”，即见之于诗话之中。

新文化运动以来，随着旧体诗词创作的日趋衰落，以“辩句法，备古今，纪盛德，录异事，正讹误”“资闲谈”为宗旨的诗话创作也江河日下、风光不再。

## 四、诗话之弊

随着诗话影响的扩大，对诗话的反思性批评意见也开始出现。元代就有人慨叹："诗话盛而诗愈不如古。"（赵文《青山集·郭氏诗话序》）明代李东阳曾言："唐人不言诗法，诗法多出于宋，而宋人于诗无所得。"（《怀麓堂诗话》）清人吴乔也说："唐人精于诗而诗话则少，宋人诗劣于唐而诗话乃多。"（《答万季野诗问》）这种议论实际上是"尊唐抑宋"的回音，是对宋诗的否定，进而归咎于宋代诗话的兴盛，并没有真正认识到诗话的特质。

> 前人诗话之弊，不过失是非好恶之公。今人诗话之弊，乃至为世道人心之害。[1]

章学诚考查诗话之弊，论述前人，"作诗话以党同伐异""诗话之不可凭，或甚于说部"。党同伐异，自然会失去是非公论。如北宋熙宁、元祐党争之际，蔡絛在蔡京授意下撰成《西清诗话》一书，其中多处引述苏、黄等元祐诸公之语，以伺机寻隙而攻讦之。宋人诗话，确实有此弊端。流弊所及，"至于诬善党奸，诡名托姓"，甚而至于"诗话之不可凭，或甚于

---

1. 章学诚．诗治 [M]// 章学诚．文史通义校注．叶瑛，校注．北京：中华书局，1985：560.

说部也”。章氏分诗话为“论诗及事”和“论诗及辞”两大类，所谓不可凭云云，即指前者而言。

所谓“今人诗话”，特指袁枚《随园诗话》而言。[1]祝伊湄在《章学诚对〈随园诗话〉的批评》一文中指出，章氏“颇能客观地评人论学”，但对袁枚的议论“却是心气颇不平和”。考其原因，是章氏对袁枚在当时文坛之盛名“由羡生妒，由妒转恨矣”；同时，“性情不同，识见各异，是章袁龃龉的一个重要原因”。章氏认为“《六经》特圣人取此六种之史以垂训耳”，故主教化；而袁枚“于道统文统、则一笑置之”。[2]章氏既对袁枚《随园诗话》评价不公，则“今人诗话”有害世道人心之说，亦难公允。

西学东渐之前，国人对诗话所做的反思与检讨，都是在传统的思路中进行的。倘若置身于现代批评意识之下，对诗话消亡的原因或许可以认识得更充分。

## 五、诗话消亡辨

中国现代批评意识的觉醒，肇始于王国维《〈红楼梦〉评

1. 章学诚．诗治 [M]// 章学诚．文史通义校注．叶瑛，校注．北京：中华书局，1985：560.
2. 祝伊湄．章学诚对《随园诗话》的批评 [J]. 华侨大学学报（哲学社会科学版），2006，（04）：115.

论》。这篇文章发表于 1904 年，其全新的风格与论述结构，极大地冲击了当时传统的批评模式。

《〈红楼梦〉评论》的发表具有深刻的历史意义。无论是形式还是内容，它都代表了某种断裂：在内容方面，它运用了外来的理论、美学观念和文献材料；在形式上，它表现出现代批评的诸多特征，如章节的划分，引文的使用，全文结束时附以结论，等等。所有这些都显示出其与古典诗话迥异的现代批评的表述方式。"它所产生的冲击波促使人们开始思索：文学批评看来确实有各不相同的路数，传统批评是否也应当拓展自己的视野？"[1] 该文对于包括诗话在内的传统批评模式提出了质疑和挑战，这种质疑和挑战得到了回应。朱光潜曾说：

> 中国向来只有诗话而无诗学……诗话大半是偶感随笔，信手拈来，片言中肯，简练亲切，是其所长；但是它的短处在零乱琐碎，不成系统，有时偏重主观，有时过信传统，缺乏科学的精神和方法。
>
> 诗学在中国不甚发达的原因大概不外两种。一般诗人与读诗人常存一种偏见，以为诗的精微奥妙可意会而不可言传，如经科学分析，则如七宝楼台，拆碎不成片

1. 温儒敏．中国现代文学批评史［M］. 北京：北京大学出版社，1993：3.

段。其次，中国人的心理偏向重综合而不喜分析，长于直觉而短于逻辑的思考。[1]

正是因为对诗话及传统思维有这样清醒的认识，朱光潜才放弃了有着悠久历史的传统诗话批评模式，转而以“谨严的分析与逻辑的归纳”[2]从事诗歌理论研究，撰成《诗论》一书。

事实上，对于诗话的舍弃是当时一代人的选择。首先是文言文作为传统文人表情达意的工具手段为现代白话文所替代，诗话所凭借和依附的媒介被替换掉了。话语方式的转变是思维方式转变的结果。王国维在《论新学语之输入》中论述语言文字与思想品质之间的关系时曾说：

> 我国人之特质，实际的也，通俗的也；西洋人之特质，思辨的也，科学的也。长于抽象而精于分类，对世界一切有形无形之事物，无往而不用综括(Generalization)及分析(Specification)之二法，故言语之多，自然之理也。吾国人之所长，宁在于实践之方

1. 朱光潜．朱光潜美学文集［M］第2卷．上海：上海文艺出版社，1982：3.
2. 朱光潜．朱光潜美学文集［M］第2卷．上海：上海文艺出版社，1982：3.

面，而于理论之方面，则以具体的知识为满足，至分类之事，则除迫于实际之需要外，殆不欲穷究之也。[1]

王国维从中西语言的不同中发现了中西思维方式的不同。王氏此处的概括或有以偏概全之嫌，但仍然在大体上指出了一个非常深刻的事实，即长期以来中国学术已经失去对思想精确而深刻的描述力和表达力。由此，王氏认为，“新学语”的输入、创造“新学语”非常必要，应该重视哲学和形而上学，提高中国人的思维能力。传统与现代、东方与西方、落后与进步等二元对立正是五四一代知识分子激进立场的起点，也是他们思考问题的出发点，甚至像王国维这样的旧式学者也同样把中国与西方的区别看作传统与现代的区别。东西方文化在方法上、思维方式上以及体验生活的方式上有着根本的不同，是五四一代知识分子的基本看法，也是他们思考东西方文化关系的起点。在他们看来，现代化的起点就是抛弃过去，对传统的否决。在他们看来，现代文论取代古典诗话，正如新小说取代章回小说，新式的自由诗取代旧律诗一样，是他们义无反顾的选择。

20世纪初中国现代文学批评的兴起与包括诗话在内的整个古典文学批评的衰落，是当时中国现实社会的状况所导致的结果。中国现代文学批评是五四启蒙运动的组成部分，完全不

1. 王国维．论新学语之输入［M］// 王国维．王国维全集：第1卷．杭州：浙江教育出版社，2010：126–127.

同于诗话，它从一开始就关注着社会政治问题。中国现代批评主体从其诞生之日起，就是带有政治和社会烙印的主体，不像诗话作者那样，甘于书斋的悠闲，陶醉于自我的清高。中国现代文学批评是政治的话语，是社会介入的途径和手段。以诗话为代表的古典文论作为主流批评模式在20世纪初的消亡并非历史的偶然，古典批评所赖以生存的那些社会条件现在已不复存在。在当前的形势下讨论重建中国文论话语，重新探讨诗话等极具民族形式的文学批评样式，或许是解决“失语症”的途径之一。

# 第二章　严羽“妙悟”说研究

严羽的《沧浪诗话》是在中国诗学发展史两宋“一百多部诗话中系统最为严密、理论最为深入、影响也最为巨大的一本诗话”[1]。

在《沧浪诗话》中，严羽从中国诗学传统中的诗性生命的审美体验出发，标举“妙悟”、崇唐抑宋、以禅喻诗，构建了以“妙悟”为核心范畴的诗歌审美及评价体系。

严羽在认真总结历代诗歌创作及批评经验的基础上，结合自己对诗歌艺术的深切体会，对“江西诗派”将诗歌学问化、议论化、文字化的现象及当时诗坛的各种怪象发起猛烈抨击，高标独举，深刻影响了其后诗坛的风气。朱东润曾说：“吾国文学批评家，大抵身为作家，至于批判今古，不过视为余事。求之宋代，独严羽一人，自负识力，此则专以批评名家者。”[2]

1. 童庆炳 . 中国古代文论的现代意义 [M]. 北京：北京师范大学出版社，2001：258.

2. 朱东润 . 中国文学批评史大纲 [M]. 上海：上海古籍出版社，2001：182.

朱东润慧眼独具，视严羽为“职业”批评家。严羽不再将文学批评视为“余事”，而是以勇于探索的创新精神，崇唐抑宋的鲜明立场，以禅喻诗的典型方法，把握中国诗学的诗性生命活动的发展轨迹，凝聚中国诗学传统的审美体验与生存智慧。

在《沧浪诗话》中，严羽以“妙悟”为核心，与“兴趣”“气象”“别材”“别趣”等术语一起构筑起一个开放又统一的体系，既有对具体诗人、诗体、诗歌流派的评述分析，又有对中国诗学发展史总体把握的大局观念，同时是诗歌审美走向自觉的重要体现。严羽诗学依托的是一个有着千余年诗歌创作和诗学自觉的文化背景，《沧浪诗话》中诗辩、诗体、诗法、诗评、诗证等五大内容浑然一体，从中可以看出严羽的理论自觉意识。

在对待学识与作诗的问题上，严羽并非完全排斥知识经验积累在诗歌创作上的重要作用，他所回答的是在具备了一定知识之后，诗歌创作要如何取得突破、如何富于创造性，以及诗歌抒写性情等更为根本性的问题。在诗禅关系上，本来诗歌与禅学两者就有相向而生的态势，加之严羽只是“借禅以为喻”，故其中的细节不应成为其理论本身的诟病所在。严羽以灵活的理论对待僵化的诗歌现实，身处于末季又能坚守名节，实为其性格当中“奇气”的最好说明。

严羽的“妙悟”说既有对日常言语思维的超越，又有对感性直觉体验的追求，但又不仅仅局限于其中的任何一个方面。

“妙悟”的这种“悟”可以说是澄怀体道的悟，是超越逻辑语言、不以知识论为目的的一种体验，也即“直截根源”讲求当下明了的一种心境。

我们对“妙悟”说总体的认识是：“妙悟”是诗歌创作思维的根本特征，它不是由知识的累积而来的，相反在某种程度上是排斥知识而强调内心的真实情感体验，以瞬间生成为其表现形式，但又不同于灵感、直觉，它是一个完整的致思过程。“妙悟”的基础一定是建筑在对现实生活的真实情感体验之上的，所以，离开了审美体验，“妙悟”也就无从发生。另一方面，“妙悟”也可以用来评价诗歌，是诗歌艺术水准高下的一条重要标准，凡是以“妙悟”思维创作出来的作品都是艺术中的上等，而那些没有真实情感体验只靠文字才学为诗的作品自然就价值低廉。

由是观之，严羽的“妙悟”说既揭示了诗歌艺术创作思维的根本特征，同时是衡量诗歌艺术高下的一条重要标准。所以，“妙悟”既是诗歌创作的根本方法，又是诗歌鉴赏的重要标准，甚至是衡量艺术品有无艺术性的根本标准。

# 第一节　严羽诗学生成的文化背景

严羽，字仪卿，一字丹丘，自号沧浪逋客，邵武人，大致生活于南宋末年宁宗、理宗朝，具体生卒年月不详，尚待进一步考证。现存著作《沧浪严先生吟卷》，包括《沧浪诗话》一卷，诗作二卷，诗话后附书信《答出继叔临安吴景仙书》一封。南宋咸淳四年（1269 年），进士黄公绍曾为《沧浪吟》撰写序言，使这部名著特别是《沧浪诗话》得以广泛流传，蜚声中外。序中称严羽“粹温中有奇气”，[1]可见严羽的性格当中有股别具一格的精神风貌，这种自负的气质诉诸批评实践中则表现为独树一帜，不与流俗相竞。

当然，自视甚高需要有深厚的诗学修养来支撑，严羽确实才华出众，不负众望。戴式之《祝二严》高度赞扬严羽的才能及其诗学主张：“羽也天资高，不肯事科举。风雅与骚些，历历在肺腑。持论伤太高，与世或龃龉。长歌激古风，自立一门户。”[2]在戴复古笔下，严羽俨然是一位风姿潇洒、傲视苍穹的文

---

1. 严羽．沧浪诗话校释［M］. 郭绍虞，校释．北京：人民文学出版社，1961：266.
2. 戴复古．石屏诗集［M］// 景印文渊阁四库全书：第 1165 册．台湾：商务印书馆，1986：561.

人，与李白在精神气质方面有些相似。多年行走江湖的经历更使严羽看清官场的种种弊端，以至于空怀报国之志而终难如其所愿，落拓江湖间并走向归隐之路。严羽的一生都在与诗歌打交道，作诗、评诗是他生活中的重要事项，探寻诗歌创作的真髓更是他孜孜以求的东西，正因如此他才敢于提出不同于流俗的理论见地。

严羽能够在当时提出“妙悟”的诗学主张，有其深刻的社会历史背景，最主要有以下几个方面：首先，文人谈禅论禅之风在宋代几成风习，与僧人往来更是较前代普遍，这就给他们创造了更多接触佛法的机会，并将佛教的一些理论引入诗论批评当中；其次，江西诗派及四灵、江湖诗人的创作趣向已经严重背离诗歌发展本身的要求，刻意为之、格局狭小、只在形式方面用力等弊病表现得尤为突出，这就需要一次观念性的变革来改换这种颓丧之气；再次，严羽多年的游历生涯及与师友的切磋也增益了他的理论见地；最后，严羽本人的个性促发他振臂一呼、独树高标，以理论批评的方式书写诗论之菁华。下面将分述之。

自东汉末佛教传入中土以来，佛学思想便在华夏大地不断地生发，并与儒、道等各家思想激烈交锋，互相借鉴吸收，最终分庭抗礼，成为中国传统文化中的一分子。佛教与道家融合促成了魏晋玄学的成形，谈玄一时成为社会风尚，士大夫们在纵情放逸之际同样经历着一番智性的体验。魏晋之后，社会动乱，自隋唐复平，佛教又一次获得长足发展。

至宋代，朱陆二家都从佛教汲取了许多营养，儒释道会通更是他们的追求，所以才形成儒释道三家你中有我、我中有你的新格局。在士人当中作诗论禅更是普遍，苏轼、黄庭坚等都是这方面的代表。苏轼著名的《琴诗》："若言琴上有琴声，放在匣中何不鸣？若言声在指头上，何不于君指上听？"[1]就是对《楞严经》卷四里"譬如琴、瑟、箜篌、琵琶，虽有妙音，若无妙指，终不能发"[2]一句的转化，同样是为了说明万法"缘起"的理论，但是用诗的形式表现出来则韵味大有不同。这种融禅理、禅趣于一体，借诗发挥出来的形式是当时许多诗人的创作趣向，禅诗在宋代更是风靡不衰。"以禅论诗"也是时代风尚，吴可著名的《学诗诗》之一："学诗浑似学参禅，竹榻蒲团不计年。直待自家都了得，等闲拈出便超然。"[3]吴可将学诗的过程比作僧人参禅悟道的活动，认为两者都需要下大功夫，最终才能达到挥洒自如的境界。他所谓的"等闲拈出"也隐露出以才学、学力为诗的倾向，但又不仅仅是才学所能办到的，重要的是要有所悟，对诗歌创作规律有真正的体会。学识积累是一方

---

1. 苏轼 . 苏轼集 [M]. 陶文鹏，郑园，编选 . 南京：凤凰出版社，2006：75.
2. 佛教十三经：楞严经 [M]. 赖永海，杨维中，译注 . 北京：中华书局，2010：144.
3. 魏庆之 . 诗人玉屑 [M]. 王仲闻，点校 . 北京：中华书局，2007：11.

面，悟入其中是另一方面，这就不是僵化了的江西诗派教条所能涵括的。韩驹以“饱参”论诗，与此十分相近，但两者又有本质不同。韩子苍《赠赵伯鱼》诗中有句曰：“学诗当如初学禅，未悟且遍参诸方，一朝悟罢正法眼，信手拈出皆成章。”[1]子苍的目的是充实自己的学问，以达到黄山谷所谓的“无一字无来处”[2]的境地，真可谓江西真传。这样完全将作诗的重点放在推敲词句上，与真正的参禅可以说是南辕北辙，但披上了参禅的外衣。禅宗是要摒弃文字、讲求刹那见性的，虽然形式上是在进行修禅，但这种修行绝不是为了增长有关名相的知识，相反是要抛弃它。可见，当时的士人们不管诗论主张多么的迥异，都从佛教理论当中找到了想要表达其见解的言说方式，这就为区分他们之间的异同带来很大的困难。同是以禅论诗，诗论主张却可以相互对立，要在立论点及对禅的认识上有所区别，后面还会谈到。严羽在这样的环境当中怎么可能抛却时人的论调而完全另说一套话语呢？他所能做的就是同样借禅来论诗，但却与他们有根本区别，因为他抓住了诗歌创作与鉴赏的真实生命，关注的是中国诗学传统中诗性生命发展的审美体验。

与僧人交游是文人雅士日常生活中的一部分，苏轼与佛印的交游甚是频繁，他们之间的故事被传为佳话。据《五灯会元》“云居了元禅师”条下记载：“师一日与学徒入室次，适东坡居

---

1. 郭绍虞．历代文论选：第 2 册［M］. 上海：上海古籍出版社，2001：348.
2. 郭绍虞．历代文论选：第 2 册［M］. 上海：上海古籍出版社，2001：316.

士到面前。师曰：'此间无坐榻，居士来此作甚么？'士曰：'暂借佛印四大为坐榻。'师曰：'山僧有一问，居士若道得，即请坐；道不得，即输腰下玉带子。'士欣然曰：'便请。'师曰：'居士适来道，暂借山僧四大为坐榻。只如山僧四大本空，五阴非有，居士向甚么处坐？'士不能答，遂留玉带。师却赠以云山衲衣。士乃作偈曰：'百千灯作一灯光，尽是恒沙妙法王。是故东坡不敢惜，借君四大作禅床。病骨难堪玉带围，钝根仍落箭锋机。会当乞食歌姬院，夺得云山旧衲衣。此带阅人如传舍，流传到我亦悠哉。锦袍错落犹相称，乞与佯狂老万回。'"[1]可见，东坡在与禅师的交往中不断地获得思想上的升华以及对宇宙人生的新体悟。苏轼题李之仪试卷有"暂借好诗消永夜，每逢佳处辄参禅"一联，一般被认为是宋人以禅喻诗的开端。严羽与大力提倡妙悟的大慧宗杲为密友。严羽在《答出继叔临安吴景仙书》中说："妙喜自谓参禅精子，仆亦自谓参诗精子。"[2]妙喜即临济宗杨岐派大慧宗杲禅师。宗杲提倡以"妙悟"为中心的看话禅，是中国禅宗史上第一个大力倡导话头禅的僧人。"宗杲禅学与士大夫具有诗禅相通、儒佛互摄、妙悟等共同话语。"[3]严羽自比宗杲，可见其诗学抱负与诗歌理论上的雄心，他认为自己已经对诗歌创作规律了如指掌，达到了高妙的境地。

---

1. 普济 . 五灯会元 [M]. 苏渊雷，点校 . 北京：中华书局，1984：1027.
2. 严羽 . 沧浪诗话校释 [M]. 郭绍虞，校释 . 北京：人民文学出版社，1961：253.
3. 方新蓉 . 宗杲禅学与士大夫的话语同构 [J]. 求索，2010（10）：148–150.

正是不断地对佛法进行体认，严羽才能够借此表达自己的论诗见解。

严羽“妙悟”说之所以能够成形并对后世产生影响，原因还在于它的主要批判对象“江西诗派”已由当初的刻意求工走到雕章琢句的末路，严羽的诗论主张有助于改换这种颓丧之风。我们不能一概否认江西诗派创始者黄庭坚等人的诗论价值，他们所奠基的诗歌规范与作诗技巧还是值得肯定的，问题在于经过时间的推移，这些原本在当时有价值的东西变成了僵化的教条，束缚了诗人的创造性思维，阻碍了诗歌的健康发展。江西诗派能够在历史上产生巨大影响说明他们的诗论主张在一定程度上存在着合理性，他们宗法杜甫，提倡夺胎换骨，对诗歌形式的整饬与技巧的发展有一定的促进作用。然而仅仅关注诗歌形式技巧方面在无形中会忽略诗之为诗的根本，忽视一些诸如直觉、灵感等因素，也无法把握诗歌创作的真髓。

严羽处在这样的大环境下深受其染，当他觉察到按照江西诗法为诗的危害时，便与之决绝，试图寻找诗歌生命的真正源泉。由此，以“妙悟”论诗，以“兴趣”言诗，从诗人的真性情出发，将学识摆到了相对次要的位置，力图直探本源，搜寻诗歌创作之真髓。他的“妙悟”说直指江西诗派的弊病而发，力图纠正江西诗派余绪在诗学上的歧路。从某种意义上说，江西诗派的诗派所失之处，正是严羽所得之处，然而严羽之所得，又远远超过江西诸人对诗的认识，问题之关捩仅在于严羽走对了路，回到了我们的诗学传统当中。《毛诗正义》有云："诗者，志之所之也。在心为志，发言为诗。情动于中，而形于言。言之不足，故嗟叹之；嗟叹之不足，故永歌之；永歌之不足，不知手之舞之足之蹈之也。"[1]可见，诗是诗人的生命情感意志抒发的直接结果，与诗人生命的真情实感密切相关，也是诗人对自身生存状况的最直接表达，是诗人诗性生命内在的精神转化在语言文字上的外化，通过这种特殊的语言传递内心隐秘的情感。江西诸人恰恰是在这一点上走了弯路，他们以为诗歌凭才学、凭用典推敲就能达到完美的境地，实际上所做的这一切可以说都是外在的功夫，于内在的情感经营无益。如果仅靠理性的分析推敲、借用古人言语就能作诗，那么这种诗就纯粹是学问诗、议论诗、文字诗，而不是关乎诗人生命情感与精神的真正的诗。诗歌乃至文学表面上看似乎不过是文字的游戏，但实质上这种文字的经营与书写必将包含创作者的生命情感价值，不然就跟日常语言没有任何区别，诗歌、文学也将丧失抚慰人心的功能。

江西诗派为诗，不能说全无情感，他们只是把关注点放在了诗的外在形式上，也即字句的精巧、音律的和谐等，而将诗歌作为情意的寄托这一方面给忽略掉了。严羽正好相反，他回归到诗歌内在的情意诉求上，注重诗歌创作的直觉、体悟与情

1. 阮元．十三经注疏［M］. 北京：中华书局，1980：269–270.

感经营，尽管他本人的诗作在一些人看来是难以让人满意的，但并不能因此否定他的诗论主张的正确性。

“妙悟”说如一针清凉剂，给诗坛以警醒，让文人重新反思诗歌创作的初衷与价值。其实，并不是他们不懂得诗歌的原初价值，只是受社会风习的熏染之后，原来的认识被蒙蔽了，以至于搞不清诗歌原初该是什么样子。再加上受古代诗歌承担政治教化功用的影响，附加在诗上面的限制因素就更多了，如要求合乎人伦纲常，情感表现要适切，这样，想拨开层层云雾见到诗的真颜就更加困难了。诗人有感于外在的现实，才从内心鸣发出强烈的情感，这不是仅仅玩味文字就能获得的，它必须来自内心的真实体验，只有忠实于自己的情趣意向，才能创作出一流的诗歌，不然就会落入“第二义”，不得诗旨。

要想探讨严羽诗论的成形，不得不注意到他的游历生涯以及他的师承关系诸方面。经许志刚考证，严羽一生曾三次客居他乡，过着游历的生活，“第一次时间较长，客寓地在湘赣的一些地区；第二次离乡，是为躲避家乡发生的农民起义”，“第三次离乡远游，先后到过吴越、江西，历时两年多”[1]。这就是严羽一生漂泊江湖的历程，其足迹遍布南宋的大部，且始终处于谒见与求学当中。他结交了一些志同道合的朋友，同他们论诗酬答，书信往来。与友人及同门师兄的切磋交流使得严羽的

---

1. 许志刚 . 严羽评传 [M]. 南京：南京大学出版社，1997：36.

诗论思想有了长足的进步，进而内化为一种比较固定的诗歌见地，对他的诗歌批评体系的完型增益不少。戴复古、包恢、杜耒、赖铸、上官伟长、吴陵、张南卿等则是他一生中比较重要的朋友。严羽在与这些朋友论诗的过程中无形地使自己的诗论主张得到检验与生发，同时吸取了他们的一些正确的理论见解，进而形成自己的理论系统。

行走在江湖间一方面是漂泊，为了自己的志业；另一方面也是一种人生的实践，是对自身所学的历练。严羽二十出头拜在心学大师陆九渊的得意门生包扬门下问学，可以说心学对他的影响是比较深远并显而易见的，心学所强调的“生命活泼的灵明体验”在严羽的“妙悟”说主张里隐约可以体察得到。“须参活句，勿参死句”[1]虽是严羽从禅宗经典里面转用过来的话，但用在诗歌创作上则比较恰切地说明了那种与日常思维迥异的创作思维状态。对活脱脱的生命体验本身的重视是严羽诗论的立足点，在此基础上才强调诗思与日常理性思维的不同，以及诗歌创作的那种不可言传只可意会的秘密。

严羽与包恢之间的交流也为他的理论成形起到一定的作用。包恢在其《敝帚稿略》中言道：“所谓造化之未发者，则冲漠有际，冥会无迹，空中之音，相中之色，欲有执着，曾不可得，而自有尸居而龙见，渊默而雷声者焉；所谓造化之已

1. 严羽．沧浪诗话校释［M］. 郭绍虞，校释．北京：人民文学出版社，1961：124.

发者，真景见前，生意呈露，混然天成，无补天之缝罅，物各付物，无核楮之痕迹，盖自有纯真而非影，全是而非似者焉。”“然此惟天才生知，不假作为，可以与此，其余皆须以学而入。学则须习，恐未易径造也。所以前辈尝有‘学诗浑似学参禅’之语。彼参禅固有顿悟，亦须有渐修得始得。顿悟如初生孩子，一日而肢体已成；渐修如长养成人，岁久而志气方立。此虽是异端语，亦有理可施之于诗也。”[1]从包恢的言语当中我们可以发现他所说的“造化之未发”与“造化之已发”的状态与严羽的论调颇有几分相似，“空中之音，相中之色”等句更是如出一辙，但是细加分析，我们可以肯定他们二人还是有所区别的。包恢论诗重在玲珑自然，肯定天才诗作的同时强调“学”的重要性，他是由渐入顿、顿渐双修；严羽则一直超入诗之最高境界，强调“悟”字，一转悟即可领会诗的高妙，对于“学”则不如包恢强调之甚。可以说包恢是以常人的眼光看待作诗并论诗，严羽则纯粹以天才诗作绳之、度之，故其所论显得比较难以有章可循，在一般诗人那里是达不到的。总之，在诗歌见地上包恢是以一般的诗人标准论诗，严羽是以天才诗人的标准论诗，这是他们的根本区别所在。

最后，严羽之所以能够旗帜鲜明地表示自己的诗论立场，与他的气质个性也不无关联。说他带有江湖气也好，说他自视

1. 包恢．答傅可当论诗 [M]// 景印文渊阁四库全书：第 1178 册，台北：台湾商务印书馆 .1986：717.

甚高也好，都不能忽视他内心本有的道义与责任感。严羽对自己的家世还是怀有很大的自豪感的，他在《送主簿兄之德化任》一诗中写道："唐世诸严盛西蜀，郑公勋业开吾族。后来避地居南闽，几代诗名不乏人。"可见，严羽的祖上功业显赫，后世也多有以诗出名的，到了严羽这一代更显得不能输给前人，那么就有必要扬名立万，继承发扬祖先之"勋业"。同时，严羽本人并非死读书的迂腐之辈，不事科举，以此表达自己志向之高洁，性格中固有的"奇气"更是与凡俗划清界限。在江西诗派走入引经据典、刻镂词句的末路之时他不能视而不见，在四灵、江湖诗人学习贾岛、姚合作清苦吟咏之际他不能充耳不闻，面对诗歌发展上的歧途他有责任进行纠正，将风向标指向盛唐，以极高标准审视当时的诗坛，以"妙悟""兴趣"言诗也是顺势之举。严羽一方面独具个性，另一方面关心时事，这就使他不能不对充斥诗坛的错误主张进行猛烈的攻击，而且不畏诘难与嘲讽，反而更加志气高昂，认为自己是在"断千百年公案"[1]，以新的高度总结历史。表面看来，严羽是一个复古主义者，以盛唐为法，认为其余皆不足观，实际上这是对严羽诗论的误解，严羽之所以标举盛唐只不过是为了让那些偏离诗歌创作轨道的人们明白作诗的正途，知道诗是创造出来的，不是造作出来的。在之后的发展实践中也证明了唐代诗歌的艺术价值

1. 严羽．沧浪诗话校释［M］．郭绍虞，校释．北京：人民文学出版社，1961：251.

与影响，所以，如果要找范本自然是以唐为宗。严羽盛赞唐诗创作成就并推崇李、杜，这对此二人在诗史上的经典化进程起到了一定的推动作用。

严羽“妙悟”说的提出既是历史的必然，又合乎严羽本人的实际情况。从以上论述可以见出，社会风尚促使严羽有如此之机缘来伸张他的诗论，他本人的生活阅历则时刻催促着他将理想中的诗歌观念化为一种现实武器，用来对抗主流意识，最终对后世产生深远影响。

以上对“妙悟”说产生的历史背景及严羽的相关生活阅历做了一些论述说明，为的是从大的方面总体把握严羽诗论的基本品格，接下来还要进行具体的文本内部探析，以期探讨它的整个理论构成机制。

# 第二节 “妙悟”说的主旨

## 一、“妙悟”概念溯源

根据现存文献，“妙悟”一词首见于僧肇《涅槃无名论》：“玄道在于妙悟，妙悟在于即真。”[1]僧肇认为涅槃之最高妙处在于“妙悟”，而“妙悟”又在于“即真”（即在尘世中能以圣心般若观照一切事的本性空寂，悟入真谛）。在“妙悟”的过程中，达到“即真”外境与自我内心相融且“无异”，如此可通达一切现象，因此涅槃之体现被描述为与一切众生冥合一体，与自然相互契合。僧肇引《庄子·齐物论》“天地与我并生，而万物与我为一”（万物一体之境）阐释源自佛教的涅槃“即真”与“莫二”思想，且在其中将大乘般若“悟入”性空与龙树中观学中道正观（“不立于二谛”）思想和“妙存”（“有无一观者”）的道理融合在“妙悟”一词中，要求用“妙悟”的方法解脱自我与真俗之二元精神境界，达到一切圣人“重玄

---

1. 僧肇．肇论校释 [M]. 张春波，校释．北京：中华书局，2010：209.

之域”“有无双谴”的涅槃般若境界，由此建立了一个较完整的中国化佛教哲学体系。[1]

随着僧肇思想的传播，“妙悟”成为佛教惯用语。禅宗“十六字心法”中的“直指人心”意思就是“妙悟”。僧肇创建了“妙悟”范畴，但真正将“妙悟”推上有影响地位的是唐以后由惠能开创的南宗禅。禅宗在教义上有两大特点：一是即心即佛，二是顿悟成佛。禅宗的“顿悟”与庄子同样有渊源。《庄子·大宗师》称赞庖丁解牛出神入化的原因在于“以神遇而不以目视”。所谓“神遇”其实就是一种直觉式的领悟方式。“神遇”要将人导入道家的自然境界，即与天地万物俱生同化的境地；“顿悟”指向佛教的涅槃境界，亦即破除对世间万有的妄念与执着，以跻于不生不灭、超脱轮回的解脱境地。“这就是为什么诗学中的‘妙悟’说虽然承接着佛教禅宗的话头，而又处处带有传统道家乃至某些儒家思想痕迹的缘由。”[2]

在严羽之前，“妙悟”作为一种独特的心灵体验方式、认识方式已经进入审美领域，如唐代李嗣真《续画品录》的“顾生思侔造化，得妙悟于神会”[3]；张彦远《历代名画记》的“凝神遐想，妙悟自然，物我两忘，离形去智”[4]。唐人“诗禅并提

---

1. 柯伟业.《历代名画记》中“妙悟”的佛教与道教源流考[J]. 北京大学学报（哲学社会科学版），2023，60（05）：74.
2. 陈伯海. 中国诗学之现代观[M]. 上海：上海古籍出版社，2006：248.
3. 潘运告. 中国历代画论选：上册[M]. 长沙：湖南美术出版社，2007：60.
4. 张彦远. 历代名画记全译[M]. 承载，译注. 贵州：贵州人民出版社，2009：95.

在王昌龄《诗格》和皎然《诗式》中已见端倪……可见‘悟’作为禅的思维方式已悄悄渗入诗学领域，从而为宋人以禅悟论诗作好了准备。”[1]我们选取“妙悟”说这一富有特征的理论原点进而勾稽他的整个理论蕲向，那么“妙”与“悟”各自本身就必须首先要阐释清楚。

## 二、释“妙”“悟”

“妙悟”一语的核心在一个“悟”字，“悟”的状态或途径是“妙”，通过“妙”达到真正彻底的“悟”，这种悟无论是依严羽的意思还是按佛教的说法都无法用言语来形容，故严氏在他的诗话中试图运用比喻的形式展现它，称“其妙处透彻玲珑，不可凑泊，如空中之音，相中之色，水中之月，镜中之象，言有尽而意无穷”[2]。有人认为这是受司空图“四外”说（象外之象、景外之景、韵外之致、味外之味）的影响，实不尽然。他与司空图的关系还比较远，并未见出有什么直接的联系，相反，受时人影响的可能性更大一点。严羽借鉴禅宗不立文字、超越语言、摒弃逻辑思维的方式，对“悟”的澄澈状态做了这样一个很难把捉的说明，让人有虚而不实之感。可是，要清楚的是，“悟”的状态本来就不是言语所能触及的，它是超越

1. 陈伯海 . 中国诗学之现代观［M］. 上海：上海古籍出版社，2006：249.
2. 严羽 . 沧浪诗话校释［M］. 郭绍虞，校释 . 北京：人民文学出版社，1961：275.

语言逻辑的，所以禅宗也常常以打比方、机锋棒喝、下转语的方式促成弟子的顿悟。严羽能够抓住“悟”的这一本质特征来对诗歌创作做出说明，真可谓意深味长。既然“妙”一方面是“悟”的状态，另一方面又是“悟”的方式，那么究竟如何把握这个看似玄虚的“妙”呢？

“妙”是中国诗学中一个非常重要的范畴，反映了古代中国人对审美活动的独特看法。“妙”这个词在古代文献中最早可能见于《老子》，最初是体现“道”的哲学范畴，含有无限性与不可言说性两大特点。“但后世学者考证：《老子》中的‘妙’是后人转辗抄录中所改，因为‘古无妙字’（毕沅语）。根据长沙马王堆西汉古墓中出土的帛书本《老子》，‘妙’皆写成‘眇’。”[1]“古无妙字”，《尔雅》《方言》《说文解字》等均未见“妙”，但有一系列与“妙”音同形近的字，清代钱绎在《方言笺疏》中梳理过“杪”“玅”“眇”“篎”“秒”“藐”等字，认为“杪”乃本字，余皆音同义近的异体字，“是凡言‘杪’者，皆小之义也”。[2]段玉裁注《说文解字》认为后来的“妙”字正是由“眇”演化而来，他释“眇”如下：“眇训小目。引申为凡小之称。又引申为微妙之义。说文无妙字。眇即妙也。史记。户说以眇论。即妙论也。周易。眇万物而为言。

1. 李耀建．论妙 [J]. 北京大学学报（哲学社会科学版），1990（05）：21-43.
2. 钱绎．方言笺疏 [M]. 北京：中华书局，2013：70.

陆机赋。眇众虑而为言。皆今之妙字也。”[1]可见，“妙”既有小之义，又有微妙的含义在里头，后多从这两方面生发出它新的意义。王弼注《老子》“故常无欲，以观其妙”一句为“妙者，微之极也。万物始于微而后成，始于无而后生，故常无欲空虚可以观其始物之妙”[2]。从其注解当中可以看出“妙”之义在于精微，微乎其微以至于无，而后化育万物。“微”“妙”互释正说明“妙”的细小与几微，遂延伸为不可思议的“道”的力量。

“妙”在《老子》一书中出现过三次，分别是第一章“故常‘无’，欲以观其妙，常‘有’，欲以观其徼。……玄之又玄，众妙之门”[3]、第十五章“古之善为道者，微妙玄通，深不可识”[4]、第二十七章“不贵其师，不爱其资，虽智大迷，是谓要妙”[5]。在第一章中，大部分学者释“妙”为“微、小”，陈鼓应释为“奥妙”。“微妙”和“玄通”是对体道者的描述。体道者已深入“玄”“妙”之境，故而深不可测。而“要妙”则为“精要玄妙”，乃玄不可测之道。

《庄子》一书多处提及“妙”或“眇”，为“妙”赋予新的含义。庄子将“妙”和其他字连用，组合成一个新的词，如“妙道”“极妙”“大妙”。

---

1. 许慎．说文解字注［M］. 段玉裁，注．上海：上海古籍出版社，1981：135.
2. 王弼．老子注［M］// 诸子集成：第 3 册．北京：中华书局，1935：1.
3. 陈鼓应．老子注译及评介［M］. 北京：中华书局，1984：53.
4. 陈鼓应．老子注译及评介［M］. 北京：中华书局，1984：117.
5. 陈鼓应．老子注译及评介［M］. 北京：中华书局，1984：174.

“妙”字之后多用来形容一些非常之能力或不易用语言解释的事物，如“妙道”“妙手”“妙法”“微妙”“玄妙”“神妙”等，都在说明“妙”之不可思议的方面，同时含有赞美的意味，所以后来又有了“绝妙”“美妙”这样的词语。曹丕《与吴质书》中称赞刘桢“公干有逸气，但未遒耳。其五言诗之善者，绝妙时人”[1]。可见，“妙”字既有赞美的语气，又有超拔的一面，说明刘公干的五言诗可以独当一面，超越同时代的其他诗人的诗作。

由以上的论述观之，“妙”字的本义应是微小、精微，进而含有超越一般的意义，并表示出一种赞赏的态度，与“悟”连用以后，一方面可以当成“悟”的修饰语，表示“悟”的透彻状态与境界，“妙悟”之境也就是“悟”之极境；另一方面也可视作致“悟”之途，通过“妙”这种极精微的方式以达到“悟”。“妙”与“悟”互相推动，共同生发出意味无穷的能指。既然对“妙”的体认最终还是为了成就“悟”的境界，那更需对“悟”字详察。

“悟”字最早见于《尚书·顾命上》：“今天降疾殆，弗兴弗悟。”孙星衍注“悟与寤通，《诗传》云，‘觉也’，觉犹知”，故“弗悟”便是不能睡醒。[2]“悟”字本义同“寤”，原指睡眠后的觉醒。《说文解字·心部》：“悟，觉也。从心。吾声。”段

1. 郭绍虞 . 历代文论选：第 1 册 [M]. 上海：上海古籍出版社，2001：165.
2. 尚书今古文注疏：下册 [M]. 孙星衍，注 . 上海：商务印书馆，1936：21.

注称“古书多用寤为之”。[1]查阅“寤”字的解释：“寐觉而有言曰寤。”[2]屈原《离骚》“闺中既以邃远兮，哲王又不寤”，王逸注“寤，觉也”，“不寤”乃“不能觉悟善恶之情”[3]。这是由生理上的觉醒引申到精神上的觉醒。

可见，“悟”字的本义即为觉醒、明白，是醒着的一种状态，心里还有意识。但是经过后来的演化“悟”字开始生发出非同一般的意义。首先，“悟”从心，所觉察的是人的心，心本来就是一个很虚的概念，要想觉察明白，其难度可想而知。正因为与心相连，所以要想觉知必须依靠非常之途径。其次，“悟”这个字本身告诉我们所“悟”的对象就是我们的心，是在自身之内，而不是向外诉求。这样一来，内省本身就变得尤为重要。再次，“悟”的结果是心之觉醒状态，究竟觉醒的心应该是什么样子，它与未醒之心有什么区别，这些自然而然成为“悟”生发其意义的重要方面。既然“悟”的途径、对象、结果都非同寻常，要求通过向内挖掘自心而获得成就，那么这个过程就必然非常之奇妙。“悟”是从自心入手寻求一种透彻明白的心理体验，这一过程主体既要有我，又要忘我。有我是为了方便观察自己的心，心从表面上看起来毕竟是自己的，而不是别人的。同时，一旦有所觉悟，就会忘掉自我，现实当中

---

1. 许慎 . 说文解字注 [M]. 段玉裁，注 . 上海：上海古籍出版社，1981：506.
2. 许慎 . 说文解字注 [M]. 段玉裁，注 . 上海：上海古籍出版社，1981：347.
3. 洪兴祖 . 楚辞补注 [M]. 白化文，许德楠，等点校 . 北京：中华书局，1983：34.

的我将被觉醒的心驱走，取而代之的是无我之体验。这样的过程基本上就是佛家寻求开悟的过程，“悟”之特殊方式与艺术创作的思维状态在很大程度上可以说是密切相关的，严羽以“妙悟”论诗许是琢磨到了这一层面。

朱良志认为“悟”不仅是一种认识，更是一种内在修养；“悟”的对象不仅是知识，更是智慧的发现；“悟”的过程被认为是不涉及知识不关乎概念的直觉体验活动。作为“体悟”之“悟”，有四个义项：第一，吾之心，即“悟”由我心起，觉在我心觉，我心了了，方是真了。这里有两层意思：一是由外在感觉转入内心的体味。眼耳鼻舌等外在感觉器官只能停留于感性，无法导入更深的认识，必须用心去听。二是由他人之心归于吾之心。自己的心、自己的真实之性，才应该是认识的主宰，而不是迷失于外在的习惯、他人的权威。第二，“悟”即觉。“悟”含有让真实生命醒来的意思。汉译佛经往往以觉为悟，以不觉为迷。第三，“悟”即契。“悟”不是对某个对象的认识，而是契入其中，从迷妄的世界走入真实的世界。第四，“悟”即修。妙悟活动有体认和修心的双重功能。[1]朱良志对“悟”四个义项的归纳与阐释，更多地指向佛学信徒的修行，属于“禅悟”的特性。“禅悟”是与日常现实生活密切相关的生命体验活动；一切文字都只是获得这种本真生命体验的符号或工具。

---

1. 朱良志 . 惟在妙悟 [M]. 合肥：安徽文艺出版社，2020：6-10.

"禅悟"就是要顿悟活泼泼自然生命的本来面目，顿悟"平常心是道"中"平常心"的生命意蕴。这与严羽"妙悟"诗学追求诗性生命的审美目标基本一致。

通过对"妙"与"悟"字源的历史考察及简要分析，我们发现"妙悟"本身就是一个极精微细致的运思过程，而且非常强调内心体验，通过对自心的不断省察最终达到一种彻底明白的觉悟之境。重直觉、重形象、重体验可以说是"妙悟"的基本特征，非逻辑、非语言、去概念可以说是"妙悟"的应然要求。与此同时，它所获得的感知应该是整体性的，通过体悟式思维来把握整个过程。

严羽"妙悟"诗学的核心即在"悟"字，就是由这个"悟"才牵扯出诗与禅的关系、是否遵循"法度"、诗性生命的审美追寻等一系列问题。实则严羽的本意不过是为了让人们跳出诗歌理论化的误区，回到诗性生命感性的审美情感体验上来。"悟"既是对心灵体验的召唤，又是艺术发明创造的源泉，还是对艺术形象性、直觉性、个体体验性的深切诉求。而"妙"字则相当完美地诠释了"悟"的这种只可意会不可言传的诗意状态，"妙"既是悟的方式，也是悟的呈现状态。这直接打通了中国传统文化上的庄、玄、禅三者，使得这种体验也足具东方特质。

## 三、"妙悟"说的理论内涵

通过对"妙悟"说产生的历史背景进行阐述，我们已经大致清楚了"妙悟"的致思路径。严羽的"妙悟"说既有对日常言语思维的超越，又有对感性直觉体验的追求，但又不仅仅局限于其中的任一方面。"妙悟"的核心在一"悟"字，这种悟可以说是澄怀体道的悟，是超越逻辑语言、不以知识论为目的一种体验，也即"直截根源"[1]，讲求当下明了的一种心境。严羽发现诗歌艺术创作的完成并不单单是靠所获得的外部知识经过加工就能解决得了的，相反，知识有时反而成为一种阻碍，阻碍人的悟性思维，以至于创作期间没有灵感来袭，所创作的作品自然也就平平。如果诗人能够摒弃惯常的知识模式，少受一些用典、词句等的限制，就能给想象留出更大的空间，所创造的艺术作品自然更胜一筹。严羽在这里所要探讨的是有关诗歌艺术创作思维的根本问题，同时顺带批判"以文字为诗"的低级趣向。当然，灵感、直觉、想象等现代人常用的文艺心理学名词在严羽的时代不可能划分得这么详细，但是严羽所探讨的问题无疑触到了其中一些根本的方面。

作为禅宗思想产物的"妙悟"，于宋代正式进入诗学领域。"妙悟"作为诗性生命的审美表征，在不排除外界因素启

---

1. 严羽．沧浪诗话校释 [M]. 郭绍虞，校释．北京：人民文学出版社，1961：1.

悟的情况下，强调自性心悟，重视心源的作用远远胜过外物。严羽在将诗歌发展的源流与禅宗的南北、大小乘做比喻性说明之后，直接说道："大抵禅道惟在妙悟，诗道亦在妙悟。且孟襄阳学力下韩退之远甚，而其诗独出退之之上者，一味妙悟而已。惟悟乃为当行，乃为本色。然悟有浅深，有分限，有透彻之悟，有但得一知半解之悟。"[1] 在这里严羽比较简明扼要地提出了"妙悟"说的基本宗旨，我们应该清楚的有以下三方面：首先，严羽诗学理论上的"妙悟"是受禅宗"顿悟"法门的影响而来的，所以诗道的"悟"在一定程度上可以说是与禅道的"悟"相通的，但并不完全相同，严羽只是以比喻的形式把两者放在一起加以说明，不能由此以为严羽所说的"妙悟"等同于禅宗修行上的"顿悟"法门。其次，严羽将孟浩然与韩愈的诗做了比较分析，认为襄阳之诗"独出退之之上"的根本原因正在于"妙悟"，这种作诗方式不关学力，只关情性，多是自己的真实体验伴随灵感而来的生花妙笔，这就道出了"妙悟"的根本特征。再次，严羽对"悟"进行了层次的区分，这种区分目的在于说明"透彻之悟"的难能可贵，同时也是衡量是否对诗歌真谛有所理解的一杆标尺。这些就是严羽"妙悟"说理论最基本的一些方面。

由以上的论述我们可以得出这样一种概括："妙悟"是诗

---

1. 严羽 . 沧浪诗话校释 [M]. 郭绍虞，校释 . 北京：人民文学出版社，1961：12.

歌创作思维的根本特征，它不是由知识的累积而来的，相反在某种程度上是排斥知识而强调内心的真实情感体验的，以瞬间生成为其表现形式，但又不同于灵感、直觉，它是一个完整的致思过程。“妙悟”的基础一定是建筑在对事物的真实情感体验之上的，所以，离开了审美体验，“妙悟”也就无从发生。另一方面，“妙悟”也可以用来评价诗歌，是衡量诗歌艺术水准高下的一条重要标准。可以说，凡是以“妙悟”思维创作出来的作品都是艺术中的上等，而那些没有真实情感体验只靠文字才学为诗的作品自然就价值低廉。由是观之，严羽的“妙悟”说既揭示了诗歌艺术创作思维的根本特征，同时又是衡量诗歌艺术高下的一条重要标准。所以，“妙悟”既是诗歌创作的根本方法，同时又是诗歌鉴赏的重要标准，甚至是衡量艺术品有无艺术性的根本标准。

## 第三节　严羽“妙悟”说的主旨及相关范畴比较

要想探明严羽“妙悟”说对诗歌创作的真正指导性作用，不得不就与它相关的范畴进行比较研究，而这种比较的切入点首先自然应当是《沧浪诗话》中的相关理论概念。只有将《沧浪诗话》作为一个理论系统进行整体察识才能窥见它的全貌，其中任一概念都不是单独发生作用的，相反，它们相辅相成，共同构筑着严羽的诗学批评体系。在这一批评系统当中，“妙悟”说最为后人称道，它常常与诗禅关系搅和在一起，使得这一理论话题变得看似十分复杂，吸引了众多学人对它们进行分辨。归根究底，“妙悟”说还是要回归到它的诗学批评本位上来，还是要与“兴趣”“气象”“别材”“别趣”等理论一起共同构成严羽诗话的一个整体，同样，“妙悟”也不过是这一整体当中的主干力量而已。那么，“妙悟”与“别材”“别趣”又是什么样的关系呢？

## 一、"妙悟"与"别材""别趣"

严羽有曰:"夫诗有别材,非关书也;诗有别趣,非关理也。然非多读书,多穷理,则不能极其至。所谓不涉理路,不落言筌者,上也。"[1]这几句话被后人解释得五花八门,不仅在"材"与"才"的文字区分与所指上出现混淆,更是把"别趣"说得几近不可捉摸。想必严羽之初衷绝非如此之复杂难解,此一句话的核心意思,即诗歌创作自有它独特的方式,不是靠书本上学来的,也不是靠议论道理而能彻底明了的,但是离开书本、抛弃形而上的追问又不能达到它的至高境界。

在今天看来,这样的论述也是十分符合辩证法的,但在诗学发展史进程中,严羽的这一论述却遭到各种攻讦与曲解。有人认为严羽彻底抛弃了知识学问,将诗歌创作引向形式化道路;有人则以为严羽论诗流弊深远,不能苟同。究其实质,严羽所发都是有所本、有所针对的。他之所以用才情、兴趣言诗,而反对学问、议论之诗,都是为了与江西诗派针锋相对而进行驳斥,他在驳斥的同时仍能辩证地对待已是很难得了。

从根本上看,诗歌创作的主旨也绝非夸示学问与议论道理,也不是单靠引用典故、摹袭前人就能佳篇遽成,其素材一定是从诗人对生活及宇宙人生的体验与感悟中来的,一定是诗

---

1. 严羽 . 沧浪诗话校释 [M]. 郭绍虞,校释 . 北京:人民文学出版社,1961:26.

人自己独特的审美趣味的写照，只有循此，创作出来的诗歌才有更高的审美价值。严羽摒弃的是本本主义式的诗歌教条，希望不拘一格抒写真性情，所以才要“别材”“别趣”，然而这种真情实感的抒发又需要建基在读书穷理之上，而不是空洞无物。

严羽一方面反对诗歌创作过分用典、议论化，另一方面又不废才学与明理，他想将二者很好地结合，取其最佳状态，达到“不落言筌”的至高境界。这个“不落言筌”真正道出了严羽诗论的蕲向。诚如郭绍虞先生所言：“沧浪所谓别才别趣，一方面不要废学背理，一方面又不要呆学泥理，他是想在这种基础上，做到不黏不脱恰到好处的。”[1]后人理解之时多取其一端而不能窥其全貌，所以失之偏颇。

所谓的“别材”并不是真有什么离开书本的超越性语言，只不过在语言的运用上不再那么拘泥于用字用典，所写的都是“情动于中”的真实感受。尽管很多学者认为严羽在《沧浪诗话》中说孟浩然“学力下韩退之远甚，而其诗独出退之之上”，因此认为“别材”之“材”乃诗人“妙悟”的才能。仔细分析《沧浪诗话》文本，我们可以发现，“别材”的“材”是指诗歌的特殊材料，乃材料之材。严羽将“别才非书”与“别趣非理”双提并举，显然不仅仅是为了追求对仗的整齐。在这里，

---

1. 严羽．沧浪诗话校释［M］. 郭绍虞，校释，北京：人民文学出版社，1961：46.

“趣”和“理”从意义上讲都是抽象的玄虚的东西，“材”和“书”则是具体的实在的东西。严羽在下文言及“多读书”“多穷理”，再次印证所谓“非关书也”意味着诗歌的材料与书本的材料无关，而不是诗人的才能与书本的材料无关。实际的情况是，严羽非常重视读书，要求“熟参”。因此，“别材”的“材”指的是材料的材。所谓“别材”指的就是诗歌特殊的材料，它是不同于书本材料、“不落言筌”的特殊的诗歌材料，这种材料或可称为艺术材料。

“别材”是为了与“以文字为诗”相区划，“别趣”是为了与“以议论为诗”相分别，它们都是为了与诗歌创作程式化、议论化的江西诗风相抵抗。要回归到“一唱三叹之音”的“古人之诗”上，非“妙悟”则不能。

所谓的“别趣”也不是不问道理，闲言碎语，只不过不以议论为首务，融理于情，情理兼备。曹东《严羽研究》中说：“‘趣’的提法见于六朝诗论中，钟嵘《诗品》的‘宋豫章太守谢瞻’条中云：‘殊得风流媚趣’；《文心雕龙·体性》则有：‘风趣刚柔’等等。上述两个‘趣’字均有情趣、意趣的意思。‘趣’也见于六朝画论中，如顾恺之的《魏晋胜风流赞》云：‘《孙武》，大荀首也，骨趣甚奇’；宗炳《画山水序》云：‘峰岫烧裹，云林森邈，圣贤暎于绝代，万趣融其神思’。到了唐代，书法理论中也以‘趣’评书。如颜真卿《述张长史笔法十二意》：‘趣长笔短，虽点画不足，常使意气余。’上述引文中的‘趣’均指艺术作品的意味或精神：它们均可与严羽的‘兴趣’说有内在相通之处。”[1] 事实上，钟嵘《诗品》曾以“趣”另评他人，评阮籍“厥旨渊放，归趣难求”[2]、评郭璞“坎壈咏怀，非列仙之趣也”[3]。《文心雕龙》更是有十五处之多谈及“趣”，如风趣、情趣、辞趣、旨趣、生趣、趣幽、趣合等，均与理相对，是诗学审美趣味的呈现。

在诗歌中着力表现“理趣”，是宋代诗学的一大特征。在钱锺书看来：“沧浪以‘别才非书’、‘别趣非理’双提并举，而下文申说‘以文字为诗，才学为诗’……亦只堪示以‘书’为作诗之例。南宋诗人篇什往往‘以诗为道学’，道学家则好以‘语录讲义押韵’成诗；尧夫（邵雍）《击壤》，蔚成风会。真西山《文章正宗》尤欲规范词章，归诸义理。窃疑沧浪所谓‘非理’之‘理’，正指南宋道学之‘性理’；曰‘非书’，针砭‘江西诗病’也，曰‘非理’，针砭濂洛风雅也，皆时弊也。”[4] 严羽强调“别趣”“非理”，提醒人们思考诗学与哲学的差异，其目的在于纠正南宋道学家朱熹、邵雍等人重视义理说教而忽略诗性生命审美追寻的倾向，并非抹杀义理自身的价值，这一点首先要辨别清楚。诗歌自然是可以抒写大道义理的，

1. 曹东．严羽研究 [M]. 北京：军事谊文出版社，2002：54.
2. 钟嵘．诗品 [M]. 上海：上海古籍出版社，2007：25.
3. 钟嵘．诗品 [M]. 上海：上海古籍出版社，2007：39.
4. 钱锺书．谈艺录 [M]. 北京：中华书局，1993：545.

但诗歌中的义理不应表现为“理路”“言筌”，而应该化作“不涉理路，不落言筌”的理趣。因此，钱锺书认为沈德潜就是在严羽的影响之下，标举“理趣”的。“归愚标‘理趣’之名，或取《沧浪诗辨》‘诗有别趣，非关理也’语。”钱锺书对此加以发挥，称大道义理“散为万殊，聚则一贯；执简以御繁，观博以取约，故妙道可以要言，著语不多，而至理全赅。顾人心道心之危微，天一地一之清宁，虽是名言，无当诗妙，以其为直说之理，无烘衬而洋溢以出之趣也。理趣作用，亦不出举一反三”[1]。“趣”因此成为诗有别于非诗的本体特征，而“理趣”与“理语”的区别也成为诗学与哲学的区别。

可见，严羽笔下的“别趣”，追求的是诗歌“言有尽而意无穷”的美感特征，有着深厚的诗学渊源。“别材”“别趣”乃是严羽为扭转当时以江西诗派为尚的诗坛渐渐脱离诗歌个性，以文字、议论、才学为诗的风气而提出的一个明确的诗学新主张。严羽怀念古人的抒情形式，而对自己所处时代的诗风则深为不满，希望诗歌创作能流淌一些新鲜的血液，所以才有了“别材”“别趣”的新主张，而要另辟新途，“妙悟”则不能不成为根本的方法。“妙悟”作为诗歌创作的一种特殊思维方式，与逻辑思维显然有别，但又不仅仅是形象思维所能涵括的，以“妙悟”言诗虽有朦胧之感，却不失中国诗学的传统。讲求浑

---

1. 钱锺书 . 谈艺录 [M]. 北京：中华书局，1993：227.

融圆整，很少做细致分别。“妙悟”在严羽的诗学体系里构成一种根本的方法论原则，它是“别材”“别趣”说的实际指向，唯有将“妙悟”体味到家，诗歌创作才能真正别具一格。总之，严羽之所以言“别材”“别趣”，就是由于他有“妙悟”这一把利剑来斩断烦琐的成规，还诗歌创作本有的情感指向价值，要求诗歌创作必须来自作家本人真实的情感体验，这与陆机“诗缘情而绮靡”[1]的理论见地亦有吻合之处。

## 二、“妙悟”与“熟参”及诗禅关系

要全面彻底地理清“妙悟”说的理论内涵及其体系构成，诗禅关系则是不能绕过、不可忽视的。“妙悟”一语，其来源就与中国佛教禅宗关系密切，在严羽的诗论里更是将诗与禅完美地结合在一起。禅宗作为颇具中国特色的佛教流派，其开创之初便以释迦尊者的“吾有正法眼藏，涅槃妙心，实相无相，微妙法门，不立文字，教外别传”[2]相印证，从达摩传到六祖慧能才将这一教法真正地中国化。“不立文字”的目的是去除对名相的执着，就连“不立文字”本身也应该去除，不能因破除了此一执着又陷入新的执着。慧能所开启的“顿悟”法门可谓汉传佛教的一大特色，尽管在顿渐的问题上他本人也说：“何

1. 陆机．文赋集释［M］. 张少康，集释．上海：上海古籍出版社，1984：77.
2. 普济．五灯会元［M］. 苏渊雷，点校．北京：中华书局，1984：10.

以渐顿？法即一种，见有迟疾，见迟即渐，见疾即顿。法无顿渐，人有利钝，故名渐顿。”[1]别人以顿渐来区分他与神秀的教法，而他自己则十分明了，所谓的顿渐只是“见”的疾缓有差，于法实无有分别。但在实际传播中，“顿门”依然影响深远，因为它意味着当机立断，意味着“直指人心，见性成佛”。这种从“本心”上做起的功夫更有利于发觉本自具足的般若智慧，这即是中国禅宗的独到之处。

那么，顿悟法门与严羽所提倡的“妙悟”说又有什么关联呢？很显然，严羽发现了作诗与参禅的契合之处，那就是都讲求一种心的明了——悟。参禅者必须了悟本心，认识到自性清净与圆满自足；诗人依此思路，其作诗必须是自己的“实证实悟”[2]所得，也即是作家亲身的情感体验，并且在构思的过程当中不去做逻辑分辨，发乎真性情。当然，参禅与作诗毕竟是两回事，一个是出世的修行，一个是世间的情感表达活动。两者的体验层面是有差异的，但在运思上的确存在着共通之处。“妙悟”在禅道上即是不受言语逻辑的羁绊，而以瞬间开悟为其特色，注重心契神会、无挂碍、无执着、无分别，最终了悟空性；在诗道上，则要求不拘泥于文字、理论，表达诗人的感受，抒发诗人的真感情，书写诗人的真体会。对文字、理论的摒弃恰恰是严羽用来对抗江西诗风的有力武器，而书写真性情则构

1. 慧能．坛经校释［M］. 郭朋，校释．北京：中华书局，1983：93.

2. 严羽．沧浪诗话校释［M］. 郭绍虞，校释．北京：人民文学出版社，1961：251.

成了他对诗歌本质的深切理解，“妙悟”在此真可谓一箭双雕，意义丰富。

严羽将“妙悟”引入诗论当中，由此也引发了诗与禅是否有关以及在何种程度上相通的诸问题，历来论者莫衷一是，众说纷纭。或指责他不懂禅法，强作附会；或以为诗与禅风马牛不相及，没有共同点。究其实质，都是各执一端，不问缘由。若细察之，诗禅关系不难分辨。首先，严羽所论在诗，是对诗道问题的一种见解，只不过以禅为喻，落脚点还是在诗上，至于具体的禅宗分支与流派，即便严羽的比喻有欠精准，大可不必因此诟病其论诗之失。其次，禅僧作诗及诗人写富有禅意的诗早已不是什么新鲜事，由此也可以看出诗与禅在表达内心体验上是可以互通的。对自心的认识永远是禅者与诗人以及所有追求智慧的人的努力方向。再次，禅宗所提倡的“顿悟”法门在一定程度上启示着诗人思维方式的变革，对瞬间感受的捕捉与把握、注重内心情感体验的书写等都是具体表现。更为根本的地方在于，诗歌创作的动因是诗人情感迸发并诉诸文字，并不是理性分析的结果，相反倒近似于非理性。这就要求诗人不要做过多的理论分析与字句的推敲，而要抓住内心瞬间的感受并将之形象地表达出来。至于对文字与格式的追求，那既是表面文章，就更不是诗之主旨。这就明确地把握住了诗歌创作的根本特征，尽管诗的外在形式也是重要方面，但比起诗歌思维来说还在其次。最后，需要说明的是，诗歌创作毕竟是诗歌创作，禅法只具有借鉴意义，但在思维共同性上两者达到了惊人的相似，毕竟都在强调内心体验的过程。综上所述，诗与禅不仅关系甚密，而且在多个层面上诗歌创作都与禅修思维有契合之处。诗歌创作本是一种创造的活动，禅宗对智慧的发掘也是一种创造性体验，创造性思维与日常思维相比有它的独特之处，但在创造性上却十分相似。诗与禅是你中有我、我中有你交融在一起的，但诗还是诗，禅还是禅，这就是它们之间若即若离的关系表征。

在《沧浪诗话》当中，严羽也说到“熟参”的问题。“参”字在古代同“商”字一样，都是星宿名，后来衍生出各种读音与意义。自从“参”字被佛教用作禅法的修行方式——“参禅”之后，诗论界又借用过来作为论诗的方法，于是便有了“参诗”“熟参”“饱参”等用语。

曾季貍《艇斋诗话》有云：“后山论诗说换骨，东湖论诗说中的，东莱论诗说活法，子苍论诗说饱参，入处虽不同，然其实皆一关捩，要知非悟入不可。”[1] 从中可以窥见江西诗派当中也大有以禅论诗之人。韩驹虽标榜自己学出苏轼，但也被划入江西诗派当中，他的“饱参”则与严羽的“熟参”有颇多相通之处，但如果就此而认定严羽论诗是拾江西余唾未免失之武断。首先，以禅论诗在宋代已是“天下之公器”，人人可以

1. 曾季貍 . 艇斋诗话 [M]// 丁福保 . 历代诗话续编 . 北京：中华书局，2006：296.

借此谈诗论诗，严羽也无须避之；再者，严羽所论都是围绕他的“妙悟”说而展开的，一切可以用来阐明其观点的语言他尽可以灵活处置；最后，处于同时代的诗人在某些方面论诗见解一致也只能说是“英雄所见略同”，但在根本性的问题上严羽则高出许多，严羽把握住了诗之为诗的本质方面。曾季貍将江西诸人的论诗主张概括为“悟入”也足见其眼光之高明，可见“熟参”的目的还是为了“悟入”。“参”可解释为参验、参证等，也就是拿别人的体会与自己的体会做比较，或者独自进行参悟，于是才有参禅悟道的说法。在严羽的诗论里，所谓的“熟参”可简单解释为“熟读”之意，“参”即是为了“悟”，对前人的诗作做到心领神会，得其真髓而忘其言语，而真正要达到这种境界又绝非一日之功，需要“饱参”。

《沧浪诗话》开篇：“夫学诗者以识为主：入门须正，立志须高；以汉魏晋盛唐为师，不作开元天宝以下人物。”[1] 严羽强调“识”的重要性，认为“识”是学诗的基础，也是材料积累的开始，亦即“参”的前提。“天下有可废之人，无可废之言。诗道如是也。若以为不然，则是见诗之不广，参诗之不熟耳。”[2] 由此可见，“识”要广“识”，广“识”之外，还要“熟参”。“试取汉魏之诗而熟参之，次取晋宋之诗而熟参之，次取南北朝之诗而熟参之，次取沈宋王杨卢骆陈拾遗之诗而熟参之，次

1. 严羽．沧浪诗话校释［M］. 郭绍虞，校释．北京：人民文学出版社，1961：1.
2. 严羽．沧浪诗话校释［M］. 郭绍虞，校释．北京：人民文学出版社，1961：12.

取开元天宝诸家之诗而熟参之，次独取李杜二公之诗而熟参之，又取大历十才子之诗而熟参之，又取元和之诗而熟参之，又尽取晚唐诸家之诗而熟参之，又取本朝苏黄以下诸家之诗而熟参之，其真是非，自有不能隐者。倘犹于此而无见焉，则是野狐外道，蒙蔽其真识，不可救药，终不悟也。”[1]“熟参”需要“朝夕讽咏”“枕藉观之”，方可抵达“妙悟”之境。“先须熟读楚辞，朝夕讽咏以为之本；及读古诗十九首，乐府四篇，李陵苏武汉魏五言皆须熟读，即以李杜二集枕藉观之，如今人之治经，然后博取盛唐名家，酝酿胸中，久之自然悟入。”[2]可见，严羽并没有因提倡“妙悟”而废掉学力，相反，对前人诗歌的借鉴与研习在严羽那里也显得尤为重要，博采众长是一大方面。钱锺书在《谈艺录》中总结为：“夫‘悟’而曰‘妙’，未必一蹴即至也；乃博采而有所通，力索而有所入也。学道学诗，非悟不进。”[3]

这里就存在一个问题，严羽一方面说“妙悟”，另一方面又说“熟参”，两者似乎存有冲突。实际上，如果明了严羽是站在不同的角度对诗歌创作活动进行阐释的，就不会有这样的疑问了。这个问题恰如慧能对“顿渐”法门的解释一样，是一体两面的。“接下来的几个意象清楚地显示了严羽真正的兴趣

1. 严羽．沧浪诗话校释 [M]. 郭绍虞，校释．北京：人民文学出版社，1961：12.
2. 严羽．沧浪诗话校释 [M]. 郭绍虞，校释．北京：人民文学出版社，1961：1.
3. 钱锺书．谈艺录 [M]. 北京：生活·读书·新知三联书店，2007：98.

所在：每一种意象——空中之音，水中之月，镜中之象——都是触摸不到的东西，难以界定的东西。严羽在寻找某种纯粹的、玄妙的‘诗歌意象’；它不是那种强有力地传递人类思想感情的东西，而是某种不确定的、总是不可企及的东西。……而吸引着严羽的审美体验是‘妙’(the wonderously subtle)。在严羽之前，戴叔伦曾把诗景描述为‘可望而不可置于眉睫之前’(见司空图《与极浦书》)，严羽这一连串关于‘妙’的著名比喻就属于这个传统。”[1]宇文所安从异质文化的视角出发，对严羽诗学的玄虚即不确定性提出了批评。尽管“妙”更多的是灵感瞬间的显现，但严羽强调的“妙”需要识、辨、熟参做基础，在此基础上“妙悟”别有生趣，并不是单纯的玄虚。它也许并不能强有力地直击人类之情感，但是那种含蓄万端也是诗歌的一种美。

“熟参”的目的是“妙悟”，而“妙悟”则是“熟参”的特殊感知方式。读前人诗作对于作诗的意义并不是为了卖弄学问或议论是非，而是为了与古人的情感发生强烈的共鸣，体验古人彼时彼刻的心境，正如诗人此时此刻的。这样一来，诗人的情感积累就丰足了，在自己创作的时候便能够得心应手。另外，“妙悟”从根本上说的是诗歌创作时的特殊思维方法，而“熟参”则是就作诗之前的准备而言的，两者所言是不同的诗

1. 宇文所安．中国文论：英译与评论［M］. 王柏华，陶庆梅，译．上海：上海社会科学院出版社，2003：451.

歌创作阶段，所以也不会有什么冲突。至于被人认为的冲突，都源自佛教本身的顿渐之别，实质上，顿渐亦不过是众生所起的分别心，佛法的了悟全在自家根性，只是快慢有别而已。正所谓“悟有迟速，系乎根之利钝、境之顺逆……速悟待思学为之后，迟悟更赖思学为之先”。[1]

无论是“熟参”，还是“妙悟”，都是严羽用禅宗的话语来说诗家的事情，诗与禅的难解的关系在前面已有论述。严羽同时又说到“透彻之悟”与“一知半解之悟”：“透彻之悟”即“第一义之悟”，“一知半解之悟”即“不悟”。这里的“悟”意义近似于“理解”，也就是体验程度上深浅有别。后人疑惑之处在于：既然已说“悟”，为何还存在透彻与一知半解之别？“悟”即是开悟，即大彻大悟地明白。这又是将禅门的顿悟与诗歌活动等同起来。回到严羽论诗的语境当中，他无非是为了赞扬谢灵运到盛唐诸诗人的诗歌成就，说它们是真正代表着至高成就的诗作。后人在此大做文章，不仅要分出各种“悟”的等级层次，还要看它们与诗歌创作是怎么对等的，实在是煞费苦心，殊不知严羽也只是以此阐说盛唐诗歌的杰出成就，用的是比喻的方法。从对佛教用语及其历史的借鉴与比喻上，我们可以清楚，在严羽的心目当中诗与禅是有很深的关系的，这也

---

1. 钱锺书．谈艺录［M］. 北京：生活·读书·新知三联书店，2007：99.

是他那个时代许多知识分子的共同见解，所以在论诗之时引此以为喻也不是什么大不了的事情。

不过，严羽的高妙之处在于：其一，他抓住了“妙悟”这一论诗的根本，同时又能纵横捭阖、挥洒自如地阐发他的诗论思想，借用惯常的形式说出了不一样的道理；其二，以情感体验为出发点，寻找到了诗歌创作的独特思维方式，并将这一体会发挥得入木三分，并最终形成他的诗论系统。

## 三、“妙悟”与“兴趣”“气象”

与严羽“妙悟”说相关的理论范畴还有“兴趣”“气象”等，这些范畴又是如何与“妙悟”相关的呢？这就需要弄清楚其本身的言说语境。

### （一）“妙悟”与“兴趣”关系发微

严羽所言“兴趣”出自此一节：“诗者，吟咏情性也。盛唐诸人惟在兴趣，羚羊挂角，无迹可求……近代诸公乃作奇特解会……且其作多务使事，不问兴致；用字必有来历，押韵必有出处，读之反复终篇，不知着到何在。”[1]可以看出，严羽将盛唐诗的审美风格凝结在“兴趣”中，并以之与近朝诗人尤其是江西诗派作比，说明江西诗派误解了诗的根本。那么，这个

1. 严羽．沧浪诗话校释［M］．郭绍虞，校释．北京：人民文学出版社，1961：26.

“兴趣”又当作何理解呢？从后面一句“多务使事，不问兴致”可以看出，“兴致”是与“使事”相对而言的，就是诗人把着力点不放在审美感兴上，而多在文字、议论上下功夫，使诗歌失之贫乏。“兴趣”与“兴致”相近，都有一个“兴”字，而这个“兴”就是问题的关捩所在。

中国古代诗歌就有“比兴”的传统，其含义十分丰富。《诗大序》所谓诗之“六义”（风、赋、比、兴、雅、颂）将诗歌规律总结得简明扼要，后经历代文人的解释与阐发，其能指范围持续扩大。刘勰《文心雕龙 · 比兴》有云：“诗文弘奥，包韫六义，毛公述传，独标兴体；岂不以风通而赋同，比显而兴隐哉？故比者，附也；兴者，起也。”[1]刘勰认为“兴”即是起兴的意思，也就是审美感兴，所兴起的是诗人的感情，而非他物。感情的兴发需要借诗文来传达并且宣泄，所以兴发出来的就不仅是感情，自然而然地包括了诗人的志向与情趣。刘勰认识到“兴”的这种推动性作用，但在具体阐发上仍未能尽其意。钟嵘《诗品序》又曰：“文已尽而意有余，兴也。”[2]可见他又是站在诗的韵味上来说的，道出了诗之意味无穷的特点，这就好比于“兴味”，诗的味道绵延不绝，怪不得他是以“品”的方式来说诗。同时这里的“兴”也包含“意兴”，不仅诗人的情意因兴而起，并且持续到文字之末仍饱含余味。唐朝的贾岛认

1. 刘勰 . 文心雕龙注 [M]. 范文澜，注 . 北京：人民文学出版社，1958：601.
2. 钟嵘 . 诗品 [C]// 何文焕 . 历代诗话 . 北京：中华书局，2004：3.

为："兴者，情也。谓外感于物，内动于情，情不可遏，故曰兴。"[1]这就更为直接地将所兴对象表达了出来，很符合《诗经》之原旨。诗人正是由于外有所感，他的内心情绪才会出现波动，在激荡之余便以诗的形式抒发了出来，并且是一唱三叹、极尽抒情本色的。这与严羽认为诗是"吟咏情性"的观点基本相似。如若诗歌抛弃了对人之情感的体察与观照，那么必将成为无源之水，所写出来的就不能称为诗，甚至只能说是议论文。宋代朱熹释"兴"为："兴者，先言他物以引起所咏之辞也。"[2]可知朱熹认为"兴"是一种起兴、感兴，是内有所感之后，言他物以作为所为之辞的铺垫与准备。这也符合《诗经》的体裁，不过在《诗经》里面比兴是经常合在一起的，不仅事物之间做比较成为一种习惯，而且形成了一种固定的风格，在陈说甲事之前老是用乙事铺垫，由此"赋"也形成了，可见《诗经》"六义"是相互为用的。

单就"兴"来考察，它可以释义为：起兴、感兴、意兴等，所讲重在审美感发及其所引起的情味状态上。"兴""趣"合在一起使用，意义便又有所不同，这里的关键还在于"趣"字的意义古往今来丰富复杂，不过在诗论上它的大体所指还是相对明确的。"趣"可以释义为：情趣、意趣、志趣、趣味等，

---

1. 贾岛．二南密旨［G］// 胡经之．中国古典文艺学丛编（一）．北京：北京大学出版社，2001：70.

2. 朱熹．诗集传［M］．南京：凤凰出版社，2007：2.

"'趣'的本字当为'趋'，是疾行的意思。《说文》解'趣'：'疾也，从走，取声。'承培元《广说文答问疏证》更明确指出：'疾走也，凡言走之疾速者，皆以趣为正字。'由疾走之义，'趣'后来便发展出'趋向'之义，更由行为上的趋向转化成精神上的取向，于是有了旨趣、志趣、趣向、趣尚等概念；这种精神的取向又逐渐引申为内心的关注、爱好和愉悦之感，遂有兴趣、乐趣、趣味、情趣诸般说法。诗学中的'趣'即诗趣，当属'趣'的最后一层涵义，而又同旨趣、趣尚的意思分不开。"[1]"趣"不仅与"味"关系密切，而且与"情"、与"意"的关系也十分密切，这是由于"趣"代表着个人的一种特殊的志向爱好，并且这种爱好是能使人心生欢喜的，所以才会有趣味。在诗歌创作当中，诗人的审美情趣需要借助"兴"的作用来实现，于是便有了"兴趣"，这里的"兴趣"不能误作今天的"爱好"，不过它们在一定层面上还是有关联的。严羽所谓的"兴趣""兴致"就是诗人因情感受到触动而将自己的这种饱含情意的"衷肠"诉诸文字的过程，是一种审美感发与情意表达，其关键在"情"字上，无论是感兴的对象还是通过文字展示出来的内容无一不是情感的外化，是诗人真性情的流露，抓住这一点严羽诗论主旨便不难把握。

那么，"兴趣"与"妙悟"之间的关系又是怎样的呢？有

1. 陈伯海．中国诗学之现代观［M］. 上海：上海古籍出版社，2006：231.

人认为严羽诗论的核心是"兴趣"说，但大部分人还是认为严羽主要以"妙悟"为其立论的根本。这一分歧至少可以看出以下两方面的问题：其一，"兴趣"与"妙悟"关系紧密，所以才使论者产生立论上的分野；其二，严羽认为"诗之法有五"——体制、格力、气象、兴趣、音节。五者之间紧密相连，融为一体，生成一个有机生命体——诗歌生命体。作为一个生命整体，诗歌自然具有流动性、渗透性、扩展性等一切活泼泼的灵性意味。而作为其中重要的一个部分，"兴趣"自然也会分有诗歌整体的生命，从而具有一定的生命力。从这个意义上说，"兴趣"实际上就是诗歌整体生命的一种表现形式。而"妙悟"强调主体的自性心悟，重视心源的作用远超外物，其悟入的对象是建基于意象而又超越意象的诗歌意境及其韵味，表现为诗性生命的发动、活动乃至涌动。因此，"妙悟"强调的是回到诗性生命感性的审美情感体验，是对诗性生命的审美体验的表征。

我们认为，严羽所言"妙悟"说的是诗歌创作思维的根本特征与方法，同时也是诗人主体能动性得以发挥的体现，"妙悟"也可以作为诗歌评价的重要标准，完全有理由成为其诗论的核心。另一方面，"妙悟"也是对诗人情感的参验与加工，其"悟"的对象就是诗人自己的内心及情感活动，以审美的情感体验为其表征。同时，严羽之所以又标举"兴趣"，主要是从主体的审美感兴方面来说的，"兴"的对象与内容无非是诗人的情感体验，诗人是因“情”动而产生诗的，而不是其他原因。由此可见，诗人真正需要参悟的是自己的情感，需要抒发的也无非是自己的情感。在情感这一共通点上，“妙悟”与“兴趣”达成了和谐，都是对诗所做的不同理论的言说。“妙悟”与“兴趣”表面上的区别可以认为一个是侧重诗歌创作思维特征的表述，另一个是侧重诗歌创作手法特征的表述。不过需要清楚的是，“妙悟”可以成为诗歌创作的方法论与评价尺度，而“兴趣”在这些方面则显得比较逊色。严羽说盛唐诸位诗人成功之处在于“兴趣”，是说他们抒发的都是自己的真性情、真体验，而不是文字游戏，所以这里的“兴趣”与诗人的“情性”关系密切，甚至可以互释。由此可见，严羽对袁枚的“性灵”说影响也不小。自严羽以后，明清诗坛的各种诗歌主张似都与“妙悟”说或多或少有一定关联，但它们的区别也不小，不能一概认为都是严羽的功劳，或者以此訾议严羽。关于这方面的问题，在论述严羽诗论影响的时候将会再次提及。

### （二）“妙悟”与“气象”关系申说

严羽的诗论体系庞杂，若单就“妙悟”来统领其全部就难免挂一漏万，但真正能体现其价值取向的恐怕还是“妙悟”说。不仅因为“妙悟”能够概括诗歌创作的思维特征，更为关键的是它作为一个本体范畴具有多方面的指导意义，况且它也是对江西诗派弊病最为致命的一击。在“妙悟”说的统领之下，有关诗的体裁方面的特征及标准，严羽也做了概括性的说明，包括：体制、格力、气象、兴趣、音节等。我们接下来要探讨的就是“气象”在严羽诗论里面的具体应用及其美学意义。

在《沧浪诗话》中，说到“气象”，比较有代表性的有以下几处：“诗之法有五：曰体制，曰格力，曰气象，曰兴趣，曰音节”[1]；“唐人与本朝人诗，未论工拙，直是气象不同”[2]；“建安之作，全在气象，不可寻枝摘叶。灵运之诗，已是彻首尾成对句矣，是以不及建安也”[3]；“虽谢康乐拟邺中诸子之诗，亦气象不类”[4]；“盛唐诸公之诗，如颜鲁公书，既笔力雄壮，又气象浑厚，其不同如此”[5]。以上就是严羽以“气象”说诗的地方。综观之，“气象”之意仍着重强调诗的强烈的感染力与摄受力，它是以无形的气场来烘托有形之诗。

其一，严羽将诗法分为五：体制、格力、气象、兴趣、音节等。陶明濬《诗说杂记》对此的解释颇合题旨：“以诗章与人身体相为比拟，一有所阙，则倚魁不全。体制如人之体干，必须佼壮；格力如人之筋骨，必须劲健；气象如人之仪容，必须庄重；兴趣如人之精神，必须活泼；音节如人之言语，必须清朗。”[6]如此比拟简单明了，也很能说明问题，本来严羽就是从

---

1. 严羽．沧浪诗话校释［M］．郭绍虞，校释．北京：人民文学出版社，1961：7.
2. 严羽．沧浪诗话校释［M］．郭绍虞，校释．北京：人民文学出版社，1961：144.
3. 严羽．沧浪诗话校释［M］．郭绍虞，校释．北京：人民文学出版社，1961：158.
4. 严羽．沧浪诗话校释［M］．郭绍虞，校释．北京：人民文学出版社，1961：192.
5. 严羽．沧浪诗话校释［M］．郭绍虞，校释．北京：人民文学出版社，1961：253.
6. 严羽．沧浪诗话校释［M］．郭绍虞，校释．北京：人民文学出版社，1961：7.

诗的结构形式方面来讨论的，那么“气象”在诗歌中的作用就好像人所具有的气质风貌一样，而不仅仅是外表，在这一点上陶氏所言似有偏差。总体来看，“气象”就如曹丕所言“文以气为主”[1]中的“气”的意思差不多。在诗歌当中也有“诗气”，同样说的是诗歌审美方面所具有的不同于一般的艺术感染力，这与诗人自身的精神个性也有关联。

其二，严羽认为盛唐诗与本朝诗首先在阅读感受方面就不一样，遑论诗歌表现技巧。他认为前者“气象浑厚”，其言下之意就是后者气象萧瑟，简直不堪卒读。他将导致二者差异的原因归结于唐朝的“以诗取士”，[2]认为唐代诗歌能取得如此之高成就的原因是唐朝的科举制度里要求作诗，这在后来遭到许多人的质疑。事实上，唐诗兴盛的原因是多方面的，不仅由于制度上的问题，国力强盛也是重要原因。国家强大了，诗人的襟怀也豪放开阔许多，相反，在遭遇欺凌的时期，如南宋，人心岂能坦荡荡？当然，诗歌繁荣就更容易产生经典作品，但唐以后的宋诗的成就也非同一般，这与个别诗人的艺术才华也有关联。严羽倡导“妙悟”，但对唐诗兴盛的原因认识不足。

其三，严羽认为建安时期诗人的作品也气象非凡，没有“寻枝摘叶”的毛病，就连谢灵运在这方面也不能比。从他的言语当中我们能感受到他所谓的非同一般的“气象”也有“自

1. 张明高．魏晋南北朝文论选［C］. 北京：人民文学出版社，1996：14.
2. 严羽．沧浪诗话校释［M］. 郭绍虞，校释．北京：人民文学出版社，1961：147.

然”这方面的要求，他所欣赏的诗歌就如陶渊明式的质朴自然、不假雕饰但又趣味无穷。总的来说，我们认为严羽所说的“气象”既是诗歌在审美方面表现出的非同一般的气势与美的感染力，又是诗人需要具备的精神风貌，只有这样才能风格独具，书写诗人的独特个性。

关于“气象”的问题，我们再来进行一番简单的历时性考察。“气”与“象”本都是中国古代哲学的元概念，其丰富的内涵使二者各自就可以做许多探究。“气”被认为是万物的本源，万物因“气”的聚合与消散而生灭，这就足以看出“气”在中国古代哲学史上的地位。同时，由于人的呼吸也可以叫作“气”，继而“气”被认为是一种生命的征象，经过抽象化成为一种象征。每个人都有不同于别人的精神气质，所以“气”演化为“气质”。孟子著名的“我善养吾浩然之气”[1]说的就是人本身充盈的“正气”与凛然、坦荡的本色。万物周流不息，人的精神气质同样需要涵养和充实，这样才能永葆生机。庄子的“无听之以耳而听之以心，无听之以心而听之以气”[2]说的也是一种无形的力量，这种力量可以让心的感知变得更加可靠，而不会只是表面的视听。这些论述都为“气”蒙上了一层非同一般的力量，不过具体到诗学领域则主要指诗人的个性气质或者其诗作的审美风格。

1. 朱熹．四书章句集注［M］．北京：中华书局，1983：231.
2. 郭庆藩．庄子集释［M］．北京：中华书局，1961：147.

在诗论上，谈到“气”的方面的人更是举不胜举。曹丕的“文气”说非常有影响，他评价徐干“时有齐气”，孔融“体气高妙”[1]等都是以“气”言诗，将人精神气象方面的特征引入到诗歌表现方面来，人之“气”与文之“气”合二为一，相得益彰。刘勰论诗评文也多有以“气”量度的地方，《文心雕龙·神思》云：“方其搦翰，气倍辞前，暨乎篇成，半折心始。”[2]论述的是写作前后的不同心理状态、气势的消长问题。韩愈《答李翊书》云：“气盛则言之短长与声之高下者，皆宜。”[3]则以“气”为作文的根本。在“言”与“气”之间是“气”在助推着语言，而不是语言自己在寻思如何作文，只要“气盛”则可以纵横挥洒、不受拘束。这里的“气”就是充盈于作者胸中喷薄欲出的创作欲望，不吐不快，等付诸文字之后便可稍微平息。由此可见，在创作当中审美感兴也是十分关键的，诗人之情感化为一股无形的力量推动其创作，也是“兴趣”的一种表现，所以严羽才既用“兴趣”又用“气象”来盛赞唐代诗人的作品。

同样，要是梳理关于“象”的论说也可以列举出许多方面的意义，但是“象”在“气象”一词当中只是作为“气”的结果的一种表现而言的，也即“气”所呈示出来的运动变化状态，

1. 张明高．魏晋南北朝文论选［C］. 北京：人民文学出版社，1996：13.
2. 刘勰．文心雕龙注［M］. 范文澜，注．北京：人民文学出版社，1958：494.
3. 周祖譔．隋唐五代文论选［C］. 北京：人民文学出版社，1990：206.

故而“气”“象”连用还是讲“诗气”，即诗的精神风貌与美感特征。

那么，“气象”对严羽“妙悟”说的作用又是如何体现的呢？这需要做出一番说明。严羽不仅从情感作为诗的基础方面来论诗，还从诗的形式标准方面对诗歌审美做了有力的阐述，诗法五要素就是典型体现。诗歌体制结构对诗的表现效果起着直接性的影响，语调的舒缓或急促、韵律的和谐或杂乱、遣词造句的自然或刻意等都直接影响到读者的感受与审美。严羽对诗歌形式方面要求的强调虽然不及对诗人自己心灵体验的要求的强调，但在他的诗论当中，我们发现他并没有因自己有这样的主张而置此于不顾，他还是花了一些笔墨来探究真正的好诗应该是什么样的。由此也可以看出严羽诗论的完整性，而不像一些人指摘此为他理论的矛盾所在。任何一种主张，若能坚持辩证地对待，主次分明，才是最有说服力和最具价值的。至于诗歌所反映的内容更是它是否“气象”浑厚的重要支撑。从形式到内容，构成诗的整体风格，而这种风格特征严羽便用“气象”词来概括。

严羽论诗，以“妙悟”为本，以“兴趣”“气象”“别材”“别趣”等为辅。“妙悟”构成诗歌创作的根本方法与思维特征，且可以用来评价诗歌，是衡量诗歌水准高下的标尺；“兴趣”“气象”则是诗歌审美特征与风格的表述方式，同时又与诗歌创作机制问题紧密相关，因为它们也涉及情感的兴发及诗人性情方面的重要问题。这样一来，“妙悟”与此二者就可以说是水乳交融、相得益彰，“妙悟”道出诗之根本与心灵，其他二者做了形象的说明并建立了诗歌审美规范。好诗应该都是有“兴趣”并且“气象”非凡的。

不过，不同题材的作品其要求也应该有所不同，田园诗与边塞诗，它们在审美风格上也应该区分对待。“兴趣”“气象”是从总体审美感受与创作特征上对诗或诗人所做出的判断，而对具体的题材则未做区分研究，这与理论的概括性有关。严羽并未说诸如田园诗与边塞诗的“兴趣”有何区别，它们的“气象”有什么不一样，事实上他也无须这样理论，因为严羽所探究的是所有的诗，是诗作为一个整体所应该具有的特征与审美标准。“别材”“别趣”首先是针对江西诗派而发的，是将诗拉回“吟咏情性”本身，也就是回到诗人的“兴趣”，回到“妙悟”的作诗方式，回到“气象”非凡，它们是严羽主张的一个过渡，在事实上起到桥接性作用。

严羽的“妙悟”说就是这么一个既有理论层次，又有理论针对性的大系统，其间也杂有他对具体诗人或流派的评价，并对诗歌的历史演变做了归纳与勾勒，倡导“以盛唐为法”[1]，为诗门寻求正道，严斥江西诗派及江湖诗人之失，提倡诗道“妙悟”之法，并须“熟参”，在主体内心达到透彻洞明，并以

1. 严羽 . 沧浪诗话校释 [M]. 郭绍虞，校释 . 北京：人民文学出版社，1961：27.

“兴趣”表现出来，使诗歌“气象”非凡。他的理论见地也符合其诗话开篇所云“学诗者以识为主”[1]的态度，为学人树立了楷模。对盛唐诗歌的褒誉在一定程度上引导着后世诗人及其诗评的主导方向。

“妙悟”说既是严羽诗论的主要代名词，但其他诸如“兴趣”“气象”等并不是不能成说，只是与“妙悟”相比，一来不能体现出严羽的理论主旨，二来它们事实上在论述问题的根本性上还是无法与“妙悟”相比拟，因此将严羽《沧浪诗话》的诗论思想概括为“妙悟”说也只能是求善之举。

至此，严羽“妙悟”说的理论构成基本交代清楚了，它产生于宋末，影响至今，我们不能仅仅停留在以古论古之上，同时，应该积极地寻求与西方历史上相似的理论进行比较阐发，这样严羽的“妙悟”说才能活起来，理论的碰撞同时也可能产生一些意想不到的收获。中西文论虽然背景不同，但它们在关于文艺的规律上一定是有一番可比性的。

---

1. 严羽．沧浪诗话校释 [M]. 郭绍虞，校释．北京：人民文学出版社，1961：1.

# 第三章　现代诗学视野中的“妙悟”

将“妙悟”说置于现代诗学视野中，在中西互释的阐发比较中进一步丰富其理论本身的含义，有助于进一步发掘其现代意义的可能。我们认为，如何把中国诗学传统中的术语与西方诗学中的概念加以比较、阐发，探求人类共同的“文心”和“诗心”，是比较诗学的重要任务，也是比较诗学重要而大有可为的研究领域。正如钱锺书在《谈艺录》序中指出：“东海西海，心理攸同；南学北学，道术未裂。”[1] 在正视和尊重差异的前提卜实现中西诗学的“打通”，研究彰显不同文化中普遍具有的“共同诗心”。

在将“妙悟”与西方的“迷狂”“灵感”“体验”“直觉”等理论学说进行对比的过程中，我们也深刻体会到中西之间进行深度沟通的必要性与迫切性，西方诗学的这些理论为诠释“妙悟”提供了很好的理论事实说明，但“妙悟”与它们之间

1. 钱锺书．谈艺录［M］. 北京：生活·读书·新知三联书店，2001：1.

的差异却显而易见，原因在于它们这些学说由反理性立场出发建构起了新的理性，而“妙悟”本来就如此地栖居在自己的诗歌园地，将感性审美性的自觉怀抱其中。

新世纪以来，很多学者从中西比较的视域将“妙悟”说与柏拉图的“迷狂”说、狄德罗的美学思想及克罗齐的论直觉等理论进行比较研究，也取得了一定的成果。笔者试图站在中国传统文论经验的立场，以“妙悟”说为中心，考量并挖掘它的理论内涵，以比较申说的方式阐释它与“别材”“别趣”“兴趣”“气象”“熟参”等理论的关系。与此同时，把“妙悟”说放在中西文论经验的大背景下观照它与西方“迷狂”说、灵感论、直觉说、体验论等的异同。在此基础上探索它对当代文论建设的启示意义，重新肯定体悟式思维对中国文论传统复兴的重要意义，并努力使“妙悟”说在当代文论话语中发挥它本有的价值与影响。

## 第一节 “妙悟”与“迷狂”

古希腊柏拉图的“迷狂”说对西方哲学、美学、诗学产生了深远的影响，开辟出哲学及文艺问题的非理性一脉。作为源头，其表述自然带有原始巫术及宗教的神秘色彩，但它所反映出来的问题则是十分关键的。诗歌究竟是如何创作出来的？诗人的作品与其创作时的心理究竟是怎样的关系？诗歌作品的社会价值等一系列问题便可由此延伸出来。那么，我们首先就“迷狂”说做一个简要论述。

柏拉图的“迷狂”说同时包含灵感问题，对灵感的分析有助于将它与“妙悟”进行深入比较，所以在这里就有必要对其分述之。当然，论述艺术灵感问题的人在柏拉图之后还有很多，我们只能以柏拉图的“灵感”主张为典型以期与“妙悟”进行多维比较。

柏拉图在《斐德罗篇》中以苏格拉底的名义发表的演说词中认为爱人应该接受没有爱情的情人的这种说法是完全要不得的。因为其中一个清醒，另一个迷狂。迷狂可以划分为两类：一类是由于人的疾病，是坏的；另一类则是神灵凭附，可以造福人类。神灵凭附的迷狂可以分为四种：“预言的，教仪的，诗歌的，爱情的，每种都由天神主宰，预言由阿波罗，教仪由狄俄尼索斯，诗歌由缪斯姊妹们，爱情由阿佛洛狄忒和爱若斯。”[1]他之所以在这些事情上会认定人的状态是迷狂的，是因为它们都有非理性的因素，不受理性意识的支配而处于迷乱的状态。朱光潜认为古希腊宗教起于酒神崇拜，这也说明人与神沟通的时候一定是非常态的，是神支配着人的精神，人只是神的传声筒，这在中国的民间鬼神信仰当中也存在。

回到迷狂问题上来，首先预言式的迷狂是神的意志的体现，“正如预言术在完善程度和在身份地位上都高于占卜术，迷狂也远胜于清醒，像古人可以作证的，因为一个由于神力，一个只由于人力”。[2]预言术之所以比占卜术要高，柏拉图认为这是由于预言是神的启示而占卜只是人为的，先不论它们的可靠性究竟有多少，在柏拉图那里，迷狂就是神启，是高贵与权威的象征，同时也是真理的发生。

其次，在宗教仪式里面，禳除灾祸、进行赎罪的时候，受灾人也可以祷告神灵，祈求神告诉他们消灾延寿的秘诀，而在这个时候，人同样是迷狂的，而不是理性地接收。由此可以看出，人神之间的交流一定是建立在人处于迷狂状态的前提之下

1. 柏拉图．柏拉图文艺对话集［M］．朱光潜，译．北京：人民文学出版社，1963：151–152.

2. 柏拉图．柏拉图文艺对话集［M］．朱光潜，译．北京：人民文学出版社，1963：117.

的，这样人既可以替神保守秘密，又可以增加宗教的神圣性与摄受力。

再次，诗神凭附的迷狂是这样一种情况，诗神缪斯“凭附到一个温柔贞洁的心灵，感发它，引它到兴高采烈神飞色舞的境界，流露于各种诗歌，颂赞古代英雄的丰功伟绩，垂为后世的教训。若是没有这种诗神的迷狂，无论谁去敲诗歌的门，他和他的作品都永远站在诗歌的门外，尽管他自己妄想单凭诗的艺术就可以成为一个诗人。他的神智清醒的诗遇到迷狂的诗就黯然无光了”[1]。可见，柏拉图是十分赞成诗作不是在冷静状态下经过理智的分析书写成的，而是诗神附体促发诗人迷乱陶醉，随口成诗。若是神志清醒，即使也能作诗，但是跟迷狂状态下所成的诗歌相比就差远了。柏拉图所说的“迷狂”有点近似于审美感兴，诗兴需要激发，同时这种情感异常兴奋与激动的状态也是创作的最佳时机。柏拉图的“迷狂”说与严羽所谓的“兴趣”在某些方面特征相似，都讲究一个兴发的状态，也就是情感瞬间高涨，由此产生作诗的欲念。但是二者的区别也十分明显，“迷狂”强调迷乱的精神状态下诗神的引导作用，“兴趣”则是受到生活中某些启发而有所感，需要宣泄的兴发状态，是一种审美趣味。

最后，爱情的“迷狂”在柏拉图看来是“痛喜两种感觉的

---

1. 柏拉图．柏拉图文艺对话集 [M]. 朱光潜，译．北京：人民文学出版社，1963：118.

混合使灵魂不安于他所处的离奇情况，彷徨不知所措，又深恨无法解脱”[1]，尘世的事物引起他对上界的回忆，于是灵魂陷入迷狂状态，“见到上界事物在下界的摹本，就惊喜不能自制”[2]。这种迷狂是以上四种迷狂当中最好的一种，原因在于灵魂在观照当中发现了源自上界的永恒的真。柏拉图的爱情的迷狂作为“迷狂”说的重要组成部分，同时也是对永恒理念的一种变相的肯定，由此，才有通向真理之路。

以上就是“迷狂”说的大致情形，由此可见，柏拉图的“迷狂”说所谓的作诗只不过是诗神假借诗人之口进行赞美或者进行道德教育，所以诗的真正作者是操纵“诗人”的那个诗神，而不是诗人；其次，“迷狂”说所讲的诗的内容是神的教谕之音而非全是人的情感诉说，因此是神之诗而非人之诗；最后，“迷狂”说重在强调诗人迷乱与癫狂的状态，强调神启的作用，而不是现实生活的感悟与体验。

与此相较，严羽的“妙悟”说在这些方面有很大的不同。严羽诗论里的诗人就是作诗者本人，并没有一个诗神来操控，当然可以认为柏拉图是用一种比喻的说法，但是他对神的肯定同样不可否认。严羽是站在诗学的角度对诗歌创作的艺术规律及审美规律进行评说的，他的“妙悟”重在强调一种感悟式的

1. 柏拉图．柏拉图文艺对话集［M］．朱光潜，译．北京：人民文学出版社，1963：128.

2. 柏拉图．柏拉图文艺对话集［M］．朱光潜，译．北京：人民文学出版社，1963：126.

体验创作模式，与诗神凭附在诗人身上致其迷狂而成诗有着根本的不同，他的诗歌源泉来自诗人独特的心灵体验，而不是神的旨意和教谕。因此，严羽诗论的诗作者无疑是诗人本身，剥去了神性的成分，是诗人情意与个性的鲜明呈现。再者，从诗所反映出的内容来看，严羽认为它是“情性”的吟唱，也就是诗人对现实生活有所感悟之后自然而然的情感流露与抒写，由此它的内容总是诗化了的现实，总是体现出作诗者的观念态度与情感价值。然而在柏拉图那里，诗的内容则显得比较单一化，无论是歌颂英雄之伟业还是进行道德教化，都离不开一定的政治教化功能。还有，“迷狂”说道出了诗的非凡性，也就是非一般常人所能作出的特性，并且只有在与诗神交合之后的迷乱状态才能产生好诗。这样就否定了人在神志清醒当中创作出有价值的作品的可能，也是对诗歌平民化的否定。可以说这只是早期对艺术的一种懵懂的认识，一切事物都要与操纵它的神相联系，不仅否定人的创造，也否定理性思维。严羽诗论则可以认为是对人的创造性的极大的肯定与发挥，它从主体内部寻找源头，从情感体验的立场来否定缺乏诗性的矫揉之作。同时，严羽也是在树立作诗的风向，那么他的诗论就不会是神秘化而又天才化的，他是想让一般的诗人也能作出几首好诗，因此可以说是平民型的。当然，由于他对诗作的标准要求颇高，有承认天才的倾向也是能够理解的。

造成以上分歧的原因无外乎以下三点：第一，“迷狂”说与“妙悟”说产生背景不同，从时间来看一个是西方古希腊时期，一个是东方中国的宋代，相差一千五百年以上，这就造成他们在论述诗学问题时并非处于同一个层面与环境。从言说背景来看，柏拉图的“迷狂”说主要是想解释诗人创作时的精神状态以及诗歌的来源与功用，带有西方故有的“酒神精神”传统；严羽则是为了批判江西诗派及江湖诗人的创作而借禅道来论诗，并对中国古代诗歌历史进行了评价与分析，他的“妙悟”说重在树立一种体悟式的态度与回归情感的诉求，而不是想将作诗玄秘化与禅法化，所以他的言说环境一定是具体而又现实的。第二，“迷狂”说将诗人的创造功能归结于诗神，这与原始巫术的迷狂有较大关联，也与西方的诸神文化有关，由此在对待诗歌创作上不免要追溯到神灵上去，而不能对人的创造进行肯定。同时，它的诗歌内容也只限定在一些较简单的范畴中，这与严羽“妙悟”说纵横析论历代诗歌也表现出很大不同。第三，“迷狂”说显示的是诗歌创作非理性思维的一面，甚至推崇其至上；“妙悟”说则可以落脚于诗人的情感生活体验，不仅指出诗歌创作非逻辑、非语言的营构，同时是对整体性感悟式思维的开掘，二者对非理性的言说也因此相区别。总而言之，“迷狂”与“妙悟”存在诸多差异，它们的内涵区别甚大。

不过，也不能就此以为“迷狂”与“妙悟”无法沟通，抛开这些历史限制，单就其所揭示的诗歌创作思维特征层面来看，还是有一定的共同点的。“妙悟”说在一定程度上否定理性逻辑思维，强调瞬间的开悟与心灵捕捉，把诗人的意绪用文字形象地表达出来；“迷狂”说是对原始思维经验的肯定，而这种原始思维就是一种对存在的整体性的感觉式的观照，同样带有超越逻辑的色彩。从诗歌创作思维的根本特征来看，它们都抓住了感性直观这个要害，都有审美感兴（“迷狂”说指“兴高采烈兴、神飞色舞的境界”）这个突破口，因此，它们也都把握住了诗歌创作的本质的方面。由以上分析可知，“妙悟”与“迷狂”之异是大于它们的相同之处的，但是它们在反映诗歌创作本质特征的时候又是十分相似的，这也是它们各自具有独立价值的原因所在。

下面再来看柏拉图所言的“灵感”与严羽所说的“妙悟”的区别。柏拉图在解说“灵感”问题的时候也是与“迷狂”说相关联的，因此不能把他的“灵感”问题当作另外一个问题来对待，而只能是在“迷狂”状态下的“灵感”论问题，但为了便于比较，在这里将他的“灵感”问题单独与“妙悟”作比。

“在柏拉图的著作中，‘灵感’(entheos) 和‘迷狂’(mania) 是同义词，它们可能都出自奥菲斯教酒神狄奥尼索斯崇拜中的‘出神’(ekstasis)。柏拉图本人在《会饮篇》中就提到过这种‘酒神的狂热’。”[1] 范明生在讨论柏拉图美学时曾比

1. 范明生 . 古希腊罗马美学 [M]// 蒋孔阳，朱立元 . 西方美学史：第 1 卷 . 北京：北京师范大学出版社，2013：275.

较过 ekstasis（出神）、mania（迷狂）、entheos（灵感）三个词的含义：

一、ekstasis、（出神）最初表示离开原来的位置，后来引申出以下种种含义：

1. 出神或入迷。心灵超出理性和自我控制的状态或出神状态。

2. 心灵由于恐惧、惊奇、愤怒而导致的发狂。

3. 神魂颠倒。

4. 有醉酒引起的兴奋。

二、希腊语 mania（迷狂）大意是疯狂，异常热心。具体如下：

1．发狂、癫狂、狂乱。

2．热情、疯狂，由于灵感而陷入狂热状态。

3．极度热情或兴奋，强烈的欲望或激情。

三、希腊语 entheos（灵感）意思是充满着神，具体如下：

1．由神或其他超人力量的附身而产生的灵感。

2．对某一事物或问题的强烈感情。

3．感情激动的状态，着魔或发狂。

可见，ekstasis（出神）、mania（迷狂）、entheos（灵感）三个词的含义是相通的。我们似乎可以进一步推论，在奥菲斯教“出神”观念的启发下，柏拉图在苏格拉底观念的基础上大力揄扬灵感，以此来解释诗歌创作才能的来源以及人在认识过程中出现的顿悟状态。

柏拉图的哲学体系以先验的理念为基础，以逻辑学为先导，以美学和伦理学为中介，以政治学为旨归。“灵感”属于美学的范畴，与“迷狂”基本同义。柏拉图笔下的“灵感”有三个特征：1.“灵感”来源于神灵凭附；2.“灵感”的状态表现为迷狂；3.“灵感”的获得过程实质是不朽的灵魂对真、善、美理念世界的回忆。

柏拉图在早期对话《伊安篇》中揭示了“灵感”的来源：“神灵凭附到诗人或艺术家身上，使他处在迷狂状态，把灵感输送给他，暗中操纵着他去创作”[1]“你这副长于解说荷马的本领并不是一种技艺，而是一种灵感，像我已经说过的。有一种神力在驱遣你，像欧里庇得斯所说的磁石……磁石不仅能吸引铁环本身，而且把吸引力传给那些铁环，使他们像磁石一样，能吸引其他铁环。有时你看到许多个铁环互相吸引着，挂成一条长锁链，这些全从一块磁石得到悬在一起的力量。诗神就像这块磁石，她首先给人灵感，得到这灵感的人们又把它递传给旁人，让旁人接上他们，悬成一条锁链。凡是高明的诗人，无论在史诗或抒情诗方面，都不是凭技艺来做成他们的优美的诗

---

1. 朱光潜．西方美学史［M］. 北京：人民文学出版，2002：56.

歌，而是因为他们得到灵感，有神力凭附着”[1]。在对话中，柏拉图借苏格拉底的话告诉伊安：支配诗歌创作和欣赏的不是理性的技艺或知识，而是非理性的“灵感”，这就是诗歌能够吸引听众欣赏并具有强烈艺术感染力的原因。

柏拉图将“灵感”的表现状态解释为“迷狂”，“由于灵感而陷入狂热的状态”。在《斐德罗篇》讨论了诗神缪斯凭附时的“迷狂”状态。诗神缪斯凭附到诗人的心灵，将其引领到兴高采烈的状态，灵感随之而来。此时此刻，诗人失去理智陷入迷狂状态，逸兴遄飞，意象纷至沓来，可上九天揽月，可下五洋捉鳖。柏拉图注意到诗歌创作和欣赏中的这种普遍现象，并用“迷狂”来概括“灵感”降临时的这种特点，这有别于古希腊流行的艺术模仿论，是他对诗学与美学理论的独特贡献。

柏拉图将“回忆说”“灵魂不朽说”和“灵魂轮回说”糅合在一起，以此来解释“灵感”的获得过程，其实质是不朽的灵魂对真、善、美理念世界的回忆。柏拉图首先在《斐多篇》中提出了回忆说，然后在《理想国》中对其进一步加以发挥，认为灵魂自身不但先天具有知识，而且具有认识的能力，教育的作用在于使灵魂这种固有的认识能力像眼睛一样，把握正确的方向，从而使它从黑暗转向光明，从变化的世界转向真实的世界，一直达到最高的善的理念，这就是柏拉图所谓的“灵魂

1. 柏拉图 . 柏拉图文艺对话集 [M]. 朱光潜，译 . 合肥：安徽教育出版社，2007：26-27.

的转向”。《斐德罗篇》中，柏拉图认为灵魂是不朽的。他将灵魂比作一个御车人驾驶一对飞马（人类驾驭的飞马中一匹驯良、一匹顽劣）所造成的一种协和的动力，即协力。御车人指的是“理性”控制驯马“激情”和劣马“欲望”。由于劣马（欲望）的拖累，灵魂飞升时或难得地把握本体、或局部地把握本体、或不能把握本体。“人类理智能够运用理念，在杂多的感觉中凭借推理将它们集合成‘一’。这是一种回忆，回想起当灵魂随神周游时，将凡人认为是存在的东西提升到真正的存在。”（《斐德罗篇》）柏拉图指出，唯有不朽的灵魂可以认识不朽的理念。不朽的灵魂生前就具有对理念的真知，在轮回投胎转世时受到肉体的污染而被遗忘了。“见到尘世的美就回忆起上界里真正的美因而恢复羽翼，而且新生羽翼，急于高飞远举，可是心有余而力不足，像一个鸟儿一样，昂首向高处凝望，把下界一切置之度外，因此被人指为迷狂。”[1]柏拉图所谓的回忆，乃是人的认识从感性认识到理性认识的上升或综合过程，即在杂多的感觉中凭借推理将它们集合成“一”。所以，就柏拉图来讲，灵感的获得过程，就是灵魂对理念世界的回忆。

柏拉图笔下的“迷狂”“灵感”，只是借助于神话的外衣，本身并没有多少神秘的成分，“迷狂”和“灵感”并非真是诗神缪斯附身的结果，而是认识的对象（审美客体）作

---

1. 柏拉图．柏拉图文艺对话集［M］. 朱光潜，译．北京：人民文学出版社，1963：125.

用于灵魂（审美主体），达到一定程度，进入激情时主体的一种积极状态。

柏拉图认为，诗人的本事并不是一门技艺，而是一种“灵感”，也即是神灵感应。他说道：“诗神就像这块磁石，她首先给人灵感，得到这灵感的人们又把它传递给旁人，让旁人接上他们，悬成一条锁链。”[1]在这里他用了磁石引力的比喻来说明诗神凭附的这种无形的力量，在诗神与诗人之间是存在一种交互性感应的，诗神引领诗人到达诗的国度，使诗人们能够领略与体验更高的真实；同时我们也得知诗神传递给诗人的是“灵感”，而不是别的什么。“灵感”既是神灵感应的一种状态，同时又出现在诗人作诗的过程当中。他又说道：“诗人是一种轻飘的长着羽翼的神明的东西，不得到灵感，不失去平常理智而陷入迷狂，就没有能力创造，就不能做诗或代神说话。”[2]由此可见，“灵感”的有无关系到诗人究竟能不能作诗并且是否具有创造性这样的根本问题，如果从这一角度来认识诗歌，完全可以说诗是灵感的产物，没有灵感就作不出诗来。柏拉图强调“灵感”原因有二：一是古希腊哲学研究的转向，即自苏格拉底始以自然为本原转向以灵魂为本原；二是诗学与哲学同源于神话，二者血脉相连，本质相通，都是对人生问题的求解。灵

1. 柏拉图．柏拉图文艺对话集［M］. 朱光潜，译．北京：人民文学出版社，1963：8.

2. 柏拉图．柏拉图文艺对话集［M］. 朱光潜，译．北京：人民文学出版社，1963：8.

感型的诗虽然在柏拉图构建理想国的过程中不可或缺，但基于其变革古希腊传统价值观的道德理想主义，他对诗的态度耐人寻味。他虽肯定了灵感，但将经由灵感产生的灵感型的诗做了高下之别，进而褒扬符合他价值标准的"好的"灵感型的诗，贬斥不符合他价值标准的"坏的"灵感型的诗。

柏拉图认识到"灵感"问题的重要性，可是同时我们也必须清楚，柏拉图的"灵感"论是与他的"迷狂"说缠绕在一起的。由此他的"灵感"问题便带有更多的神秘色彩，并且视"灵感"为诗人创造的唯一之途，这就不免有些狭隘。在人与神的沟通问题上，柏拉图自然是要借助"灵感"这种神秘的力量来魅化这层关系的，由此也为神灵存在提供必要条件，这也是当时的环境使然。我们说柏拉图用"灵感"来解释诗人的创造性活动，并且视"灵感"为决定性因素，一方面道出了诗歌创作的非理性思维（当然在当时还没有"形象思维"一说）特征，可谓是把握住了艺术创造的要害；但是另一方面，我们又发现他的"灵感"论是与他的"迷狂"说紧密相关的，诗人的作用无非就是替神传言，将上界的真理启示给众生，这就不免有贬低诗人创造的倾向。朱光潜曾谈道："唯心哲学都是和宗教上神的信仰分不开的。柏拉图的灵感说的最后根据还是希腊神话。"[1]总而言之，我们若是站在柏拉图所处的时代来看这一问题，就不会对"灵感"感到无所适从。

---

1. 朱光潜．西方美学史［M］. 北京：人民文学出版，2002：58.

在严羽的诗论里面，“妙悟”说是针对江西诗派弊病而发的，既强调诗歌创作的个性特点，同时又对诗歌思维的独特性做了揭示，把握住了直觉思维与形象思维的某些要素，这一点大体说来与柏拉图的“灵感”是有共同性的。二者的不同之处在于，严羽的“妙悟”说建筑在诗人自己体证与参验现实生活与情感状态的基础之上，是诗人独特审美经验的直接抒发，而不是玩味文字的游戏；柏拉图的“灵感”论则是借助神灵感应来解释诗人创造的特殊性，既没有肯定诗人自身的创造能力，同时又带有神秘主义的理论色彩。可以说它们之间的差异完全是论说背景的不同导致的，如果从今天的“灵感”理论内涵出发将其与“妙悟”做一番比较，意义定会更大。

我们经常使用的“灵感”概念，其意义无非有三：首先，灵感是思维的一种特殊状态，不是哪种思维模式单一导致的结果，而是综合体验与感受的结晶；其次，灵感带有突发性与不可预期的特征，来时突然，去时转瞬，意识似乎很难控制；最后，灵感并非“天赐”，而是日常累积的回馈，不仅需要审美经验的累积，还需要思维的有意操练，无所用心而求灵感来叩开创造的大门只能是白日做梦。由是观之，现代的“灵感”内涵的确与严羽的“妙悟”说关系甚密，单就它们揭示的艺术创作的特殊思维状态而言，“灵感”更强调一种突发性与直接性，“妙悟”则是对诗歌创作的一种整体性描述，不仅关乎思维状态，还涉及诗人的审美体验等诸多方面。可以说，“灵感”是艺术创造的必需因素，没有“灵感”参与的艺术创造只能坠入平庸的制作；“妙悟”则对艺术创造做出了一种整体说明，诗人艺术家的活动是需要悟入的，而不只是对生活的干瘪的记载，它的内涵广于“灵感”，况且二者的论说背景也存有差异。“灵感”是审美经验与思维习惯累积的结果，是一种惠赐；“妙悟”则强调“熟参”，建立在“熟参”基础上的“悟”才是有根的“悟”、有源的“悟”，也使“悟”不致空泛与无章。两者都讲求一种内心的积淀，而不是空穴来风，这也有力地驳斥了一些人对它们持有的偏见，认为它们是不科学或者不理性的，事实上任何现象只要能够说明事相就有存在的理由。

以上既说了“灵感”与“妙悟”的一些不同，又对它们的联系做了交代。它们二者的根本区划即在于“灵感”问题是创作中的一个思维现象问题，是一种技术性要素，而“妙悟”对于艺术创造来说是一种整体感发，是一个包蕴更广的概念，它含有诗人的情志与审美体验等诸多要求，是中国古代诗论传统的独特揭示，与中国古典诗歌创作联系紧密。它们之间的相似点在于对艺术思维的特征的描述具有某种程度的一致性，并且都比较强调日常审美经验的积累的重要性，然而，这仅仅是相似，两者之间的差异还是比较突出的。“灵感”无法代替“妙悟”，“妙悟”也不能排斥“灵感”，某种程度上“灵感”对“妙悟”而言是有补充说明的作用的。

## 第二节 “妙悟”与“体验”

“体验”一词在西方哲学与诗学的历史中源流也相当久远。柏拉图思想中的“迷狂”和“灵感”就是从人类心理变化的角度谈到审美体验这个论题的。从“体验”一词最早进入思想家的视野至今，其含义经过多重构造，具有了当初所无法比拟的理论效果。我们主要选取诠释学大师威廉·狄尔泰的生命体验理论来与严羽的“妙悟”说进行一番比较阐释，并寻求两者在艺术层面的互相发明与融通之处。在这之前，有必要对西方“体验”一词的历史进行简单梳理。

“体验”(erlebnis)一词虽然由来已久，但若无狄尔泰卓有成效的分析与论证，很难想象它将以何种方式进入哲学与诗学的视野，伽达默尔的体验概念及其带来的审美领域转向更无从谈起。伽达默尔在《真理与方法》一书中对“体验”一词在德语中的语言发生学历史做了比较详细的考证，他认为“这个词是在 19 世纪 70 年代才成为与‘经历’这个词相区别的惯常用词”[1]，在 18 世纪之前它还根本不存在，席勒与歌德并未对其

1. 伽达默尔．真理与方法——哲学诠释学的基本特征：上卷 [M]. 洪汉鼎，译．上海：上海译文出版社，2004：77.

加以特殊照顾。根据伽达默尔的考察，我们至少可以知道它的广泛应用应该是在 19 世纪 70 年代以后，之前的零星应用（比如黑格尔的信笺，蒂克、亚历克西斯和古茨科等人的使用）都不能标示它已经成为一个被广泛接纳的哲学词语。直到 19 世纪 70 年代，它似乎成了一个在传记文学中的惯用词，被许多人应用在写作当中，如“狄尔泰的《施莱尔马赫传》(1870 年)、尤斯蒂的《温克尔曼传》(1872 年)、赫尔曼·格里姆的《歌德传》(1877 年)”[1] 等。由此也可以看出“体验”与“经历”的密切关系，正是由于传记文学中人物的生活经历才不得不使“体验”成为描述这种状况的日常用语。“体验”经由“经历”转化而来，但仍然保留了“经历”一词的一些语义特征，如事件的持续存在性、需要主体的亲身参与及直接把握等方面，都被“体验”继承了下来。对个体自身亲自参与事件的强调成为“体验”一词的显著特征，“所经历的东西始终是自我经历的东西”[2]。德语中的“体验”有“去生活”(to live) 的含义，是对“经历”一词的重新建构。伽达默尔进一步认为，“对‘体验’一词的构造是以两个方面意义为根据的：一方面是直接性，这种直接性先于所有解释、处理或传达而存在，并且只是为解释提供线索、为创作提供素材；另一方面是由直接性中获得的收

1. 伽达默尔 . 真理与方法——哲学诠释学的基本特征：上卷 [M]. 洪汉鼎，译 . 上海：上海译文出版社，2004：78.
2. 伽达默尔 . 真理与方法——哲学诠释学的基本特征：上卷 [M]. 洪汉鼎，译 . 上海：上海译文出版社，2004：78.

获，即直接性留存下来的结果”[1]。这就意味着“体验”是主体与对象之间直接取得沟通，是一种本质直观或“直截根源”的认识方式，并非逻辑的推理或语言的交流。“体验”与“悟”的特征极其相似，与自然科学知识的认识方式不同，是当下获得的对“真”的把握，“体验”代替感知成为意识中的最基本单位；另一方面，“体验”也意味着“直接性”的结果。伽达默尔将此引入对艺术作品的理解，也就是说，审美“体验”的方式不是抽象的，而是体现了自由的生存方式所具有的当下性，这种主体的自由在艺术“体验”里被保留进而延伸，它与审美愉悦同在。由此出发，“体验”与艺术便不知不觉又理所应当地“遭遇”到一起，艺术正是通过“体验”获得审美性的生成的。

狄尔泰认为生命不是生物学意义上的概念，而是自在自为的，生命与“体验”具有同一性，因为生命的意义在于个体的内省体验。生命就是体验，我们的生命经验始于体验。狄尔泰指出：“个体虽然都是来来往往、生生死死的，但是，他们之中的任何一个个体都既是社会历史实在的这种无限结构的承载者，也是这种结构的共同发展者。”[2]文化系统如经济、法律、宗教、艺术和科学，外部社会组织如家庭、团体、教会、国家都

1. 伽达默尔．真理与方法——哲学诠释学的基本特征：上卷［M］. 洪汉鼎，译．上海：上海译文出版社，2004：79.

2. 狄尔泰．精神科学引论：第1卷［M］. 童志奇，王海鸥，译．北京：中国城市出版社，2002：146.

离不开人的心灵，因为心灵生命就是一种关联。个体是社会互动所涉及的各种系统的一个交叉点。在狄尔泰看来，无论是宗教家、哲学家还是艺术家都是在“体验”的基础上进行创作的，特别地，狄尔泰从诗人身上看到了对“体验”最完备的描述。诗不仅反映了诗人的内心世界，它同时还是社会历史的产物，因此对诗人的作品进行解读可以更好地理解生命的问题。在狄尔泰看来，每一种“体验”都与生命的整体相连，艺术作品是对生命意义和价值的呈现，通过艺术作品，主体可以领悟生命之谜。

狄尔泰为了给精神科学找到一种认识论的基础，放弃了“感觉”一词而大胆使用“体验”这个新词，试图用“体验”在审美领域中为艺术作品的真理找到一种理解模式。因此，狄尔泰用“审美体验”代表一般意义“体验”的本质类型。“正如作为这种体验的艺术作品是一个自为的世界一样，作为体验的审美经历物也抛开了一切与现实的联系……在艺术的体验中存在着一种意义丰满，这种意义丰满不只是属于这个特殊的内容或对象，而是更多的代表了生命的意义整体……一种审美体验并没有与其他体验一起组成某个公开的经验过程的统一体，而是直接地表现了整体，这种经验的意义才成了一种无限的意义。”[1]狄尔泰始终在强调“体验”的解释学意义，突出“体验”

1. 伽达默尔 . 真理与方法——哲学诠释学的基本特征：上卷 [M]. 洪汉鼎，译 . 上海：上海译文出版社，2004：90–91.

过程中体验者自身的连续性。伽达默尔还分析了“体验”和“审美体验”之间的相互关系：“体验是一种特殊的经验，直接、无概念规定的瞬间体验行为彰显出生命有机整体之意义。与之相似，审美体验也存在这种特殊性：审美是一种直接、无概念规定的瞬间行为，通过审美体验，审美主体与作为审美对象的审美客体构成一种超越时空境遇的浑然一体状态。这意味着艺术体验的意义不在于体验内容或体验对象，而在于生命意义的整体。”[1]可见，伽达默尔笔下的“体验”和“审美体验”都是对无限整体的经验，“体验”和“审美体验”之间存在着相当密切的联系。“审美体验”的核心是人，人因审美而成为自由的主体。

伽达默尔很欣赏狄尔泰在《体验与诗》一书中对艺术所做的诠释，并认为“体验”在艺术表现当中获得了全新的存在状态。他如此总结“体验”概念的意义效果：“我们在精神科学中所遇到的意义构成物——尽管还是如此陌生和不可理解地与我们对峙着——可能被追溯到意识中所与物的原始统一体，这个统一体不再包含陌生性的、对象性的和需要解释的东西。这就是体验统一体，这种统一体本身就是意义统一体。”[2]这就是伽达默尔所理解的狄尔泰精神哲学中的“体验”的含义，意识

1. 王姗姗．论伽达默尔的体验概念与审美转向［J］．山东大学学报（哲学社会科学版），2014（03）：138-145.
2. 伽达默尔．真理与方法——哲学诠释学的基本特征：上卷［M］．洪汉鼎，译．上海：上海译文出版社，2004：84.

与对象之间已经融为一体了，没有对峙，只有和谐与圆满。这也类似于海德格尔所说的“澄明”之境，同样具有中国哲学的“天人合一”的意味。由此可见，在伽达默尔眼中，狄尔泰的生命体验哲学本身就是一种与理性主义相对峙的哲学思潮，将人的精神生命本身视为出发点与归宿，以及一个意义自足体。在这里，我们无意于对伽达默尔的解释学做过多叙述，目的只是借助伽达默尔之镜来窥探“体验”的原始“经验”意义，并明白“体验”这一概念本身的复杂性与其能指的丰富性特征。“体验”对主体参与的强调，并视精神意识活动为一个持续不断的过程，对象的意义即在过程本身，而不在意识之外，意识与对象的融合无间使得意义瞬间生成，这些就是“体验”的原发特征。

当然，在述及“体验”的历史生成过程的同时，我们还不得不特意去观照狄尔泰生命体验美学当中“体验”本身对于艺术及一切精神活动的意义。因为只有与艺术有关的“体验”才是我们真正的考察对象，将“体验”放到艺术活动当中来进行考察也可谓如鱼得水、生气自现。狄尔泰在《体验与诗》一书中分析莱辛、歌德、诺瓦利斯、荷尔德林等人的创作特点及艺术风格的成因的时候，对歌德的创作有如下认识：“生活及对生活的解释是其基础，个性是其中心点。由此规定了生活经历和文学创作的关系，这种关系对于歌德的诗艺创作是起决定作用的。”[1]由这一论断出发，他便极力地通过对歌德生活及成长经历的分析来考察这些经历对其文学创作的巨大意义。生活“体验”本身成为歌德创作的根基，歌德正是从亲身生活经历当中获得了诗歌创作的不竭源泉，并通过自己的艺术个性将其创造性地进行展现。从对生活的独特体验当中，歌德获得了情感的激荡与淘洗，并将这种情感体验化为优美的诗句。对于艺术家来说，只有自己独自去观照并能够有所发现，心灵生活才是奏效的，如若自个不去体验那丰富的心灵的内在律动，艺术品就无从产生。

值得一提的是，狄尔泰在将伏尔泰与歌德的渊博做比较的时候也运用了“体验”一词。他说：“伏尔泰的渊博源自把理性运用于所有的对象与任务，歌德的渊博则产生于对人性的一切的事后体验与理解。任何理解基于体验，同样，在他身上，理解又返回来扩大他自己的存在。”[2]从以上论述得知：其一，“体验”在某种意义上是与理性的分析相对立的，并不是靠理性认识而获得对存在的把握，它更直接、更内在地作用于心灵本身，是一种直觉意志的强力推动；其二，“体验”是理解的基础，经由“体验”，事物才能够被真正把握，通过对人性的深切体认，歌德发现了一些日常所不易觉察到的事相特征。其

1. 狄尔泰．体验与诗：莱辛·歌德·诺瓦利斯·荷尔德林［M］．胡其鼎，译．北京：生活·读书·新知三联书店，2003：194–195.
2. 狄尔泰．体验与诗：莱辛·歌德·诺瓦利斯·荷尔德林［M］．胡其鼎，译．北京：生活·读书·新知三联书店，2003：197–198.

三，歌德正是从别人的生活当中获得对生活的多样体认，以既是“旁观者”又是心灵的“参与者”的角色完成他对生活、生命的理解。想人之所想、设身处地考虑不同人物的生活遭遇，就如同自己是那人一般，然后又将这种“体验”积淀内化为自己对生活的理解，再以饱满的感情抒写出来。在这一过程当中，歌德本人的生命体验得到丰富和加强，他笔下的人物自然也就更为逼真，事件也就更能反映生活的本质。由此我们认识到“体验”的其他方面的特征，也即直接性、本质直观性，在艺术当中是与生命、生活紧密相关的。

通过以上分析论述，我们可以得知“体验”一词在狄尔泰的生命哲学及诗学当中具有如下含义：“体验”是主体亲身“经历”并感受到的对象的本质特征，这一过程瞬间发生，意义只在瞬间呈现，具有直接性与及时性；对象与主体之间不存在你我之别，而是“物我为一”的浑融状态，生命本身既是对象又是目的；“体验”是理解的基础与根本，任何理解都须经由“体验”才得以发生，“体验”本身具有本源性特征，它的直接观照对象就是人的感性生命活动的存在状态。

那么，严羽的“妙悟”与狄尔泰的“体验”在何种程度上具有共通性？它们之间的差别又如何呢？总的来说，“妙悟”与“体验”相对于艺术而言具有如下的共同点：“妙悟”强调

“自家实证实悟”[1]，并且“悟”的主体一定是作者本人，对主体亲身参与的强调便构成它与“体验”的第一个共同点。“熟参”方能“妙悟”，主体精神的全副投入才能理解大千世界纷繁复杂的现象背后的“真谛”。其次，“妙悟”强调当下即悟，不需要经过逻辑或语言的思辨，而是突然获得一种灵明体验，“体验”在某种程度上也拒斥理性，并具有直接性与瞬时性，意义的呈现只在刹那；再者，“体验”所观照的对象是人的感性生命存在状态，主体与对象之间是不分彼此、融为一体的，带有整体性把握存在的意味，而“妙悟”所需要“悟”的也是作家本人活脱脱的生活感受，悟的方式也是心物合一。从它们二者的诸多共同点我们可以察觉“妙悟”与“体验”在中西诗学问题上似乎有惊人的一致性，并且两者的反抗对象都或明或暗地指向了理性与逻辑，都想为感性、形象思维在艺术领域争得一片天地，都不约而同地把关注点放在了感性生命这一艺术之源上来。从这个意义上我们可以认定“妙悟”说与“体验”论都是对艺术理论的正确见地，并且它们二者之间的价值旨趣十分接近。

话说回来，再具有共同点的理论主张，它们的元概念的本质规定还是有所区别的，不然就不会是两个概念，而是一个了。拿“妙悟”来说，它的侧重点还是在“悟”，讲求一种当

---

1. 严羽．沧浪诗话校释［M］. 郭绍虞，校释．北京：人民文学出版社，1961：251.

下明白，不关逻辑及语言的雕琢，延伸到艺术创作当中便与意象发生关系，并进而与“灵感”密切相关；“体验”则着重强调主体对于生命的直观把握，讲求切身参与并获得一种对意义的直接理解，在艺术当中它的意义关键是作家以此方式获得了对生活本真的深刻理解。此外，“妙悟”与“体验”各自生成的语境决定了它们在解决艺术问题上还是有所区别的。“妙悟”借禅来说诗，并将批评的矛头直接指向那些堆砌雕琢词句、胸中感情匮乏的士大夫，指责他们抛弃了作诗的正途，致使诗歌越来越偏离诗之原旨，议论化、文字游戏化现象严重。这放在当时的条件下看的确有补时弊、起到纠偏的作用。他的诗论主张对后世产生深远的影响，已经潜移默化于历代文人的诗歌观念当中，所以他的影响我们不能仅以文字表面的记载来观照，还应当深入挖掘中国传统诗歌艺术之精神。对于其功过得失，将在后一部分详细论述，此处暂不述及。狄尔泰的“体验”论首先是筑基于其生命哲学这一原点之上的，他之所以要用“体验”来阐释自己的哲学观点，就是由“体验”本身特殊的意义决定的。它既肯定生命的过程性，又将主体与对象之间的距离给取消了，这样认识对象也就等于体验主体自身，宇宙与我是同在的，我的思维直接就可以发现真理，而不需要什么其他中介。这种直接性、意义的瞬时发生既对理性哲学提出挑战，又昭示着新的可能性。而在狄尔泰的艺术观上，他将“体验”视为艺术家创造的源泉，只有亲身的体验才能够道出别人心灵中的隐秘，才能将别人的生活经验内化为作家自己创作的素材。“体验”同时也是作家与世界沟通的重要桥梁，经由“体验”，存在的意义便自然发生。由此可见，尽管“妙悟”与“体验”具有可以类比的特征，但是在各自的言说语境之内它们的差异便自然凸显。这也是无法回避的事实，由此提醒我们在进行中西比较的时候一定不能忽视概念本身的历史性生成这一实际情况。

## 第三节 “妙悟”与“直觉”

“直觉”的原意是凝视，即聚精会神地看，是一种先于并独立于推理的精神活动。由于柏拉图及其后哲学的轻视与忽视，“直觉”要么被贬为非理性而遭到抛弃，要么演变为纯粹的心理描述，因而在西方传统中一直处于被压制的状态。直到鲍姆嘉通第一次重审了感性，而康德由此看到了“直觉”的力量，这种状况才有所改观，不过要等到克罗齐和柏格森出现，“直觉”才真正被重视。克罗齐宣称“直觉即表现”，强调的是审美化的心灵直觉。对柏格森来说，“直觉”则是其生命美学的重要组成部分。

值得注意的是，由于“妙悟”说本身对本质直观的重视，它与西方的“直觉”理论也具有了某种可比性。西方的“直觉”理论经由德国哲学家费希特、谢林及法国哲学家柏格森发展而来。从柏格森对“直觉”的极力宣扬来看，其用意也是想在理性之外寻求另一条对世界的认识与把握之路。他说：“所谓直觉，就是一种理智的交融，这种交融使人们自己置身于对象之内，以便与其中独特的、从而是无法表达的东西相符合。”[1]自身与对象相互交融，不把对象置于身外的这种态度与西方二元对立、主客二分思维模式是完全两样的，但无奈的是他仍然只是在西方理性与非理性之间徘徊，而不能跳脱这种区划本身。

作为一种能力或方法，“直觉”直接通达人的心灵和精神本质。柏格森认为：“智慧依然是发光的核心，在这个核心周围，即使在直觉中被扩展、被纯化的本能也只是一团朦胧的星云……直觉能使我们看到智慧材料的不足，能使我们隐约看到补充智慧材料的方法。”[2]柏格森发现了“直觉”的认识能力，“直觉”隆重登场，它既是对理性的反驳，也是对事物与世界的重新认识。

由“直觉”的这一层意思延伸开来，它无非是指对事物或者对象的直接把握，超越意识及逻辑本身，也就是直接觉照，这就与“妙悟”的意义十分接近了。尽管西方哲学理论缺乏中国感悟式、整体性把握世界的传统，但是并不代表他们的理论当中就没有这种诉求。自柏拉图以来的西方哲学总是理性与非理性交相辉映，所构筑的形而上学体系也蔚为大观，不管持什么样的哲学认识论态度，他们的目的却是同一的——发现真理、认识自我。

我们认为，逻辑理性虽然是人类思维水平继感性认识之

---

1. 柏格森．形而上学导言［M］. 刘放桐，译．北京：商务印书馆，1963：3–4.
2. 柏格森．创造进化论［M］. 姜志辉，译．北京：商务印书馆，2004：149.

后的一大飞跃，但是不能就此否认感性直观的作用。在某些领域可以说形象思维更有发挥的余地，尤其是在艺术、宗教等方面，不是靠逻辑分析就能解决所有问题的。我们应该视理性与感性为认识的两个方面，思维是一个综合运作的过程，理性与感性总是交织在一起，所以有时很难分辨在认识一事物的时候究竟是理性的还是感性的，只能说侧重不同。对于二者区分看待的思路模式是亟须被整体把握世界的方式替代的，只有统合一切认识成果，站在中间才能不偏不倚地通向真理。

在这里，我们主要还是想将意大利美学家克罗齐的"直觉"理论与严羽的"妙悟"理论进行一番比较，毕竟他们所面对的对象都是艺术，这样也避免了在哲学上的过分纠缠，而使问题转入艺术创作本身。

"最简单最原始的'知'是直觉（intuition），其次是知觉（perception），最后是概念（conception）……这种见形象而不见意义的'知'就是'直觉'。"[1] 在克罗齐看来，直觉是一种先于并独立于推理（即概念思维）的精神活动，是一切"知"或"知识"的来源。克罗齐认为："知识有两种形式：不是直觉的，就是逻辑的；不是从想象得来的，就是从理智得来的；不是关于个体的，就是关于共相的；不是关于诸个别事物的，就是关于它们中间关系的；总之，知识所产生的不是意象，就是

1. 克罗齐．美学原理 美学纲要 [M]. 朱光潜，等译．北京：人民文学出版社，1983：134.

概念。”[1]我们先不论他所说的具体内容，单从形式上来看，这也是典型的西方二元对立式思考问题的模式：将事物一分为二、非此即彼。这种认识有它的优点，但是缺陷也十分明显，就是不能综合地处理对象本身。

我们沿着他的思路，与“直觉”相关的有想象、个体、个别事物、意象等；与“逻辑”相关的有理智、共相、中间关系、概念等。首先，“直觉”是与“逻辑”呈相反态势的，即非逻辑或者反逻辑，以此类推，它所关注的对象就是一些个体性的意识或想象，是外在于逻辑的那一部分；其次，直觉与逻辑都统一于知识，也就是说直觉也能够达成对真理的认识及把握，而不光是逻辑有此功能，从这一点上很明显可以看出克罗齐的用意所在，他是想另辟蹊径寻求知识的可靠性；再次，我们需要质疑的是，难道“直觉”就是非理智的表现？“直觉”就不能够对共相、事物之间的关系进行整体把握？很显然，克罗齐在这里并无意于否定“直觉”的这种多维特性，之所以做出这种区分完全是西方的思维模式在作祟。最后，我们特别需要注意的问题是，“直觉”与想象、意象等密切相关，也就是说，直觉的运思方式本身就是想象性的，是一种意象性的呈现。从克罗齐后来的观点我们得知，他的“直觉”直接等同于其所说的“表现”，二者的含义几乎相同，由此形成了文艺理论上的

1. 克罗齐．美学原理 美学纲要 [M]. 朱光潜，等译．北京：人民文学出版社，1983：7.

表现主义流派。对于克罗齐的“直觉”理论，我们不能做狭隘理解，他所反映的艺术本身的问题是深刻的，并不单单是唯心主义或者非理性主义就可以一语抹杀掉的。

克罗齐总结道：“直觉的知识就是表现的知识。直觉是离理智作用而独立自主的；它不管后起的经验上的各种分别，不管实在与非实在，不管空间时间的形成和察觉，这些都是后起的……直觉是表现，而且只是表现。”[1]由此可以看出，“直觉”在克罗齐那里已经是先于理智本身了，他赋予艺术品完全是“直觉”的产物，并视艺术本身也即是“表现”，在未经逻辑分辨之前，艺术是用形象进行表达的，这种艺术的独特表现方式即是一种“直觉”。从这里我们也可以看出，“直觉”思维具有直接性与非逻辑性，与艺术意象及想象活动密切相关，这也是克罗齐“直觉－表现”理论的精义所在。然而，不可否认的是，克罗齐的“直觉”理论在某种程度上高扬心灵的这种创造、能动作用，将人的感性认识作用极度夸大，对于实践及理性的忽视使他的理论也存在偏激的一面，这被许多唯物论者批判，此不多述。

我们在这里需要解决的问题是：艺术究竟是否就只是“直觉”的产物？克罗齐的“直觉”理论如果经过延伸，对于艺术而言是否有更合理的解释的功能？很显然，艺术活动离不开

1. 克罗齐．美学原理 美学纲要［M］. 朱光潜，等译．北京：人民文学出版社，1983：15–16.

“直觉”的创造，也离不开那种感性、想象的原始力量。如果艺术脱离感性形象的直观性而纯粹走向逻辑理性的制作，那将不能称其为艺术，艺术的本质也将随之改变。问题在于，艺术是否就只是一种想象活动而不需要理性？这也很明显，在前面已提到，理性与感性都不能过于机械地去对待，尤其是在艺术活动当中，它们二者都参与了艺术的创作过程，但是，艺术的真正价值所在往往是直觉的创造，是灵光闪现的突发状态。我们虽不能单靠“直觉”来把握艺术的所有方面，但是在艺术创作与欣赏活动当中，“直觉”无疑起着举足轻重而又不可忽视的作用。克罗齐将“直觉”观念发挥到了极致，坚称艺术即直觉。他认为“艺术即直觉”的观念可以揭示艺术的非功利性，并使其与“实用”“快感”或“痛感”之类的东西无缘。克罗齐将“艺术——直觉——表现”连为一体，虽然有些绝对，但他对艺术思维方式及创作方式的把握是十分到位的，艺术就是要靠直觉来获得对外在世界的感官第一印象，而且这种印象正是艺术形象的原发状态，通过这种感知可以直面真理；直觉同时与创造性紧密关联，艺术也是最能体现创造性的活动之一，那么在艺术活动当中这种创造性具体就体现在作家塑造出的一系列审美意象及形象上。艺术就是要激发人的审美感兴能力，通过感性直观的熏陶，使人的审美趣味得以提升，灵魂得到升华与净化。克罗齐对想象、意象等的强调也是为了避免人们假借其他途径寻找真理之门，他要告诉我们心灵就是最直接的源泉，能够较好体现心灵真实的事物，艺术便是其中之一。克罗齐将艺术提升至前所未有的位置，希望用“直觉”来改变理性主宰一切的局面，但也使得“直觉”过度扩大，乃至泛化。

我们通过对克罗齐“直觉”理论的分析，可以直观地感受到它与严羽的“妙悟”理论是存在共通性的。这体现在以下三个方面：第一，“直觉”讲求一种本质直观，回到心灵的真实上来，“妙悟”也一再强调发掘本心，通过心灵来体悟生活，可以说“直觉”正是“直截根源”的另一种表达；第二，“直觉”具有直接性，不依赖理性分析及后起的经验，“妙悟”在一定程度上也是讲求脱离语言的束缚，直接有所觉悟；第三，“直觉”是创造性思维的一种特征，多与人的“第六感”息息相关，“妙悟”也将关注的对象收摄到内心，时刻检视它的起伏变化，它们都是为了更为细致入微地察探人的心灵。回到艺术创作上来，“直觉”有助于把握艺术形象的根本特性，更有利于对形象的塑造，“妙悟”则将内心的独特发现通过形象表达，它们都立足于艺术形象本身，更关注艺术的独创性，这是十分难得的。

严羽的“妙悟”说与克罗齐的“直觉”理论的差别也是显而易见的。“妙悟”更具有复杂性与丰富性，而“直觉”只能说是“妙悟”的一方面特征或要素。尽管克罗齐将艺术的本质特性归诸“直觉”，事实上他所宣扬的“直觉”也是带有偏激性的，“直觉”和“体验”一样，不能解决艺术的所有问题，艺术也不是“直觉”或“体验”涵括得了的。它们的意义并不是揭示了艺术的终极真理，而是向我们展示了通向艺术的方法要素，它们是开放的体系。严羽的“妙悟”说同样如此，它具备“灵感”“体验”“直觉”等诸多心理或行为要素，但它不是它们其中的任意一个，也不是它们的综合表现，它只是为我们坚持正确的艺术观念提供一种方法论的参考，对“妙悟”说的价值及影响的考察使这一参照更为完整与明晰。

## 第四节 “妙悟”说的影响及评价问题

南宋严羽的《沧浪诗话》作为一部重要的诗歌批评理论专著，在中国古代诗歌理论批评方面具有重要的价值与影响，不仅对当时诗坛的弊病起到针砭作用，还深刻影响了其后种种诗论主张的价值旨趣与成形。然而，从它诞生之日起关于其理论认识的争端就没有停息过，不同的论者站在不同的角度得出的观点也各异其趣，这使得对严羽诗论的解读日益变得模糊又“玄妙”起来。好在“妙悟”说及“以禅喻诗”等被固定为他的诗论重心，即便有人指出这些并非严羽的首创，但同样不可否认的是这些诗论主张经过严羽之手而系统化、扩大化，因严羽而影响深远。严羽是在认真总结他之前的诗歌批评经验并结合自己的深切体会而得出诗歌理论方面的一些基本规律的。他称赞盛唐气象与法度，高举李杜，这在很大程度上对李杜作品经典化是一个促进，由此而引发的“厚古薄今”之嫌实在不应该成为其罪证。向一些经典文本看齐而不是徘徊在推敲字句、空发议论上本就是一种进步。当然，每一种理论批评都是有针对性的，严羽为了同时扭转江西诗派“以文字为诗，以才学为诗，以议论为诗”[1]和“永嘉四灵”诗歌内容单薄、形式过分雕琢的时风，对他们发起了诘难，斥责他们落入窠臼的作诗模式，这些在诗歌发展史上不无积极意义。诗歌创作本来就是“缘情”式的，是对真实情感的一种文字书写，如果仅把着眼点放在形式方面自然是走偏了。经过历史的涤汰，我们再来领会“妙悟”说这一诗歌批评理论的丰富内涵定当有新的启发。

今人对《沧浪诗话》的评价亦褒贬不一。郭绍虞说道：“沧浪论妙悟而结果却使人不悟，论识而结果却使人无识，论兴趣而结果却成为兴趣索然，论透澈玲珑，不可凑泊，而结果却成为生吞活剥摹拟剽窃的赝作。这种错误，这种弊病的症结所在，全由于以神韵说的骨干，而加上了一件格调说的外衣。”[2]这种将《沧浪诗话》放在历史潮流中进行审视的眼光与视野不可谓不宏大，然而在指陈其缺失的时候未免失之偏颇，毕竟那是以后来的理论来度量先前的开创，况且神韵说、格调说与“妙悟”说各有理论的侧重，不能因追溯源流之故将它们进行机械的对照。朱东润则认为：“平情论之，沧浪之评，要不失为名家，若遽以大家许之，殊未能称。何则？其议论见解，多出前人，而浮光掠影之说独盛故也。”[3]的确，与刘彦和相比严羽缺少的是体大思周、缜密雄肆的论述气魄与弥纶群言的开创之功，

1. 严羽．沧浪诗话校释［M］．郭绍虞，校释．北京：人民文学出版社，1961：26.
2. 郭绍虞．中国文学批评史：下册［M］．北京：商务印书馆，2010：81.
3. 朱东润．中国文学批评史大纲［M］．上海：上海古籍出版社，2001：187.

可是他也在自觉构筑自己的批评体系，且将之不失完整地呈现了出来。《沧浪诗话》中诗辩、诗体、诗法、诗评、诗证五大内容浑然成体，论述各有侧重，放在当时的环境当中考察是实为难得的。至于他的议论见解“多出前人”以及“浮光掠影”之嫌，一方面是由于借鉴前人的论述方式来表达自己的理论主张，另一方面则是古今叙述语境的差异，也许在当时能够明了的问题在我们今人看来却是没有交代清楚的，自然就显得有些过于简单化了。

当然称赞严羽诗论的人也不在少数，如陈良运说《沧浪诗话》“真可称之为中国诗论史上一部划时代的诗歌美学杰作”[1]，这就给了严羽以极大的肯定。抛开这些总括性的言语不顾，我们单从《沧浪诗话》这一文本入手，寻绎它的理论致思路径，就会发现“妙悟”说赫然显示出它的理论张力与阐释力量。其不仅是对诗歌创作思维模式的根本揭示，而且是对中国传统悟性思维的一次有益开掘。诗论发展到宋末，也该出现一部成熟的诗话著作了，而严羽就是继往开来的承续者。

对于“妙悟”说在历史上的影响，大家有目共睹，自严羽后历朝历代的诗论家都在汲取他论诗之精华，无论是批评其论诗有失诗统者还是称赞其眼光独具者，都自觉不自觉地受“妙悟”说的启示而有所觉解。从批评的一方来看，述及的主要问

---

1. 陈良运 . 中国诗学批评史 [M]. 南昌：江西人民出版社，1995：379.

题有以下几个：其一，诗禅能否相通？诗学与禅学是否有所关联？其二，严羽的“以禅喻诗”暴露出他对禅学不够精通；其三，“妙悟”说“不涉理路”“非关学”的态度使得许多诗论家认为它不切实际，摸不着头脑；其四，“妙悟”说本身的系统出现矛盾，存在捉襟见肘的现象；其五，“妙悟”说非严羽之独创，多拾人牙慧。以上所列举的问题还只是比较明显的一些批评，至于那些以现代观点审视“妙悟”说是非理性、唯心主义等的批评在此不赘述，因为他们的批评已经离“妙悟”说本身太远了。

针对以上几个比较突出的“问题”，后人也多有回答，在这里我就主要方面再做补充。首先，在诗与禅的关系问题上，已经不单单是一个诗学范围内的论题，还涉及中国传统文化的发展演变问题。佛教在中国化的过程中便产生了本土化的“禅宗”，其宗旨与中国人的思维习惯及生活习惯相当吻合。不落言筌式的思维方式既符合佛教的不着名相，又与中国人本有的悟性思维习惯相一致，禅宗的精神与道家的“大音希声”“大象无形”[1]的审美标准也胶合得十分完美。因此很难说禅宗就单单是佛教的一个宗派，它其实已经包含了中国人的思维习惯。既然禅宗属于“被中国化”的教派，那么它的精神内涵里理应有十分丰富的思想资源值得诗学去借鉴。抛开这一层面不说，

1. 陈鼓应．老子注译及评介［M］. 北京：中华书局，1984：228.

从现实当中我们可以了解到，禅诗与诗歌中蕴含的禅意相向而生，足以说明诗与禅是可以有共通点的。禅僧们需要借助诗歌的形式来深化对教理机锋的领悟，诗人们也需要体验别样的生存况味，禅意无疑是一种很好的表现手段。总之，在诗与禅的问题上，不是宗教与诗学的对立问题，而是中国文化内部本身的调和与融通。当然，诗歌不能一味地趋向禅意化，就像宗教也不会只专注于作诗一样，诗歌需要领会的是宗教的哲理意味，宗教只是把诗歌作为识心见性的善巧方便，仅此而已。

其次，严羽明确指出自己是“借禅以为喻”[1]，用禅宗的一些传承来类比诗歌发展的历史兴衰或者借用禅宗的一些术语来说明诗学问题。这没有什么可诟病的，问题在于有些人指责其对禅宗一知半解。我们对于禅宗法脉的传承及其在宋代的分布情况已经无法详细考察，因此如果以后来的状况来评断几百年前的情形怕是会出问题的。也就是说，严羽时代的禅宗发展与后来是有出入的。这一点即使不能为严羽的禅宗知识辩解也可以搁置不论，因为毕竟严羽只是用它来喻诗，而不是进行宗教研究。严羽能够吸收转化禅学知识并将其作为自己论诗的一种风格贯穿下来，确属难得。

再次，严羽所谓的“不涉理路”“非关学”并不是教人真的不去学习，相反，他用“熟参”来提醒学诗者还是需要一定

1. 严羽．沧浪诗话校释 [M]. 郭绍虞，校释．北京：人民文学出版社，1961：27.

的知识积累的。“非关学”是更高层次的要求，就是要在学问已经臻于成熟之后诗歌境界上如何取得突破的问题，况且学问与作诗终究是两码事，不能以为诗歌就是显摆学问的手段。从这一点上说，严羽反对诗歌学问化也是一种找回诗歌意象性的审美自觉。

最后，有关严羽诗论系统及“妙悟”说究竟有没有体现严羽的创造性，我将其作为一个问题来予以说明。严羽的《沧浪诗话》本是一部诗话类著作，所以印象式、零散性及情感化不言自明，至于它的内部是否矛盾重重，我们应该站在一个大的视野下审视这一问题。总体说来，他的这部诗话较之前人的诗话系统化了许多，理论主张也比较明确，我们不能否认这种进步。从“诗辨”一章来看，他的论诗主旨还是比较一致的，无论是“妙悟”还是“兴趣”，都能够自圆其说。至于他在后面具体分析个别诗人的情况的时候出现多重标准这也是可以理解的，印象式批评不能苛求他逻辑严密。严羽的“妙悟”说有自己批评的对象，又有自己的鲜明立场，还有自己的诗歌实践，可以说是比较系统化的理论，也能够觉察到严羽本人的苦心。我们之所以认为“妙悟”说匡正了诗歌的审美传统，并使这种审美自觉惠及后世，把这一功劳部分地给了严羽，由此来肯定严羽的创造性，而不是像其他一些人一样拿“妙悟”说已是严羽时代的共识来否定严羽本人的努力。无论“妙悟”在当时确属时论还是严羽有借鉴别人成果的嫌疑，不可否认的是“妙悟”

经由严羽而名声大响，并在诗学领域备受青睐，这也足以证明严羽诗论的价值及意义。

通过对批评“妙悟”说的声音的回复，我们可以比较客观地评析严羽诗论的价值及影响。自明以后，严羽诗论的影响尤为突出，尤其是明清两朝，几乎比较出名的诗论主张都与严羽的“妙悟”说存在关联。无论是格调说还是神韵说抑或“性灵”说等，都朝着追求心灵抒写这一方向迈进，我们能够感受到诗歌发展上的审美自觉，这是值得欣慰的，诗歌终于走出政教化、文字化的藩篱而迈向自由的国度。当然，如果说严羽“妙悟”说的影响全是积极的，这也不够客观。在历史上也存在着泥古、机械式地理解“妙悟”的现象，这就导致“妙悟”说被简单化、极端化地认识，后果自是误人误己。如果站在当代的立场来评析“妙悟”说的得失，我们认为严羽所得之处便是江西诗派欠缺之处，而江西诗派的优势则是严羽的欠缺之处，将这两种截然不同的诗论主张统观之则就比较全面，严羽的“妙悟”说让我们从根本上认识到艺术思维的特殊性以及艺术创作、评价上的特殊之处，将艺术视为情感的载体而不是语言文字的牢笼，同时也认识到创造性在艺术当中的重要性；江西诗派的主张则为传统诗歌技巧方面提供了一种典范，诗歌也是需要一定的加工与文化内涵的，这就离不开对典故的适当运用以及对文字的加工修饰，这会让诗歌的形式更加符合美的规律。

严羽的《沧浪诗话》是一部较为系统地论述中国古代诗学问题的著作，并构建起了以“妙悟”为核心范畴的诗歌审美及评价体系。他在认真总结其之前的诗歌创作及批评经验的基础上结合自己对诗歌艺术的深切体会标举“妙悟”说，对江西诗派将诗歌学问化、议论化、文字化的现象及当时诗坛的各种怪象发起猛烈抨击，高标独举，深刻影响了其后诗坛的风气。严羽盛赞唐诗创作成就并推崇李杜，这对其二人在诗史上的经典化过程起到一定的推动作用。

“妙悟”说是一个开放又统一的体系。它既有对具体诗人、诗体、诗歌流派的评述分析，又有对诗史总体把握的大局观念，它是诗歌审美走向自觉的重要体现。其中的“兴趣”“气象”“别材”“别趣”说又辅助“妙悟”立论，形成了其内在的自然有机统一。我们不能孤立地看待这些理论范畴，而应将其作为严羽诗学的全貌进行统观。《沧浪诗话》中诗辩、诗体、诗法、诗评、诗证五大内容浑然一体，从中可以看出严羽的这种理论自觉意识。

“妙悟”说的核心即在一“悟”字，就是由这个“悟”才牵扯出诗禅关系、是否遵循“法度”等严羽诗学的一系列问题，实则严羽的本意也不过是为了让人们跳出诗歌理论化的误区，回到感性的审美情感体验上来。“悟”既是对心灵体验的召唤，又是艺术发明创造的源泉，还是对艺术形象性、直觉性、个体体验性的深切诉求。而“妙”字则相当完美地诠释了“悟”的这种只可意会不可言传的诗意状态，“妙”既是“悟”的方式，也是“悟”的呈现状态，这直接打通了中国传统文化上的庄、玄、禅三者，使得这种体验也具足东方特质。

在对待学识与作诗的问题上，严羽并非完全排斥知识经验积累在诗歌创作上的重要作用，他所回答的是在具备了一定知识之后，诗歌创作如何取得突破和富于创造性，以及诗歌抒写性情等更为根本性的问题。在诗禅关系上，本来诗歌与禅学两者就有相向而生的态势，加之严羽只是“借禅以为喻”，故其中的细节不应成为其理论本身的诟病所在。严羽以灵活的理论对待僵化的诗歌现实，身处于末季又能坚守名节，实为其性格当中“奇气”的最好说明。严羽的“妙悟”说既有对日常言语思维的超越，又有对感性直觉体验的追求，且不限丁其中的任一方面。“妙悟”的这种“悟”可以说是澄怀体道的悟，是超越逻辑语言、不以知识论为目的的一种体验，也即“直截根源”，讲求当下明了的一种心境。

总之，严羽是从诗之为诗的本质方面来认识和评价诗歌的，并将个人情感体验作为第一要素，这种理论眼光在今天仍有超越意义。艺术经过几个世纪的发展变化，情况已经相当复杂，远不如当初产生的时候那般单纯与统一，因此要对纷呈的艺术现象做出一种统一至当的理论总结，难度可想而知，即使是在今天，我们仍未能达成全面共识。

## 第五节　“妙悟”说的现代意义

谈及“妙悟”说的现代意义，我们首先想到的是它是否能够进行现代转化，也就是把它作为一种理论资源进行重构以解释当今的艺术现象，对于这一点我们应该清醒地认识到“文化语境”这个核心问题。我这里所说的“文化语境”用的是它的广义概念，也即一种理论学说生成时与它的文化氛围相适应的情况，其言说环境有一定的特殊性。尽管中国古代文论、美学资源十分丰富，但那都是在当时的文化语境下产生的，带有那时的“时代性”，这样在吸取经验的时候一定得注意语言环境的差异问题。“白话文运动”使得汉语的语言表达发生了巨大变化，原本意义凝练的汉字变得需要做注释才能彻底理解，这为今天的理论继承首先树立了“古今差异”这个门槛。但是，难道仅仅因为这种语言差异就可以认定古今无法沟通吗？这显然是错误的。中华文化是一个整体，具有连续性，文化基因早已写入我们的骨子里，因此，沟通是不成问题的。何况“妙悟”说探讨的也是有关诗歌艺术的问题，这在讨论对象上首先是一致的，问题在于“如何转化”。

发掘“妙悟”说的现代意义，一方面是为当下文论思维模式提供一种可行性思路，另一方面是为了让“妙悟”说在艺术领域的影响力更好地加以发挥。关于这两点，我们也试着给出一些意见。“妙悟”说不仅对形象思维做了突出强调，而且它注重个体体验的品格也值得反思。“妙悟”固然强调悟性与直觉，但这都是建筑在个体情感体验的基础之上的。也就是说艺术是需要通过个体的独特体验来进行创造的，脱离了主体的审美体验，艺术将面临衰落的危险。无论主体是发掘自身心灵的隐秘或悸动，还是体察他人思想的变化，都需要自我发挥出一种体验的品格。只有自己直接或间接经历过的东西才会留下深刻印象，只有首先打动了自己才能继而打动读者。这是一个明摆着的道理，但是实现起来却并不容易。之所以有些作品思想、感情都匮乏，就是因为作家本人的情感体验、思想历练还不到位，加之功利心的驱使，粗制滥造就不可避免了。审美体验正是根治艺术性失落、重塑艺术品格的不二法门。体验就是要回到艺术的原始发生状态，将人的直觉、灵感及感悟能力发挥到极致，通过主体的亲身体会来获得对美的直接经验，然后通过文字、音符、色彩、形象等手段加以创造性发挥而呈现。由是，我们在欣赏艺术作品的时候，便很自然地进入美的氛围当中，为生气贯注的艺术意象所感动或震撼。艺术的价值也正是使人回归感性诗意的状态，重拾那遗失的美好与感动，获得善与良知，这就是艺术的“现实”意义。由此可见，主体的审美体验在艺术创造过程当中的作用十分关键。

“妙悟”说用一种启发式或体悟式的语言向我们展示了古人整体把握对象的魅力。我们的诗性传统当中虽然缺少成熟的逻辑思辨，但是保留了一种只可意会不可言传的审美况味。模糊性、陌生化、距离感也是审美的要素，这在我们的诗论传统当中得到很好的体现。这就启示我们去思考是否只有理性一途能够获得审美感知，而感性直观性就无法达到美？事实也许正好相反，美在发生当初就注定了它必然是感性的、直观的，这也符合艺术的根本特征。由是观之，所有的理论建构对于艺术而言都只不过是它的一个注脚，真正的艺术发现还得回到对艺术品的“体验”本身上来。“妙悟”说能够灵活运用当时禅宗的一些理论来解释诗歌艺术发展的规律，这也启示我们应该以包容和开放的姿态迎接理论的综合创新。变则通，学会变通也是古文论向现代开放的一个关键，我们既不能“以古论古”，也不能“以古论今”，最好的办法就是“古为今用”，在古今的关系问题上做好继承与创新。拿严羽的“妙悟”说来看，它就完全可以与西方美学史上的诸多理论范畴展开比较研究，这一方面是对“妙悟”说的丰富和发展，另一方面也能够弥合中西之间理论的对立。理论之间的互相发明、阐释进而共同推进总比只是自说自话要好许多。

将“妙悟”说做中西比较阐发一方面丰富了其理论本身的含义，同时也为发掘其现代意义提供了可能。我们的基本态度是，中西之间应该互相发明，取长补短，以期综合创新。在将

“妙悟”与西方的“迷狂”“灵感”“体验”“直觉”等理论学说进行对比的过程中，我们也深刻体会到中西之间进行深度沟通的必要性与迫切性。西方的这些学说为诠释“妙悟”提供了很好的理论事实说明，但“妙悟”与它们之间的差异也显而易见，原因在于它们这些学说由反理性立场出发建构起了新的理性，而“妙悟”本来便如此地栖居在自己的诗歌园地，将感性审美性的自觉怀抱其中。

我们在以上章节已经将“妙悟”与西方的“迷狂”“灵感”“体验”“直觉”等做了比较阐释与析辨，在这里要说明的是，这种比较并不是简单寻求它们之间的表面相似或者差异，而是想从认识论及方法论等更深的角度去窥探它们在诗学上的勾联之处，毕竟它们各自产生时的语境差异甚大，所以只能从一种更为概括的角度去审视。“妙悟”不像“迷狂”那样将诗人的创作视为一种神灵依附的状态，而是十分肯定作家自身的情感创造，而且这种悟并非完全不受理性的控制，这就比“迷狂”说表现出更好的说服力。“妙悟”与“灵感”之间的相似之处：其一是它们的瞬时呈现状态具有一致性，其二是它们都是主体创造的表现。但是“灵感”并不能涵盖“妙悟”所反映的所有内容，比如说个体体验。“妙悟”较之“体验”可以说不相上下，然“体验”不能突出中国传统当中的悟性思维及整体观照模式，但“体验”却是对“妙悟”最好的补充说明。“妙悟”与“直觉”都涉及本质直观，不同的是“妙悟”说更强调情感经验的重要性，“直觉”理论只是对理性的一种形而上的反叛。总之，我们可以清醒地看到，严羽的“妙悟”说涵括了以上诸种西方理论的因子，需要我们去做阐释与发明的工作。中国文论本身就是一个不断增厚的过程，不像西方那样求新求变。“妙悟”说经过意义的不断阐释与更新定可以适应当今这个时代。

“妙悟”说给我们的启示还在于它让我们重新认识到中国文化传统当中悟性思维的魅力，这种感悟式地体验对象的方式极需要双方的默契与心灵的会意，要能够抛开语言、肢体动作等回到一种主客体契合无间的状态，发挥心灵最大的能动作用来把握人的美感性存在，这不正是当代诗学呼吁的东西吗？不正是诗意的表现吗？诗歌本身就是一种灵性的事物，需要给予足够高的自由度，如果一味理性地去分析判断，势必不得原旨。

通过对严羽“妙悟”说理论体系的详细梳理与比较阐释，我们有理由肯定中国诗学在当代也具有很高的价值，它并不因产生于古代就只是历史中的事物，就像对待西方文论史上的论说一样，我们也是取其适合于今者加以应用。当下的文学现实尽管发生了诸多新变，可是文艺的核心价值却永远离不开心灵的创造及主体的情感体验。我们如果仍拘泥于一些细枝末节的问题而不能总体把握现象的本质方面并进行综合创新，这将是十分不明智的。

# 第四章　常州词派词学“寄托”思想

中国传统诗学的基本关注点是诗性生命的建构，是人的诗性生命体验由萌发、成形、升华并最终通过诗歌作品得到适当的表达。所以，当蕴含着这一观念雏形的“诗言志”命题提出之时，诗学的中心话题便已初步展开。被尊奉为中国传统诗学开山纲领的“诗言志”，其影响遍及中国文学各种体裁。本为男女爱情游戏笔墨、吟唱于花间酒边的词体也受其泽惠。常州词派开创人张惠言提出的“寄托”说词方式，便是“诗言志”观念在词体中的落实。借此，词体实现了“尊体”的目的，在观念上正式跻身中国正统文学的殿堂。这一地位的取得，离不开张惠言与其弟编辑的《词选》。

在中国传统文学批评中，选本是一种非常重要的批评形式。以编辑选本并加以点评的形式表达自己的文学观点和主张，几乎是古人的通用手法。“纠正创作中的不良倾向，总结作品中的艺术经验，以及指导初学者进行创作，是古代文学批评所担负的主要任务。”[1]

张惠言亦不例外，《词选》也担负了同样的任务。从纠正词坛弊端入手，到推尊词体目的的完成，经张惠言提出并由周济加以完善的词学范畴——“寄托”说，其理论意义得到凸显。“寄托”说作为常州词学的范畴虽然是晚出的概念，却是对整个中国传统诗学“诗言志”“比兴”“兴寄”观念的总结，也是对词体美感特质的体认。

对于张惠言及其词学思想的研究，从一开始就处于争议之中，或许这种争议会一直持续下去。在整个中国古代文艺学研究中，张惠言的词学思想及其“寄托”范畴的研究显得相对沉寂，一直以来并未受到学界的特别重视，系统且全面的研究比较少见，但尽管对其的研究是零星的、片段的，却从未中断。我们有理由相信，在中国古代文艺学研究中，张惠言的词学思想及其“寄托”范畴研究应该占有相应的一席之地。

1. 张伯伟 . 中国古代文学批评方法研究 [M]. 北京：中华书局，2002：1-2.

# 第一节　常州词派开山张惠言词学思想研究

张惠言在经学思维的影响下重新界定词体，提出“意内言外”的词学主旨，同时将诗学“比兴”观念引入词学，开拓出词学领域内的“寄托”范畴，成为中国诗学的总结性范畴。

学界对于张惠言的词学思想及其“寄托”范畴的研究一直是以零星的、片段的形式进行的。常州词派承继其开创者的余绪，运用传统批评方式，如评点、词话、选本等，固然不足论，但这一特征进入20世纪以后，在现代学术视角的审视下，逐渐得到改变。

王国维是运用西方思想进行词学研究的第一人。在《人间词话》中，王国维站在西方近代美学非政治性和非道德性的立场上批评张惠言的说词方式是“深文罗织”“固哉”。这一否定性的评价极大地影响了后世学者对张惠言词学思想及“寄托”说的判断。继王国维而起且有突破的是吴梅。《词学通论》明显继承张惠言对词体的界定，对“寄托”说也持肯定态度。20世纪八九十年代，叶嘉莹连续发表《说张惠言〈水调歌头〉五首——兼谈传统士人之文化修养与词之美学特质》《从一个新角度看张惠言与王国维二家说词的两种方式》。在这两篇文章中，叶嘉莹运用西方符号学、阐释学理论讨论张惠言的“寄托”说，认为张惠言对词之美感特质确有其一己之体认：“兴于微言”的语言符号之微妙的作用与“低徊要眇”的美感方面之特质。叶嘉莹在论述中虽不忘批评张惠言简单固执的政治比附，但更多颂扬之意。迟宝东在《常州词派与晚清词风》一书中认为张惠言的词论虽然还没有形成现代意义上的系统表述，但其词学思想触及词体的各个方面，明确地反映出词体的美感特质，其在词学思想史的地位应该确然。钟锦的《词学抉微》将词学置于康德美学思想框架中进行论述，对张惠言的词学思想做出自己的新评价。清华学者罗钢的两篇长文《历史与形而上学的歧途——王国维与常州词派之一》《“词之言长”——王国维与常州词派之二》则从比较分析的角度对以张惠言为代表的常州词派与王国维的说词方式进行了比较，是研究张惠言词学思想的最新成果。

学界对于张惠言的词学思想及其“寄托”范畴研究的第二大特征是常常将张惠言置于常州词派中进行论述，单独对其词学观念进行分析者较少。具有代表性的研究成果为 20 世纪 40 年代初龙榆生发表的《论常州词派》一文和 20 世纪 60 年代末叶嘉莹发表的《常州词派比兴寄托之说的新检讨》一文。两篇文章虽立意有异而影响同一，后之论者文章虽丰，然大要不出此二说。在涉及张惠言的部分，前文从词学史的角度出发，认为张惠言的《词选序》确立了常州词派的理论，“言内意外”的提倡抬高了词的地位，与国事民生的相关内容得到了表现。后文注重从艺术风格的角度理解张惠言的“寄托”说，认为这一观点的得出并非完全由于文学的观念，大半是由于道德的观念；张惠言“寄托”说虽然不免牵强附会，但词这种文体却适合于比兴寄托，同时中国文学也有比兴寄托的传统，所以也有值得重视之处。

此后，专论张惠言词学思想的文章也多了起来，方智范等人编写的《中国词学批评史》(1994 年)、七卷本《中国文学批评通史 · 清代卷》(1996 年)、朱惠国的《中国近世词学思想研究》(2005 年)、朱崇才的《词话史》(2006 年)、谢桃坊著的《中国词学史》(2002 年)、《词学辨》(2007 年)、黄志浩《常州词派研究》(2008 年) 都有专节文字对其进行讨论。《中国词学批评史》更多地讨论了张惠言词学思想中浓厚的经学色彩，比如张惠言对“象”的认识，张惠言“贯穿比附”的治《易》之法。《中国词学史》主要论述了“风雅”传统对张惠言词学思想的影响。皮述平的《晚清词学的思想与方法》(2003 年) 有较大的参考价值。

几乎在所有较为重要的论著中，皆不约而同地涉及张惠言的经学背景。讨论张惠言经学影响的较重要的单篇论文有承公侠的《张惠言〈词选〉探原》、陈水云的《张惠言的词学与易学》、徐立望的《张惠言经世思想：经学与词学之统合》、黄志浩的《论常州派词学与经学之关系》、彭波的《浅论张惠言治经与其文学的关系》等，重点考查经学思维对张惠言词学观念的影响。

学术界对“寄托”的研究一般都限定在词学领域，且常常与“比兴”连言而称“比兴寄托”，或者单称“比兴”而不言“寄托”。这方面比较重要的论文有邱世友的《张惠言论词的比兴寄托——常州词派的寄托说之一》、刘贵华的《略论清代常州词派的比兴寄托理论》、邓新华的《论常州派“比兴寄托”的说词方式》、黄志浩的《论常州词派的比兴理论》、杨柏岭的《比兴与晚清词学思想的构建》等。

将“寄托”作为独立的范畴，以现代学术的眼光进行考查，是从 20 世纪 30 年代开始的。詹安泰的《论寄托》一文名动词坛。该文从“寄托”的特征、深浅、显隐以及表现方式等诸多方面进行考察，将“寄托”范畴的研究推向一个新的高度。然而自此以后，“寄托”范畴似乎逃逸出了学者的视野。20 世纪 90 年代初，孙立《“寄托”说美学要旨评述》从审美的角度，试图以具体的分析来透视“寄托”说的内涵。袁行霈《中国诗歌艺术研究》一书曾有《论寄托——以美人香草为中心》一节，着重从具体的诗词作品中讨论“寄托”观念的发展过程。李旭《中国诗学范畴的现代阐释》一书中有《“寄托”——常州词学的基本范畴》一节，强调了“寄托”说的美学张力以及“寄托”说被忽视的原因。

从总体上看，学者的研究各有侧重，有的侧重梳理，有的侧重阐发，视角与方法均有所不同，但材料运用大都翔实得体，论述也较为深入，不少论著有新的突破，这些为笔者的写作奠定了良好的基础，提供了富有启发性的思考。本文在前人研究的基础上，通过对张惠言《词选》与《茗柯文编》的深入研读，对“寄托”说进行细致考查，力求对张惠言词学思想与“寄托”说词的理论做进一步的系统研究。

## 一、张惠言词学思想背景

有清一代，词号称中兴。以张惠言为开山的常州词派的崛起，便是这一中兴的坚实力量之一。相对于创作而言，张惠言更多的是在词学理论方面对常州词派产生了重大的影响，其个人治词的成败得失，亦为后人提供了有益的借鉴。

张惠言（1761–1802 年），字皋文，号茗柯先生，常州武进（今江苏）人。嘉庆四年（1799 年）进士，曾任庶吉士、翰林编修，嘉庆七年（1802 年）因疾卒于京师。《清史列传》《清史稿》皆有传。张惠言为学，于《易》、《礼》、古文、词、赋皆有著述，且收获颇丰。于经学，与惠栋、焦循同为《易》学三大家；于古文，与恽敬一起开创了阳湖派；于词，与其弟张琦一起开创了常州词派。经学著作有《周易虞氏义》九卷、《虞氏消息》二卷、《仪礼图》六卷；文学著作有《茗柯文》五卷、《茗柯词》一卷；此外编有《词选》《七十家赋钞》《刘海峰文钞》等选本。钱仲联先生推尊其为“明清八大家”之一。

嘉庆二年（1797年），张惠言与其弟张琦同馆于安徽歙县金榜家中，为教授金氏子侄而编选唐宋词四十四家，凡一百六十首。张惠言的词学思想主要体现在《词选序》《词选》中对唐宋词人作品的评介以及本人的具体创作中。

### （一）《词选序》思想背景

张惠言编辑《词选》虽然是为了满足教学的需要，但这并不能说明张惠言就没有扭转词坛颓风的追求，相反他的论述比较中肯地切中了当时词坛的弊病。这就是他的弟子金应珪依据其在《词选序》中“荡而不反，傲而不理，枝而不物”[1]的指责，而在《词选后序》中加以针砭的词坛三蔽：

> 近世为词，厥有三蔽：义非宋玉而独赋蓬发，谏谢淳于而唯陈履舄。揣摩床笫，污秽中蒂，是谓淫词，其蔽一也。猛起奋末，分言析字，诙嘲则俳优之末流，叫啸则市侩之盛气，此犹巴人振喉以和阳春，黾蜮怒嗌以调疏越，是谓鄙词，其蔽二也。规模物类，依托歌舞，哀乐不衷其

1. 张惠言．词选（附续词选）[M]．北京：中华书局，1957：8.

性，虑叹无与乎情。连章累篇，义不出乎花鸟；感物指事，理不外乎酬应。虽既雅而不艳，斯有句而无章，是谓游词，其蔽三也。[1]

“论词至明代，可谓中衰之期。”[2]有明一代，词在创作方面粗制滥造且拾人牙慧，无病呻吟而模拟前人；在理论方面更被称为“批评的凝定期”[3]。

清康熙年间，以朱彝尊为代表的浙西词派和以陈维崧为代表的阳羡派力矫其弊。前者推崇清空骚雅，以姜夔、张炎为宗，反对明词的粗疏；后者主张粗狂豪宕，以苏轼、辛弃疾为主，反对明词的浅陋。在发展过程中，浙西、阳羡两派始终没有建立起自己的完善的理论体系。而且，至乾嘉之际，两派末流，或专在声律格调上用力而至于空疏无物，或一味粗率叫嚣而不免概念化倾向严重，两派皆为张惠言所不满。

金氏所概括的词中三蔽，淫词是指情辞不雅之作，鄙词是指言意俗滥之作，游词是指华而不实之作。金氏的这一总结和概括，得到谢章铤的回应并加以坐实。《赌棋山庄词话续编》：“按一弊是学周、柳之末派也，二弊是学苏、辛之末派也，三

1. 唐圭璋．词话丛编［G］．北京：中华书局，1986：1618-1619.
2. 吴梅．词学通论［M］．上海：上海世纪出版集团，2006：100.
3. 方智范，邓乔彬，等．中国词学批评史［M］．北京：中国社会科学出版社，1994：149.

弊是学姜、史之末派也。”[1]词，从《花间集》开始，就被人冠以“艳科”“小道”等具有轻视意味的称谓，同诗相较而有“诗庄词媚”之讥。相对于“艳科”的指责，“淫词”的指斥更见出词这种文体的品格低下。既然词坛有如此之弊端，那么，张惠言是如何寻找突破口的呢？又是怎样力矫其弊的呢？

### （二）张惠言词学主旨

尽管《词选》起初仅为课徒之本，但因其见解异乎时流而影响广泛。在中国古代文学批评传统中，批评家们总是喜欢通过自己的选本来阐发自己的文学主张，在《词选序》中，张惠言集中地阐述了自己的词学主张：

> 叙曰：词者，盖出于唐之诗人，采乐府之音以制新律，因系其词，故曰词。传曰：“意内而言外谓之词。”其缘情造端，兴于微言，以相感动。极命风谣里巷男女哀乐，以道贤人君子幽约怨悱不能自言之情，低徊要眇，以喻其致。盖《诗》之比兴、变风之义，骚人之歌，则近之矣。然以其文小，其声哀，放者为之，或跌荡靡丽，杂以昌狂俳优，然要其至者，莫不恻隐盱愉，感物而发，触类条鬯，各有所归，非苟为雕琢曼辞而已。

1. 唐圭璋 . 词话丛编 [G]. 北京：中华书局，1986：3485.

自唐之词人，李白为首，其后韦应物、王建、韩翃、白居易、刘禹锡、皇甫松、司空图、韩偓，并有述造。而温庭筠最高，其言深美闳约。五代之际，孟氏、李氏君臣为谑，竞作新调，词之杂流，由此起矣。至其工者，往往绝伦，亦如齐梁五言，依托魏晋，近古然也。

宋之词家，号为极盛。然张先、苏轼、秦观、周邦彦、辛弃疾、姜夔、王沂孙、张炎，渊渊乎文有其质焉。其荡而不反，傲而不理，枝而不物，柳永、黄庭坚、刘过、吴文英之伦，亦各引一端，以取重于当世。而前数子者，又不免有一时放浪通脱之言出于其间。后进弥以驰逐，不务原其指意，破析乖刺，坏乱而不可纪。故自宋之亡而正声绝，元之末而规矩隳。以至于今四百余年，作者十数，谅其所是，互有繁变，皆可谓安蔽乖方，迷不知门户者也。

今第录此篇，都为二卷。义有幽隐，并为指发。几以塞其下流，导其渊源，无使风雅之士惩于鄙俗之音，不敢与诗赋之流同类而风诵之也。[1]

张惠言的这篇序言涉及词的起源、内涵、功能、流变、创

1. 张惠言 . 词选（附续词选）[M]. 北京：中华书局，1957：6–9.

作风格、鉴赏原则等诸多方面的问题。对于这样一篇开宗明义的词学论文，清末学者张尔田曾抽绎其要义而云：“张皋文氏起，原诗人忠爱悱恻、不淫不伤之旨，《国风》十五导其归，《离骚》廿五表其洁，翦擿孔翠，澡瀹性灵，崇比兴，区正变，而后倚声者人知尊体。”[1]简言之，从《词选序》中我们可以得知张惠言的词学主旨就是立意为本、推尊词体，使其与诗赋同源，而要做到尊词体，具体的方法就是提倡比兴寄托，讲求微言大义，寻求词体的美感特质。因此，以“寄托”说词，就成为张惠言词论的核心。

梁荣基以为论词专主“寄托”，始于张惠言，而“寄托”要义，则不离“意内言外”：

> 前人论诗，已有寄托之说，如钟嵘《诗品序》谓：“嘉会寄诗以亲、离群托诗以怨。”然论词专主寄托，则始于张惠言的《词选·序》。张惠言并没有论词的专书，不过他在词选序所提出来的主张：传曰……则近之矣。（略）
>
> 钟嵘《诗品·序》云：“嘉会寄诗以亲、离群托诗以怨。”是以寄托两字论诗。论词主寄托，则受常州派之影

1. 张尔田．村遗书序［M］// 龙榆生．词学季刊：创刊号．上海：上海民智书局，1933：201.

响，张惠言《词选·叙》引用诗传“意内而言外”之说，是以寄托论词之缘起。[1]

### 1. 立意为本、推尊词体

对“词”这种文体的内涵重新做出界定，这是张惠言推尊词体的高明之处，也是我们首先要加以辨别的地方。

(1) 释“意内言外”

《词选序》释词：“意内而言外谓之词。”关于“意内言外”的出处，历来有截然不同的两派：一种意见认为是引用汉代文字学家许慎《说文解字》对“词”这个字的释义——“意内言外谓之词”。陆继辂在《冶秋馆词序》曾谈到自己学词困惑时受到张惠言的指导，并对“意内言外”的出处有自己的说明：

> 仆年二十有一始学为词……以质先友张皋文。皋文曰：“……许氏云：‘意内言外谓之词。’凡文辞皆然，而词皆有然者。”[2]

由于此处陆继辂明确提到张惠言对“意内言外”的解释是取自许慎的解释，所以这个说法的真实性似乎不言自明，无须

1. 梁荣基．词学理论综考［M］. 北京：北京大学出版社，1991：202.
2. 陆继辂．崇百药斋文集［G］//《清代诗文集汇编》编纂委员会．清代诗文集汇编：第506册．上海：上海古籍出版社，2010.

争辩。尽管这一派大都认同其源在《说文解字》，但又都对这种定义大加批判。最早对该定义提出异议的是清代词学家谢章铤的《词非意内言外之意》：

> 如近人论词，辄曰“词者意内言外”。按语本于《说文》。……夫“意内言外”，何文不然，不能专属之长短句。……殊不知许叔重之时，安得有减偷声之学，而预立此一字为晏、秦、姜、史作导师乎。郢书燕说，众口一辞，何为也。[1]

谢章铤认为，通过外在的语言文字来表达内在情理意志，是所有文学作品的共性，并不只限于“词”这种文体。同时，他还从历史的角度进行考查，指出在许慎的时代，词这种文体根本没有出现，许慎又何以会对词进行界定呢？叶嘉莹更进一步，认为许慎所讲的“词”是一个语言学的概念，不应该把它与作为文学体裁的概念混为一谈。“因为以‘意内言外’来解释‘词’字，乃是东汉许慎在《说文解字》中的说法，而许氏所说的‘词’，事实上乃是‘语词’之词，与后来晚唐、五代兴起的所谓‘词’这一种韵文体式，原来并没有任何关系。”[2]在批判这种定义的同时，学者们也对张惠言为什么会如此界定

1. 唐圭璋 . 词话丛编 [G]. 北京：中华书局，1986：3569.
2. 叶嘉莹 . 清词丛论 [M]. 北京：北京大学出版社，2008：166.

词这种文体的原因进行了讨论。在同一篇文章中，谢章铤接着说道："是盖乾嘉以来，考据盛行，无事不敷以古训，填词者遂窃取《说文》，以高其声价。"[1]受时代考据学风盛行的影响，填词者根据《说文解字》对"词"的训诂意见来谈论词体，以提高词体的身份，谢氏的意见是有道理的，几成定论。清儒大兴考据之风，好学慕古，影响所及，词章之学，亦有所染。张惠言本为《易》学大师，又从金榜治《礼》，故而以经学家的思维方式论词之渊源，上溯经典，实乃情理之中。关于经学思维对张惠言的影响，下文将会重点阐述，理解了张惠言的经学背景，也就不难理解张惠言的"意内言外"的思想，非源于《说文解字》，而是出于孟喜的《周易章句》。

清末学者张德瀛《词征》云：

> 词与辞通，亦作词。周易孟氏章句曰，意内而言外也，释文沿之。小徐《说文》系传曰，音内而言外也，韵会沿之……世以意内言外为许慎语，非其始也。[2]

张德瀛不仅认为"意内言外"出于孟喜的《周易章句》，还指出以"意内言外"释"词"并非从许慎开始。这个考证让我们更有理由相信这才是张惠言将词定义为"意内言外"的根

1. 唐圭璋．词话丛编 [G]. 北京：中华书局，1986：3569.
2. 唐圭璋．词话丛编 [G]. 北京：中华书局，1986：4075.

据，我们尤其不能忘记的是张惠言乃清儒《易》学三大家之一的身份。其实，早在张惠言以前就已经有人以这个说法来推尊词体了，只是影响甚微而已。宋元年间陆文圭为张炎《山中白云词》作序时认为词、辞同源。“‘词’与‘辞’字通用，《释文》云：‘意内而言外也’。”[1]辞即卦辞和爻辞，即《周易·系辞上》所说的“系辞焉以断其吉凶”，《周易》原为卜筮之书。《周易·系辞》的作者将《周易》认识事物的方式概括为“立象尽意”：

> 子曰：书不尽言，言不尽意。然则圣人之意，其不可见乎？子曰：圣人立象以尽意，设卦以尽情伪，系辞焉以尽其言，变而通之以尽利，鼓之舞之以尽神……是故夫象，圣人有以见天下之赜，而拟诸其形容，象其物宜，是故谓之象。圣人有以见天下之动，而观其会通，以行其典礼，系辞焉以断其吉凶，是故谓之爻。极天下之赜者存乎卦，鼓天下之动者存乎辞，化而裁之存乎变，推而行之存乎通，神而明之存乎其人。[2]

这段文字阐明了《易》“探赜索隐，钩深致远，以定天下之吉凶”的占卜原则，即以天地自然物象推明人文事象，以

1. 张炎．山中白云词［M］．上海：商务印书馆，1937：6.
2. 高亨．周易大传今注［M］．济南：齐鲁书社，1979：541-544.

《易》之卦辞爻辞比附人事之吉凶祸福。而这种“探赜索隐，钩深致远”的方式历来为治《易》学者之家法。张惠言在其《周易虞氏义序》中亦称自己“庶欲探赜索隐，以存一家之学”，又说“经之大者，莫过于易”。[1]张惠言服膺于虞翻象数《易》学，而虞翻治《易》学则从孟喜。根据清儒治学的讲求师承家法的路数，我们可以断定，张惠言“意内言外”的界定应出于孟喜的《周易章句》。

张惠言对于词体“意内言外”的界定，今人亦有赞同者。吴梅《词学通论》讲词“词之为学，意内言外”[2]。

既然张惠言将词体界定为“意内言外”，那么，他所说的“意”又有何指呢？

（2）释“意”

仔细翻检序言，我们可以发现，“风谣里巷男女哀乐”“贤人君子幽约怨悱不能自言之情”是张惠言所特意强调的词体之“意”。而且这个“意”不是一般意义上的“意”，它同“《诗》之比兴、变风之义、骚人之歌”是相近的。这里需要讨论的是“《诗》之比兴、变风之义、骚人之歌”三者的含义。

先看“《诗》之比兴”。在中国古代文学批评史上，可以说对“比兴”的讨论最多，争议也最大，其至今仍然是学者聚焦的话题。在张惠言笔下，“比兴”是和“寄托”紧紧联系在

1. 张惠言．茗柯文编［M］. 上海：上海古籍出版社，1984：39，37.
2. 吴梅．词学通论［M］. 上海：上海古籍出版社，2006：1.

一起的，崇比兴而重寄托，援诗学之比兴而立词学之寄托，这也是张惠言在推尊词体之后对词学的又一大贡献。

大体而言，汉儒对比兴有两种不同的看法与认识：一、诗歌的表现手法，这一点于本节主题无涉，故留待后文讨论。二、诗歌的美刺倾向。郑玄首倡之："比，见今之失，不敢直言，取比类以言之。兴，见今之美，嫌于媚谀，取善事以喻劝之。"[1]郑玄的这个解释将"比兴"和美刺联系在一起。孔颖达接受了这个说法，进一步加以申说："比者，比托于物，不敢正言，似有所畏惧，故云见今之失，取比类以言之；兴者，兴起志意，赞扬之辞，故云见今之美，以喻劝之。"[2]"汉儒说诗，不外美刺二端。"美刺二端，就是张惠言"意内言外"之"意"的重要组成部分。

次看"变风之义"。这显然是张惠言对《诗大序》的思想的再次继承：

> 至于王道衰，礼义废，政教失，国异政，家殊俗，而变风变雅作矣。国史明乎得失之迹，伤人伦之废，哀刑政之苛，吟咏情性，以风其上，达于事变而怀其旧俗者也。故变风发乎情，止乎礼义。[3]

1. 阮元．十三经注疏［M］. 北京：中华书局，1980：796.
2. 阮元．十三经注疏［M］. 北京：中华书局，1980：271.
3. 阮元．十三经注疏［M］. 北京：中华书局，1980：271.

“变风”在这里有两个要点：一是指所谓“变风变雅”的作品产生是时世由盛而衰而政教纲纪大坏所导致，这是对《乐记》“乱世之音怨以怒”和孔子“诗可以怨”诗学观念的继承，强调了诗歌可以抒发怨情，但这个怨情的抒发必须合乎礼义，必须受到礼义的约束和规范。

再看“骚人之歌”。汉儒对屈原及其作品的评价，同样是从内容意蕴和艺术手法两个方面展开的。此处依旧讨论内容方面。司马迁继承淮南王刘安对《离骚》“情兼雅怨”的评价，明确说到“屈平之作《离骚》，盖自怨生也”，“屈平……忧愁幽思而作《离骚》，《离骚》者，犹离忧也”[1]。王逸作《楚辞章句》，在序言中指出屈原“独依诗人之义而作离骚，上以讽谏，下以自慰”[2]，明言“骚人之歌”乃讽谏之用。刘勰接过王逸的意见，通论《楚辞》全文，指出合于经传所载者四事：“其陈尧舜之耿介，称汤武之祗敬，典诰之体也；讥桀纣之猖披，伤羿浇之颠陨，规讽之旨也；虬龙以喻君子，云蜺以譬谗邪，比兴之义也；每一顾而掩涕，叹君门之九重，忠怨之辞也。”[3]显然，“典诰之体”“规讽之旨”“比兴之义”“忠怨之辞”这四个方面所规范的内容就是“温柔敦厚的诗教”。

张惠言将“《诗》之比兴、变风之义、骚人之歌”三者并

1. 司马迁．屈原贾生列传 [M]// 司马迁．史记．北京：中华书局，1982：2482.
2. 洪兴祖．楚辞补注 [M]. 北京：中华书局，1983：48.
3. 刘勰．文心雕龙注 [M]. 范文澜，注．北京：人民文学出版社，1958：46.

列，认定词的内涵——“意”同样属于传统意义上的“温柔敦厚的诗教”一脉。张惠言援诗学以立词学，其推尊词体的用意十分明显。

在词体实际发展的过程中，“儿女风流乃成为一切时尚并以表现女性美的生活基调作为其主要内容”，“生活的情调，便由关塞江湖的广大世界缩小到庭院闺阁之间，所表现主题往往是青春消逝的感伤，这就限制了词的境界和气派”。[1]词在经过晚唐颓风、香艳之色以及末世情怀的熏染之后，事实上在花间词人手中，这种“绮筵公子”“绣幌佳人”“纤纤玉指”“拍按香檀”的风格便形成进而稳定，以正统的面目出场了。“艳科”“小道”“诗余”等这种带有轻视意味的称呼便在后世延续了下来。之所以如此，是因为在词的出现以来，花间词所取得的艺术成就使此前的即兴之作如《忆江南》《渔父》者、戏谑之作如《调笑令》者黯然失色，自己却光焰万丈成为词的“本色”“当行”，使宋人奉《花间集》为词的鼻祖，作词固多以《花间集》为宗，论词亦常以《花间集》为准。花间词婉丽绮靡的风格因此就成了词的正统。

对于词学史上的第一部具有深远影响的选集——《花间集》，张惠言竟然在自己的序言中只字未提，选择了沉默，这个沉默是意味深长的。在张惠言看来，正是《花间集》对词体

1. 林庚 . 中国文学简史 [M]. 北京：北京大学出版社，1995：390–391.

"绮筵公子、绣幌佳人，递叶叶之花笺，文抽丽锦；举纤纤之玉指，拍案香檀"的概括，将词引入了"卑体"的不归路。而要想使其承接正统，就得从源头上认祖归宗。无疑，在尊体的问题上，张惠言是成功的。前引张尔田之语可说明这一点。这也是张惠言对词体的第一大贡献。

通过以上分析，可以看出张惠言论述词体之内涵时，具有相当浓厚的比兴寄托意味。况周颐对这个问题有极其明确的认识，其在《词学讲义》中说："意内者何？言中有寄托也。"[1] 由此可见，张惠言乃是竖起"寄托"的大旗来达到推尊词体的目的。

### 2、微言要眇、词体之美

在对词体的内涵做出界定之后，张惠言又开始探求词体之美之所在。

#### （1）释"兴于微言"

在言及词的缘起时，张惠言使用了"微言"一词，这是对词体表现形态的一种规定。所谓"缘情造端，兴于微言，以相感动"。"微言"一词，首见于《汉书·艺文志》，"昔仲尼没而微言绝，七十子丧而大义乖"。[2] 李奇注为"隐微不显之言"，颜师古注为"精微要眇之言"。《艺文志》的注释还是比较简略，也没有太大的分歧。当然，《艺文志》所谓的"微言"，乃

1. 张璋．历代词话续编 [M]. 郑州：大象出版社，2005：45.
2. 陈国庆．汉书艺文志注释汇编 [G]. 北京：中华书局，1983：1.

是经学之义理，所谓微言大义者也。张惠言对此当然也是了然于心的，但他将这一义理之“微言”引进词学之后，其所指必然有所变异。事实上，正是张惠言从经学到词学的嫁接，才使其超出了经学之藩篱而入于美学之园囿。“所谓‘微言’，无论是李奇‘隐微不显之言也’的解释，还是颜师古‘精微要妙之言耳’的解释，都和词体的美感非常吻合。”[1]袁枚《随园诗话》卷二曾有“孔子与子夏论诗，高岸深谷，冷冷然不见其里，所谓深微”。钱锺书对此条曾进行过分析，认为“此节见于《韩诗外传》卷二。孔子谓子夏言诗，见其表未见其里，颜渊曰：‘其表已见，其里何有’，子因云云，‘深微’当作‘精微’”。[2]以袁枚之盛名，张惠言必有耳闻。而所论之诗，既属于经学，又是文学正宗，故经学之义理，亦可通于文学之意蕴。袁氏“深微”之论，实为张惠言“微言”之先声。词体的创作，缘情而发，寓感、感人乃是其目的。在《词选序》中，张惠言对于词体所缘之情规定为“风谣里巷男女哀乐”之情以及“贤人君子幽约怨悱不能自言之情”，这也就容易理解张惠言笔下的“微言”了。简言之，“兴于微言”者，即词体之所以成立，在于其有一种精致细微并且包含着深隐意蕴在内的缘故。在张惠言看来，“微言”，必然是“隐”的，即“义有幽隐”。张惠言编辑《词选》，要求词体具有幽微深隐的意蕴，这一用意十分

---

1. 钟锦．词学抉微［M］．上海：华东师范大学出版社，2008：35.
2. 钱锺书．谈艺录［M］．北京：中华书局，1993：200.

明显。不但在序中倡言，并且在词评中亦不遗余力地点出。在序言中，他对词体的“微言”特质的体认进一步表述为“其文小，其声哀”。这种体认也得到后人的赞同。如缪钺在其《论词》一文中指出：

> 词之所言，既为人生情思意境之尤细美者，故其表现之方法，如命篇，造境、选声、配色，亦必求精美细致，始能与其内容相称。[1]

缪钺从词体的表现对象——“人生情思意境之尤细美者”以及词体的表现方法——“命篇，造境、选声、配色，亦必求精美细致”两个方面阐述了词之为体的“细美”“精美”“细致”的要求，其“细美”“精美”“细致”的表述明显是继承了张惠言“微言”论。缪钺接着指出：

> 词之特征，约有四端。一曰其文小……词中所用尤必取其轻灵细巧者……二曰其质轻……盖其文小，则其质轻……极沉挚之思，表达于词，亦出之以轻灵，盖其体然也……三曰其径狭……词则惟能言情写景，而说理叙事绝

1. 缪钺 . 冰茧庵词说［M］// 缪钺 . 缪钺全集：第 3 卷 . 石家庄：河北教育出版社，2004：5.

非所宜……四曰其境隐……若论“寄兴深微”，在中国文学体制中，殆以词为极则。[1]

缪钺这里的表述，“文小”的文字与张惠言文字完全相合，“质轻”的文字是张惠言“声哀”的转换，两者皆是论述词体的情感表达的要求是轻灵不质实。这两点都是对“微言”的阐发，而后两点，“径狭”与“境隐”的特征，也是以这两点为基础生发出来的。“径狭”即是“文小”的表现，“境隐”则是“质轻”的变相。可以看出，缪钺对于词体的认识，不但完全继承了张惠言“微言”的意见，而且大加发挥，对词体的特质辨识更加细密谨严。

（2）释“低徊要眇”

张惠言对词体美感的体认，又有一处明确的表述为“低徊要眇，以喻其致”。“低徊”见于《楚辞·九章·抽思》“低徊夷犹，宿北姑兮”之句，王逸注云：“夷犹，犹豫也……言己所以低徊犹豫，宿北姑者，冀君觉悟而还己也。”[2]这里，“低徊”是指情感或行动上的一种往返回旋、反复缠绵之貌。“要眇”则见于《楚辞·九歌·湘君》“美要眇兮宜修”之句，王逸注云：“要眇，好貌。修，饰也”。“眇，一作妙。”洪兴祖补注云：

1. 缪钺．冰茧庵词说［M］// 缪钺．缪钺全集：第 3 卷．石家庄：河北教育出版社，2004：5–8.

2. 洪兴祖．楚辞补注［M］. 北京：中华书局，1983：140–141.

“眇，与妙同。《前汉》传曰：幼眇之声。亦音要妙。此言娥皇容德之美，以喻贤臣。”[1]“容德之美”，显然涉及外在容貌美与内在品质美，“要眇”则是指湘水神灵的一种美好的资质，又宜修饰。又《楚辞·远游》有“神要眇以淫放”之句，洪兴祖补注云“要眇，精微貌”。[2]可见，“要眇”又可以指一种精微细致之美的特质。将“低徊”与“要眇”合起来，大致可以看出张惠言对于词体细致精微、缠绵回旋之美的认识。让人感兴趣的是，对于“要眇”与“精微”的解释，又是对前文张惠言所谓的“兴于微言”的再次体认。

张惠言以“要眇”论词体，得到王国维的认可。《人间词话·未刊稿》：“词之为体，要眇宜修。能言诗之所不能言，而不能尽言诗之所能言。诗之境阔，词之言长。”[3]王国维不仅以“要眇宜修”来规范词体之美感特质，并且更进一步以此来辨析诗词二者体性之别。“要眇”论词，与张惠言“贤人君子幽约怨悱不能自言之情”的表述是相同的，即词体在抒发情感时应当以“幽约怨悱”的方式表达，“不能自言”或不应自言。“幽”当然是指幽微、幽深之意，同时也表明词体的内蕴要有深隐性。今人叶嘉莹以形式与内容二分的思路详细地辨别了词

---

1. 洪兴祖．楚辞补注［M］．北京：中华书局，1983：60.
2. 洪兴祖．楚辞补注［M］．北京：中华书局，1983：168.
3. 况周颐、王国维．蕙风词话·人间词话［M］．王幼安，校订，徐调孚，周振甫，注．北京：人民文学出版社，1960：226.

体的“要眇”之美感，也是对张惠言词体“低徊要眇”的部分继承。叶嘉莹的思路与王国维的思路相一致，认为词体在写作时不必有严肃的言志之用心，但这一思路显然与张惠言相左。张惠言所言的“低徊要眇”是与词体中的“贤人君子幽约怨悱不能自言之情”不可分离的。这一“不能自言之情”也就是上文所表述的“意内言外”之“意”的相当重要的部分。抽离了这一思想，张惠言的词学主旨也就塌了一半。

“微言”“要眇”，是张惠言对词体美感的体认。这一体认是与“意内言外”的“意”紧密联系在一起的。也就是说，是与“寄托”紧密联系在一起的。

### （三）张惠言词学依据

张惠言曾编辑其文稿为《茗柯文编》，其中有一篇《文稿自序》云：

> 余少学为时文，穷日夜力，屏他务，为之十余年，乃往往知其利病。其后好《文选》辞赋，为之又如为时文者三四年。余友……劝余为古文……为之一二年，稍稍得规矩。已而思古之以文传者，虽于圣人有合有否；要就其所得，莫不足以立身行义，施天下致一切之治。……道成而所得之浅深醇杂见乎其文，无其道而有其文者，则未有也。故乃退而考之于经，求天地阴阳消息于《易》虞氏，求古先圣王礼乐制度于《礼》郑氏，庶窥微言奥义，以究

本原。……嘉庆之初，问郑学于歙金先生。三年，图《仪礼》十八卷，而《易义》三十九卷亦成，粗以述其迹象。辟其户牖，若乃微显阐幽，开物成务；昭古今之统，合天人之纪；若涉渊海，其无涯涘。[1]

张惠言在这篇序言中，清晰地表述了自己的多次学术转向。从少时的科举时文，转而究心辞赋，又为古文，凡三变。最后认识到“以文传者”，应“立身行义，施天下致一切之治”。这表明张惠言内心深处“立言不朽”观念的深刻影响。正是为了将来有可传之文，张惠言才“退而考之于经，求天地阴阳消息于《易》虞氏，求古先圣王礼乐制度于《礼》郑氏，庶窥微言奥义，以究本原”，希望通过研究经学来窥探天地阴阳大义。功夫不负有心人，张惠言的这一愿望得到了实现，有经学著作多部。嘉庆二年，张惠言的《易》学代表作《周易虞氏义》问世。饶有兴味的是，正是这一年，张惠言编选了独具个人色彩的《词选》。长期的经学思维模式和研究方法必定给张惠言的词学打上浓厚的经学色彩。

### 1. 治经以治词

刘师培曾言：“武进张惠言治《易》，亦宗虞、郑，作《周易虞氏义》《郑氏易》，并作《周易易礼》《虞氏消息》。姚配

1. 张惠言．茗柯文编［M］. 上海：上海古籍出版社，1984：117-118.

中、刘逢禄、方申宗其意。配中作《周易姚氏学》、逢禄作《易虞氏五述》、方申作《易学五书》，咸以象数为主，”[1]刘师培此处所讲，乃举其大要。其实，张惠言是治《易》宗虞氏，治《礼》才宗郑氏，“咸以象数为主”的说法也并不确切。象数历来并称，以与义理之学相对举。但张惠言在处理“象”和“数”的关系时，所看重的是“象”而不是“数”，认为“数”仅作为占筮之用，“象”才是《易》的关键。这也是《易传》作者的观念。《丁小疋郑氏易注后定序》云：“《易》者，象也。《易》而无象，是失其所以为《易》。数者，所以筮也。圣人倚数以作《易》，而《卦》《爻》之辞，数无与焉。汉师之学，谓之言象可，谓之言数不可。象、数并称者，末学之陋也。”[2]张惠言一生精研汉《易》，专攻虞翻《易》学，对虞氏《易》注的疏解与阐发力主取象说。

张惠言治《易》是非常重视“象”的作用的，认为“象”是人们了解《易》之“阴阳大义”的中介，是《易》之“天地阴阳消息”的载体。如果脱离了“象”，则“阴阳大义”即理将无所依附。《虞氏易事序》：“夫理者无迹，而象者有依；舍象而言理，虽姬、孔靡所据以辨言正辞，而况多歧之说哉。”[3]前引《周易·系辞》之语“是故夫象，圣人有以见天下之赜，而

1. 刘师培 . 中国中古文学史讲义 [M]. 北京：中国人民大学出版社，2004：216.
2. 张惠言 . 茗柯文编 [M]. 上海：上海古籍出版社，1984：60.
3. 张惠言 . 茗柯文编 [M]. 上海：上海古籍出版社，1984：40.

拟诸其形容，象其物宜，是故谓之象”，表明卦象的创造是圣人观察天地万物以及人自身的形象进行模拟的结果，其作用在于示人以吉凶祸福。“天垂象，见吉凶，圣人象之。”从这里，张惠言发现了《周易》之卦象所具有的寓托性质。当然这种寓托性还是哲学性质的，但张惠言将其与文学打通，等量齐观，并援以论赋及词。易象昭示的是吉凶，寓托的是义理；文学艺术形象则寄寓着情意、意志，《七十家赋抄目录序》云：

> 夫民有感于心，有慨于事，有达于性，有郁于情，故有不得已者，而假于言。言，象也。象必有所寓。其在物之变化：天之漻漻，地之嚣嚣；日出月入，一幽一昭；山川之崔蜀杳伏，畏佳林木，振硪溪谷，风云雾霿，霆震寒暑，雨则为雪，霜则为露，生杀之代，新而嬗故，鸟兽与鱼，草木之华，虫走蚁趋，陵变谷易，震动薄蚀，人事老少，生死倾植，礼乐战斗，号令之纪，悲愁劳苦，忠臣孝子，羁士寡妇，愉佚愕骇。有动于中，久而不去，然后形而为言。[1]

此处“感于心、慨于事、达于性、郁于情”而“不得已”要表达的，就是内在的“意”，也就是《词选序》所谓的“意

1. 张惠言 . 茗柯文编 [M]. 上海：上海古籍出版社，1984：18.

内言外”的“意”。张惠言以此来沟通词与赋，并使词达到“与诗赋之流同类而风诵之”的目标。同时，这种“感于心、慨于事、达于性、郁于情”而“不得已”要表达的“意”体现在物的种种变化中，举凡天地日月、山川风云、鸟兽虫鱼、忠臣孝子、羁士思妇，皆有所寓托。既然圣人可以观察天地万物以及人自身的形象进行模拟而创造出卦象，那么，贤人君子们的“幽约怨悱不能自言之情”，“风谣里巷男女的哀乐”岂不是同样可以寄之于言而托之于象。张惠言的这种理解还是来源于《易传》对象的阐释。

《周易·系辞下》云：“夫《易》彰往而察来，而微显阐幽，开而当名辨物，正言，断辞，则备矣。其称名也小，其取类也大。其旨远，其辞文，其言曲而中，其事肆而隐。”[1] 彰往察来，是《易传》对《周易》思想的理解之一。对该段文字的疏解可以帮助我们更好地理解张惠言对“象”的理解。韩康伯以“托象以明义，因小以喻大”注“其称名也小，其取类也大”；孔颖达疏“其旨远者，近道此事，远明彼事，是其旨意深远”“其辞文者，不直言所论之事，乃以义理明之，是其辞文饰也”“其言曲而中者，变化无恒，不可为体例，其言随物屈曲，而名中其理也”，又说“其《易》之所载之事，其辞放肆显露而所议论深而幽隐”。这些注解说明圣人立象尽意，有以小喻大、以

1. 高亨. 周易大传今注［M］. 济南：齐鲁书社，1979：580–581.

少总多、由此及彼、由近及远的特征。这种认识为历代文人学者相沿袭。司马迁评论《离骚》时曾称："其文约，其辞微，其志洁，其行廉，其称文小而其指极大，举类迩而见义远。"[1]刘勰《文心雕龙·比兴》："观夫兴之托谕，婉而成章，称名也小，取类也大。"[2]以这样一种《易》学研究思路来研究词学，张惠言从具体词作中寻求微言大义的做法也就理所当然了。

2. 援诗学以入词学

张惠言为学凡三变，有多篇赋作行世，他虽然没有正式的诗作，但有着深厚的诗学用意。饶宗颐《张惠言〈词选〉述评》中说："他以余事为词，可以说是治赋的绪余……他的方法，可以说是经学（指诗经而言）的方法，也是赋学的方法。"[3]我们认为张惠言治词是综用经学和诗学的方法。经学的方法已如上所述，主要是以《易》学的思维和方式。相对于"赋学的方法"，我们更愿意认同其为"诗学的方法"。首先，"赋者，古诗之流也"[4]；其次，赋体铺采摛文、铺张扬厉的的特色并未受到张惠言的重视；复次，饶氏在后文中又说张惠言"简直是用诗序说诗的方法"，而诗序说诗的方法是典型经学与诗学两者合一的方法。《诗经》原为文化典籍，后为五经之一，其在

---

1. 司马迁．屈原贾生列传［M］// 司马迁．史记．北京：中华书局，1982：2482.
2. 刘勰．文心雕龙注［M］．范文澜，注．北京：人民文学出版社，1958：601.
3. 饶宗颐．张惠言《词选》述评［M］// 龙榆生．词学季刊：第 3 卷．上海：上海民智书局，193：108.
4. 萧统．文选［M］．李善，注．上海：上海古籍出版社，1986：1.

后世的接受过程中也是以经学与文学的双重身份进行的，且越来越重视其文学价值。中国古典诗学本就是从学《诗经》开始的。[1]“在诗论上，我们有三个重要的，也可说是基本的观念：‘诗言志’‘比兴’‘温柔敦厚’的‘诗教’。后世论诗，都以这三者为金科玉律。‘诗教’虽托为孔子的话，但似乎是《诗大序》的引申义。它与比兴相关最密。”[2]朱自清总结的这三点明显地体现在张惠言的《词选序》中。张惠言虽未有诗作，但有一篇《诗龛赋》表达了他对诗学的部分认识。赋云：

> 吾闻《诗》之为教兮，政用达而使专。何古人之尔雅兮，今惟绣乎悦鞶？岂缘情之或非兮，固同川而改澜！……将编仁义以为藩兮，结道德而葺之。峙六义以为壁兮，楹四始以相持。……庶伪体之有裁兮，范九轨而同途。起往贤而质中兮，俟来哲以通符。[3]

倡导诗教，以“政达”为旨归，以儒家之仁义道德为内涵，以《诗经》“四始”“六义”为尺度，“别裁伪体亲风雅”。在这样的诗学背景下，可以清晰地分辨出张惠言的理论思维：一、“词者，盖出于唐之诗人，采乐府之音以制新律，因系其词，

---

1. 王先霈 . 中国古代诗学十五讲 [M]. 北京：北京大学出版社，2007：6.
2. 朱自清 . 诗言志辨 经典常谈 [M]. 北京：商务印书馆，2017：52.
3. 张惠言 . 茗柯文编 [M]. 上海：上海古籍出版社，1984：140–141.

故曰词”，盖词出之于诗，因诗道之尊，故词体亦尊，即“与诗赋之流同类而风诵之”。二、诗言志，词亦可言志，即“缘情造端，兴于微言，以相感动。极命风谣里巷男女哀乐，以道贤人君子幽约怨悱不能自言之情”。三、诗尚比兴，故词亦应比兴寄托，即“《诗》之比兴、变风之义，骚人之歌，则近之矣”。由此可以看出，张惠言的词学思想，有着强大的诗学思想为基础。援诗学以入词学，这正是张惠言推尊词体、崇尚比兴寄托的内在词学理路。

张惠言这样的词学思路显然是对诗学观念进行横向移植，但不可否认的是，借助这种横向移植，人们也因此加深了对词学的认识。

# 第二节 “寄托”在词学中的完成

作为常州词派的开创者，张惠言继承了《诗经》和《离骚》中的“比兴”手法与“香草美人”的批评手法而于词学中开拓出“寄托”理论。在《词选》中，张惠言将温庭筠作为以“寄托”作词的旗帜来揄扬，将“词”这种文体的意蕴大大向前推进了一步。从《词选》中可以看出，张惠言的“寄托”理论具有穿凿附会的比附以及将词体美感限于单一意义的缺陷。为了弥补这些缺陷，常州词派的周济以“寄托有无”和“寄托出入”的论题加以发展，使“寄托”说与王国维的“境界”说并驾齐驱，成为传统词学的两大说词方法之一。从现代诗学的视域考察，“寄托”说的要义在于通过重建诗歌与历史的关系，以政治性和道德性的文学批评来阐发作品的思想意义。

## 一、词学传统中的“寄托”观念

在整个词学史上，从李清照提出“别是一家”的词论主张到张惠言以治经之法治词，援诗学以入词学，编辑《词选》，在文学的功能论上将词与诗同列，使得词学理论从此进入了它发展的历史新航程。施蛰存曾指出：“自《花间集》以来，词之选本多矣，然未有以思想内容为选取标准，更未有以比兴之有无为取舍者，此张氏《词选》之所以为独异也。其书既出，词家耳目为之一新。”[1]与以往存人、存词、言风格、讲地域的选本相比，张惠言《词选》的最大特色就是选词标准的全新化，即以“寄托”说词。作词当近于诗之比兴，解词亦当探寻幽隐之义。在张惠言之后，以“寄托”说词则成为常州学派的家法，同时也引起诸多非议。

以“比兴”“寄托”说词，宋人已露端倪。叶适就认为陈亮的词是有所寄托的“微言”：“又有长短句四卷，每一章就，辄自叹曰：‘平生经济之怀，略已陈矣’。余所谓微言，多此类也。”[2]南宋刘克庄在其《后村题跋·题刘叔安感秋八词》中写道：“叔安刘君落笔妙天下，间为乐府……借花卉以发骚人墨客之豪，托闺怨以寓放臣逐子之感。”[3]所谓“借花卉以发骚人墨客之豪”即借草木以寓情志，“托闺怨以寓放臣逐子之感”即借男女之情以寓托君臣之义。这段话虽然只是对刘叔安词作的评价，但从普遍的意义上看，也可以认为是刘克庄对词体属性特征的把握与功用价值的推崇。在宋人的评论中已经可以看到，

1. 施蛰存．历代词选集叙录［M］// 夏承焘，等．《词学》：第 6 辑．上海：华东师范大学出版社，1988：216.

2. 叶适．叶适集：第 2 册［M］. 刘公纯，王孝鱼，李哲夫，点校．北京：中华书局，1961：597.

3. 刘克庄．刘克庄集笺校［M］. 辛更儒，校．北京：中华书局，2011：4183.

通过"比兴""寄托"之说把词体中叙写男女爱情和士大夫们的某种理想或感情联系起来的思路。不过，这些只是在以诗为词的背景之下刻意对词体进行改造的说法，还没有深入体会到词体本身的特质。

到清初，词学家的说法和词体特质更为贴近。毛先舒在《丽农词序》中认为："其缠绵侘傺之思，不能不于词发之，而又必本太史公所称《国风》《小雅》以为托始。独难为拘墟者道耳。"[1]阳羡派词人史惟园曾批评当时的作者没有很好地继承"《国风》美人、《离骚》香草"的志向与用意，致使作品全无"寄托"的深厚意境与温婉含蓄之美。"今天下词亦极盛矣。然其所为盛，正吾所谓衰也。家温、韦而户周、秦，抑亦《金荃》《兰畹》之大优也。夫作者非有《国风》美人、《离骚》香草之志意，以优柔而涵濡之，则其入也不微，而其出也不厚。"[2]溯源诗骚而推尊词体，似乎是说词者相同的思路。浙西词派词人亦复如是。朱彝尊《红盐词序》说得就更明白："词虽小技，昔之通儒钜公往往为之。盖有诗所难言者，委曲倚之于声，其辞愈微，而其旨益远。善言词者，假闺房儿女子之言，通之于《离骚》、变雅之义，此尤不得志于时者所宜寄情焉耳。"[3]朱

1. 王运熙，顾易生．清代文论选（上）[C]. 北京：人民文学出版社，1999：186.
2. 陈维崧．陈维崧集（上）[M]. 陈振鹏，标点，李学颖，校补．上海：上海古籍出版社，2010：49.
3. 朱彝尊．曝书亭集 [M]. 北京：商务印书馆，1935：662.

彝尊不仅揭示了词体委曲深婉、辞微旨远的文体特征，而且还主张将“《离骚》、变雅之文”寓托于“闺房儿女子之言”之中以寓情写志，且词的这种辞微旨远、比兴寄托的特点，特别适合“失职而志不平”的秋士抒发怀才不遇之感，正如同《离骚》的香草美人。

“香草美人”的概念是东汉王逸对以屈原《离骚》为代表的《楚辞》艺术手法所做的一种概括，《离骚经序》云：

> 《离骚》之文，以《诗》取兴，引类譬喻。故善鸟香草，以配忠贞，恶禽臭物，以比谗佞，灵修美人，以媲于君，宓妃佚女，以譬贤臣，虬龙鸾凤，以托君子，飘风云霓，以为小人。[1]

《楚辞》作为与《诗经》并列的中国诗歌的源头地位，是在魏晋南北朝时期确定下来的。刘勰的《文心雕龙·辨骚》就代表了时人对两汉以来关于《离骚》的争论及其折中后的定论。承认《楚辞》的源头地位，也就承认了“香草美人”的文学批评方法的正统地位。《楚辞》对传统文学的发展有着深远的影响，最为重要的一点就是屈原以男女爱情的不如意寓托文人仕途的不得志。杨义在《楚辞诗学》中对此解释道：“把一些一

1. 洪兴祖 . 楚辞补注 [M]. 北京：中华书局，1983：2–3.

说便俗，便落形迹的心理行为，转化为似说未说、未说已说的清雅。”[1]求仕不得或仕途波折有时候是很难写到诗歌中去的，而词则不然。词体在初起时，没有“言志”的规范和要求，其创作和欣赏大多在酒边花间，本就多发其男女之情。随着文人士大夫的加入，特别是具有深厚学养与人格魅力的佼佼者加入词体的创作行列时，他们人生功业的成败与哀乐，持守与进取，在无意之间流露于词体之中。南宋亡国的阵痛，又刺激词人，以咏物之词来写家国之痛，比兴寄托填词的意念已在有意无意之间。所谓“咏物之作，最要在寄托。所谓寄托者，盖借物言志，以抒其忠爱绸缪之旨。《三百篇》之比兴，《离骚》之香草美人，皆此意也”[2]。吴梅将《诗经》的比兴手法,《离骚》的香草美人，以及咏物之词的手法统统归结于“寄托”一途。其共同点是借外物以寓托“忠爱绸缪之旨”。

## 二、张惠言《词选》词评对“寄托”的发扬

张惠言并没有直接使用“寄托”这一概念，在《词选》及其对唐宋词的评介中，张惠言使用的是“所兴”“寄意”“寓意”“用意”“所指”等词，其意义都与“寄托”相通，即通过

---

1. 杨义．杨义文存［M］. 北京：人民出版社，1998：72.
2. 吴梅．词学通论［M］. 上海：上海世纪出版集团，2006：3.

文字的表面去寻找文字背后可能潜藏的深隐的意义。这与张惠言对“象”的认识有关。前文已述。

《词选》一书，从唐宋词中选入44家116首词。计唐词3家20首、五代词8家26首、宋词33家70首。其中明言“比兴”“寄托”者有22首。从入选的词家和作品看，可谓精而不备，标准极严。张惠言《词选》的目的在于警示后辈学词之人，不致走错了路，所谓“无使风雅之士惩于鄙俗之音，不敢与诗赋之流同类而风诵之也”。对于如此严格的评选标准，有人赞之，有人斥之。陈廷焯《白雨斋词话》云：“张氏《词选》，可称精当。识见之超，有过于竹垞（注：朱彝尊）十倍者，古今选本以此为最。”[1]推崇备至，无以复加。潘德舆持异议，云：“张氏《词选》，抗志希古，标高揭己，宏音雅调，多被排摈。五代北宋有自昔传诵、非徒只句之警者，张氏亦勰然置之。”[2]他首先对张惠言发难，嫌其去取太严，刊落佳制过多。但朱祖谋对潘德舆的异议不以为然。在其词《望江南》中，朱祖谋表达了自己的看法：“回澜手，标举选家能。自是词中凿疏手，横流一别见淄渑，异议四农生（注：潘德舆字四农）。”[3]淄水与渑水都在山东，易牙尝味，能辨二水之异。朱祖谋选用此典，意

1. 陈廷焯．白雨斋词话［M］. 杜维沫，校点．北京：人民文学出版社，1959：5.
2. 饶宗颐．张惠言《词选》述评［M］// 龙榆生．词学季刊：第3卷．上海：上海民智书局，1936：117.
3. 饶宗颐．张惠言《词选》述评［M］// 龙榆生．词学季刊：第3卷．上海：上海民智书局，1936：118.

在说明张惠言《词选》有回狂澜于既倒之功，达到了编选者所应达到的能事。

张惠言在《词选》对词的选取和评说，是其理论的具体体现。他对某些词家及其作品的推重，显然是为了加强其理论的示范性。在入选的词人中，“温庭筠最高，其言深美闳约”[1]。故而温词入选最多，达到 18 首，张惠言点评其中的 14 首，认为皆有寓意。从中透露的信息是，张惠言把温庭筠看作“寄托”理论的一面旗帜加以揄扬。其评《菩萨蛮·小山重叠金明灭》云：“此感士不遇也……照花四句，离骚初服之意。”[2]

张惠言的这一评论，引发了后人极大的争议。支持者和反对者都不乏其人。陈廷焯和吴梅对此深信不疑。陈廷焯《白雨斋词话》云：“飞卿词，全祖《离骚》，所以独绝千古。”[3] 吴梅《词学通论》云：“唐至温飞卿，始专力于词。其词全祖风骚……张皋文谓皆感士不遇之作，盖就其寄托深远者言之。”[4] 陈吴二氏完全继承张惠言的理论，评温词也力主“寄托”说。但也有很多人认为温飞卿没有屈原那样高尚的人格，没有为理想而斗争的精神，是无法和屈原并肩的。最典型者如李冰若《栩庄漫记》云：“飞卿为人，具详旧史，综观其诗词，亦不过一

---

1. 张惠言．词选（附续词选）[M]. 北京：中华书局，1957：7.
2. 张惠言．词选（附续词选）[M]. 北京：中华书局，1957：12.
3. 陈廷焯．白雨斋词话．杜维沫，校点．北京：人民文学出版社，1959：5.
4. 吴梅．词学通论 [M]. 上海：上海世纪出版集团，2006：37.

失意文人而已，宁有悲天悯人之怀抱？昔朱子谓《离骚》不都是怨君，尝叹为知言。以无行之飞卿，何足以仰企屈子。”[1]与李冰若单从人格高低立论不同的是，刘熙载和王国维是从温词的艺术手法上反驳张惠言的。刘熙载《艺概·词概》云：“温飞卿词，精妙绝人，然类不出绮怨”[2]王国维的评论影响极大，他认为：“固哉皋文之为词也！飞卿《菩萨蛮》、永叔《蝶恋花》、子瞻《卜算子》，皆兴到之作，有何命意？皆被皋文深文罗织。”[3]（关于以张惠言为代表的常州词派与王国维评词标准的讨论，详见后文。）

叶嘉莹对这一问题的认识前后发生了变化，值得关注。在早期，叶嘉莹力主温词是无寄托的，在《迦陵论词丛稿·温庭筠概说》中，叶嘉莹写道：“自飞卿之生平及为人考之，温氏似但为一潦倒失意、有才无行之文士耳，庸讵有所谓忠爱之思与夫家国之感者乎？故其所作，当亦不过逐弦吹之音所制之侧辞艳曲耳。诚以情物交感之托喻作品言之，则飞卿无此性情、身世、修养、人格之涵育；以依附道德以求自尊之托喻作品言之，则以飞卿之放诞不检、不修边幅，似亦当无取于此也。是以作者言，飞卿词为无寄托之作也。”[4]但是在后来的《温庭筠

1. 李冰若 . 花间集评注［M］. 石家庄：河北教育出版社，1999：8.
2. 刘熙载 . 艺概［G］// 唐圭璋 . 词话丛编：第 4 册 . 北京：中华书局，1986：3698.
3. 况周颐，王国维 . 蕙风词话 · 人间词话［M］. 王幼安，校订，徐调孚，周振甫，注 . 北京：人民文学出版社，1960：233–234.
4. 叶嘉莹 . 迦陵论词丛稿［M］. 石家庄：河北教育出版社，1997：16.

〈菩萨蛮〉词所传达的多种信息及其判断之准则》一文中，叶嘉莹的态度发生了较大转变。叶嘉莹运用符号学分析此词，认为温庭筠与张惠言拥有相同的阅读背景和相同的文化背景，“照花四句”所写的姿容衣饰之美与《离骚》有相合之处，“懒起画娥眉”也指向一种托喻的含意，故而“张氏对温词此词的评说，便应该是可以采信的了”。[1] 笔者以为，叶嘉莹态度前后的转变，在于其个人词学思想观念的更新，其词体演进三阶段说及词体美感成因之探讨，为词学研究树立了新的方向。叶嘉莹在对词体美感成因的探讨中，更多地吸收了以张惠言为代表的常州词派的“寄托说”论词的“要眇”“幽隐”之特质。

就温词《菩萨蛮》而论，笔者赞同袁行霈的论断。同叶嘉莹一样，袁行霈也是从人格高低和艺术手法两个方面入手，全面考查温庭筠其人其词，最后得出如下结论：“词里那种孤独寂寞的情调，那种自怜自惜的心理，那种期待向往的情怀，不能说和词人自己的身世之感毫无关系。有意的寄托未必有，无意的流露未必无。”[2] 袁行霈的说法较为融通，或许可以了结温词评论之公案。

从对温氏词作的具体批评中看，张惠言将词体的意蕴大大向前推进了一步。尽管浦江清对张惠言的词学寄托说持彻底的否定态度，但他却指出张惠言对温庭筠的解读“实在是把温

1. 叶嘉莹．词学新诠［M］. 北京：北京大学出版社，2008：26.
2. 袁行霈．中国诗歌艺术研究［M］. 北京：北京大学出版社，1996：298.

飞卿词看深了一层”。[1]张惠言对于词学传统中“寄托”观念的发扬在此表现得最为充分。首先是词体近于“《诗》之比兴、变风之义、骚人之歌”，可以和《周易》之“象”一样寓托微言大义，这也是《词选序》中张惠言将词界定为“意内言外”的目的之所在。其次，《词选序》对词体做出的“幽隐”“幽约”“兴于微言”“低徊要眇”的规定，再一次扩大了词体的负载能力，使词学批评建立起自身的深度理解模式。

词作中具体的艺术形式本身并不是文本的最终的和唯一的目的，作品深层意蕴的开掘和精神上无限象征意义的追求才更值得我们做永恒思索。“风谣里巷男女哀乐”“贤人君子幽约怨悱不能自言之情”才是词作中应该探究的深层意蕴，意象的精美与丰富、风格的婉约与豪放倒在其次。

## 三、张惠言“寄托”说的不足

在理论的初创期，其不足总是伴随着建设性，如影随形。尽管张惠言对“寄托”说的开拓有着极大的贡献，但其“寄托”说的不足也常遭人诟病。

张惠言对冯延巳三首《蝶恋花》的评点：

1. 浦江清 . 浦江清文录 [M]. 北京：人民文学出版社，1958：139.

三词忠爱缠绵，宛然《骚》《辨》之义。延巳为人专蔽嫉妒，又敢为大言，此词（注：《蝶恋花·几日行云何处去》）盖以排间异己者，其君之所以信而弗疑也。[1]

对韦庄词《菩萨蛮》词的评点：

盖留蜀后寄意之作……述蜀人劝留之辞……致思唐之意。[2]

对欧阳修《蝶恋花》一词的评点：

庭院深深，闺中既以邃远也。楼高不见，哲王又不寤也。章台游冶，小人之径；雨横风狂，政令暴急也。乱红飞去，斥逐者非一人而已。殆为韩、范作乎？[3]

对苏轼《卜算子·缺月挂疏桐》一词的点评：

缺月，刺明微也。漏断，暗时也。幽人，不得志也。独往来，无助也。惊鸿，贤人不安也。回头，爱君不忘也。

---

1. 张惠言．词选（附续词选）[M]. 北京：中华书局，1957：29.
2. 张惠言．词选（附续词选）[M]. 北京：中华书局，1957：23-24.
3. 张惠言．词选（附续词选）[M]. 北京：中华书局，1957：33.

无人省，君不察也。拣尽寒枝不肯栖，不偷安于高位也。寂寞沙洲冷，非所安也。此词与《考槃》诗极相似。[1]

对辛弃疾《祝英台近》一词的点评：

点点飞红，伤君子之弃；流萤，恶小人得志也；春带愁来，其刺赵张乎？[2]

对无名氏《绿意》一词的点评：

此伤君子负枉而死，盖似李纲、赵鼎之流。回首当年汉舞云者，言其自结主知，不肯远引。结语喜其已死而心得白也。[3]

从这些评语中我们可以看出，张惠言将词作的“寄托”主旨全部规定为政治性与道德性的内容。穿凿附会、字比句附而疏于考证、不辨本事是后世学者对张惠言最为常见的指责。即便从“知人论世”的批评原则出发，张惠言的错误也是显而易见的。饶宗颐《张惠言〈词选〉述评》一文中论及《词选》的

1. 张惠言 . 词选（附续词选）[M]. 北京：中华书局，1957：39.
2. 张惠言 . 词选（附续词选）[M]. 北京：中华书局，1957：58.
3. 张惠言 . 词选（附续词选）[M]. 北京：中华书局，1957：74.

错误："卷末无名氏绿意荷叶一首，乃张炎词，见《山中白云词》卷六。原有小序云：'疏影暗香，姜白石为梅著语，因易之曰红情、绿意以荷花荷叶咏之。'而张氏……不知作者，而冥猜暗测，殊无根据""白石小序，对作词本事本来大有裨益，又兼有音乐与文学两种价值"，而张惠言却"误依坊本删节题序，失却作者原貌，并减少欣赏兴趣"。[1]夏承焘《词论十评》："说韦庄《菩萨蛮》都是晚年留蜀思唐之作，而不知韦词大都作于五十岁及第之前流浪江湖之时；说冯延巳《蝶恋花》是为排间异己者而作，欧阳修《蝶恋花》'殆为韩范而作'，也都是无根臆说。"[2]张惠言穿凿附会、字比句附的失误是显而易见的。但是，张惠言如此说词也有其合理性。寻找作品的真实意图，是批评家的职责之一，但文学作品本身就是一个意蕴丰富而又复杂的多层次结构系统，仅仅局限于对作者意图的考查，往往会损害到作品可能具有的作者也未必意识得到的意义。所谓"作者之用心未必然，而读者之用心何必不然"[3]。

事实上，张惠言最大的失误并不是比附，而是比附之后词体美感的丰衍意义被限定指实于一种单一意义之上。主体的情

---

1. 饶宗颐．张惠言《词选》述评［M］// 龙榆生．词学季刊：第 3 卷．上海：上海民智书局，1936：119–120.
2. 夏承焘．词论十评［C］// 华东师范大学中文系古典文学研究室．词学研究论文集．上海：上海古籍出版社，1982：74.
3. 周济，谭献，冯煦．介存斋论词杂著 · 复堂词话 · 蒿庵论词［M］. 顾学颉，校点．北京：人民文学出版社，1959：19.

感依托物类展现，的确是抒情的有效途径，但物与情的关系是丰富多样的。同一物象，可能会寄寓不同的情感，同时，人的情感是生动的、多维度的，而物象则是相对静止的、单一的。“寄托”所涉及的往往是作者具有一定指向的情感义旨，张惠言却在词体中将主体丰富的情感义旨仅仅规定为道德性与政治性的内容，以此来对应天地自然纷繁的物象，不能不说是其理论的遗憾。

## 四、周济对“寄托”说的继承与完善

陈廷焯对张惠言《词选》有中肯评价：“张氏《词选》不得已为矫枉过正之举，规模虽隘，门墙自高。”[1]张惠言本以道德文章自命，故于词体中只抉发政教精神的“寄托”，因此，这种自己垒砌的极高的门墙，限制了词体“寄托”说的传播。待常州派周济出，倡言“词史”“寄托有无”“寄托出入”，以其理论的明晰性和系统性对词学“寄托”说的内涵，对张惠言理论上的不足进行了一定程度的完善和修正，使“寄托”说说获得进一步的发展。近代词学家陈匪石在《声执 · 周济词辨》曾说：“自周氏书出，而张氏之学益显，百余年来词径之开辟，可谓周氏导之。”[2]周济最大的贡献，是将“寄托”说发展到圆

1. 陈廷焯 . 白雨斋词话 [M]. 杜维沫，校点 . 人民文学出版社，1959：1.
2. 唐圭璋 . 词话丛编 [G]. 北京：中华书局，1986.4965.

通的境界。周济“寄托”说词论的核心理念，一是提出词史的概念；二是提出“寄托有无”和“寄托出入”说。

首先，感慨所寄，提出词史的概念。

> 感慨所寄，不过盛衰：或绸缪未雨，或太息厝薪，或己溺己饥，或独清独醒，随其人之性情、学问、境地，莫不有由衷之言。见事多，识理透，可为后人论世之资。诗有史，词亦有史。庶乎自树一帜矣。若乃离别怀思，感士不遇，陈陈相因，唾沛互拾，便思高揖温韦，不亦耻乎！[1]

周济强调词体应该有寄托，寄托的内容应该是与时代盛衰相关的“感慨”，而单纯抒发“离别怀思，感士不遇”之类狭隘的个人情感，则为周济所不满，这或许表明周济对张惠言的不满。极力突出词体的社会意义，是周济“寄托”说的一大特点。显然，周济是沿着张惠言尊体的思路前进的，“词史”说的提出，是对张惠言“意内言外”之“意”的一次充实，对词体内容的一次扩大。时代的风云际会、国家的治乱盛衰，必定会引起词人的情感变化，也会促使词人去思考引发治乱盛衰的原因所在，将这些感慨寄托于词体，词体自当“自树一帜”。

---

1. 周济，谭献，冯煦．介存斋论词杂著·复堂词话·蒿庵论词 [M]．顾学颉，校点．北京：人民文学出版社，1959：4.

尽管强调词史，强调时代的背景和社会意义，但周济并不忽视词人个体的意义，相反，周济对词人个体间的区别也有着清醒的认识。词人之间自然是性情有差异，学问有高低，境界有深浅，但只要词人“见事多，识理透”，即有足够的情感体验，有透彻的思索见识，那么，其“由衷之言”足以作为后人知人论世的资料而存在。

其次，提出“寄托有无”与“寄托出入”说，将“寄托”分为两个不同的阶段。

> 初学词求有寄托，有寄托、则表里相宣，斐然成章。既成格调、求无寄托，无寄托，则指事类情，仁者见仁，知者见知。[1]

周济将创作中词人对寄托手法的运用划分为初级和高级两个阶段，所谓“初学词求有寄托”与“既成格调求无寄托”。对于初学者而言，如何做到“表里相宣”，是他们首先要解决的问题。心存寄托，运用一定的技巧技法将外在的物象与内在的情感融合在一起，是相当必要的。但是，当初学者较为熟练地掌握“有寄托”的创作方法后，就应该努力摆脱技巧的痕迹，追求“无寄托”的创作方式。“无寄托”并不是不要寄托，

---

1. 周济，谭献，冯煦．介存斋论词杂著·复堂词话·蒿庵论词 [M]. 顾学颉，校点．北京：人民文学出版社，1959：4.

而是要求词人在创作中让自己的思想和情感自然而然地流露出来。詹安泰对此有很好的阐释："周氏所谓'无寄托'，非不必寄托也，寄托而出之以浑融，使读者不能斤斤于迹象以求其真谛，若可见若不可见，若可知若不可知，往复玩索而不容自已也。曰'仁者见仁，知者见知'，则其意有所属可知。曰'求无寄托'则其有意为无寄托，使有寄托者貌若无寄托可知。"[1]在"既成格调求无寄托"阶段，其寄托从词人笔底自然流出，此时，词人感情极丰富、技法极娴熟，无须费心经营，其不求寄托而寄托自在，不求浑融而浑融自成。这是周济从创作方面对寄托所作的最高规范。况周颐接受了张、周二氏的寄托说词的理念，并加以申说："词，《说文》：'意内而言外也。'意内者何？言中有寄托也。所贵乎寄托者，触发于弗克自已，流露于不自知。"[2]况氏所阐发者，其一，心中有所感，受到外物的触发而不得不发；其二，心中所感，是无意之间流露而不是有心的比附，这一点正是周济所谓"既成格调求无寄托"也。

此外，需要指出的是，周济对"寄托有无"的思考并没有停止，而是不断深入的，"寄托出入"说便是对"寄托有无"说的进一步发展。

---

1. 詹安泰．论寄托［M］// 龙榆生．词学季刊：第 3 卷．上海：上海民智书局，1936：11-12.
2. 张璋．历代词话续编［M］. 郑州：大象出版社，2005：45.

> 夫词，非寄托不入，专寄托不出。一物一事，引而伸之，触类多通。驱心若游丝之罥飞英，含毫如郢斤之斫蝇翼，以无厚入有间。既习已，意感偶生，假类毕达，阅载千百，謦欬弗违，斯入矣；赋情独深，逐境必寤，酝酿日久，冥发妄中。虽铺叙平淡，摹缋浅近，而万感横集，五中无主。读其篇者，临渊窥鱼，意为鲂鲤，中宵惊电，罔识东西。赤子随母笑啼，乡人缘剧喜怒，抑可谓能出矣。[1]

从寄托“有”“无”到寄托“出”“入”，概念的变化显示出周济思考的深入。“有”“无”似乎是两个相对独立甚或截然对立的阶段，以“出”“入”替代“有”“无”，则突出了两个阶段之间的联系。显然，用“出”“入”更能说明问题。谭献高度评价这一寄托原则：“以有寄托入、以无寄托出，千古辞章之能事尽，岂独填词为然？”[2]王国维似乎从周济这里受到启发。后来他在《人间词话》讲：“诗人对宇宙人生，须入乎其内，又须出乎其外。入乎其内，故能写之，出乎其外，故能观之。入乎其内，故有生气。出乎其外，故有高致。”[3]王国维探讨

1. 周济，谭献，冯煦．介存斋论词杂著·复堂词话·蒿庵论词［M］．顾学颉，校点．北京：人民文学出版社，1959：12.
2. 周济，谭献，冯煦．介存斋论词杂著·复堂词话·蒿庵论词［M］．顾学颉，校点．北京：人民文学出版社，1959：31.
3. 况周颐，王国维．蕙风词话·人间词话［M］．王幼安，校订，徐调孚，周振甫，注．北京：人民文学出版社，1960：220.

的层面更高，对整个宇宙人生发言，且探讨的方式也更辩证；“出”“入”之间的关系也更透彻，王国维也以“出”“入”品评词人高下，这也说明周济“寄托出入”说对后世的影响。

与张惠言相比，周济“寄托”说的论词更加具体，更加明晰，因而也更具有可操作性。周济对张惠言寄托说词理论的继承和发扬，使“寄托”说发展到圆融的地步，对后世影响也较大。

## 五、“境界”与“寄托”

在《人间词话》中，王国维表达了对张惠言的不满，严厉批评了张惠言寄托说词主旨：“固哉，皋文之为词也！飞卿《菩萨蛮》、永叔《蝶恋花》、子瞻《卜算子》，皆兴到之作，有何命意？皆被皋文深文罗织。”[1]张惠言对以上诸词的解释见上文。王国维认为张惠言的解释与词作的实际内容不符，是释词者“深文罗织”的结果。但是，饶有兴味的是，同样的情形竟然也出现在《人间词话》中：

南唐中主词：“菡萏香销翠叶残，西风愁起绿波间”。

---

1. 况周颐，王国维．蕙风词话·人间词话［M］. 王幼安，校订，徐调孚，周振甫，注．北京：人民文学出版社，1960：233-234.

大有众芳芜秽、美人迟暮之感。乃古今独赏其“细雨梦回鸡塞远，小楼吹彻玉笙寒”。故知解人正不易得。[1]

尼采谓：“一切文学，余爱以血书者。”后主之词，真所谓以血书者也。宋道君皇帝《燕山亭》词亦略似之。然道君不过自道身世之戚，后主则俨有释迦基督担荷人类罪恶之意，其大小固不同矣。[2]

古今之成大事业、大学问者，必经过三种之境界：“昨夜西风凋碧树，独上高楼，望尽天涯路。”此第一境也。“衣带渐宽终不悔，为伊消得人憔悴。”此第二境也。“众里寻他千百度，回头蓦见（当作“蓦然回首”），那人正在，灯火阑珊处。”此第三境也。此等语皆非大词人不能道。然遽以此意解释诸词，恐为晏欧诸公所不许也。[3]

张惠言在温词中读出了“离骚初服”之意，遭到王国维“深文罗织”的批评，可现在，王国维却在中主词中读出了“美

1. 况周颐，王国维．蕙风词话·人间词话［M］．王幼安，校订，徐调孚，周振甫，注．北京：人民文学出版社，1960：196.
2. 况周颐，王国维．蕙风词话·人间词话［M］．王幼安，校订，徐调孚，周振甫，注．北京：人民文学出版社，1960：198.
3. 况周颐，王国维．蕙风词话·人间词话［M］．王幼安，校订，徐调孚，周振甫，注．北京：人民文学出版社，1960：203.

人迟暮”之感。我们是否也可以据此批评王国维“深文罗织”呢？我们又该如何看待《人间词话》中呈现出来的这一矛盾现象呢？这个问题极易引起人们的误解，故而急需加以辨别。

叶嘉莹很早就注意到这个问题了。在《王国维及其文学批评》一书中，叶嘉莹认为王国维对以上各家词句的解说“只不过是他自己读词时的一种联想而已”，并引孔子“诗可以兴”的说诗方式以证“以一己之联想来引申诗义”的合理性来对王国维加以回护。同时，叶嘉莹批评以张惠言为代表的常州词派“寄托”说：“常州派说词必指作者为确有如此之用心”“张氏之解说全以表面之字义为基础”[1]。叶嘉莹此处的讨论为后来再论张惠言与王国维定下了基调。但叶嘉莹对这个问题的思考从未停止，随着叶嘉莹自己词学理论的成熟，特别是自其强调“词体特殊美感”以来，叶嘉莹越来越多地给予张惠言正面评价。“词有言外之意，所以引起了后人许多不同的看法……（这些看法大致）可以分为两大派别：一个是张惠言《词选》的说词方式；一个就是王国维《人间词话》的说词方式。”[2]

在《常州词派比兴寄托之说的新检讨》《论词学中之困惑与花间词之女性叙写及其影响》《迦陵随笔》等诸多文章中，叶嘉莹借助西方现象学、符号学、诠释学、接受美学等西方理

1. 叶嘉莹．王国维及其文学批评［M］．北京：北京大学出版社，2008：271–274.
2. 叶嘉莹．从一个新论点看张惠言与王国维二家说词的两种方式［M］// 缪钺，叶嘉莹．灵谿词说正续编．北京：北京大学出版社，2014：706.

论，结合古代诗学比兴论诗及诗可以兴的传统阐释张王二家之别，前者是“比”的方法，运用语言“语序轴”可以形成一个带有民族性和历史性的文化语码，这个文化语码不断地提示你要从传统的角度、从自身的学术背景和文化立场去理解你所要阐释的作品；后者则是“兴”的方法。“诗可以兴”是孔子关于诗歌功能的最重要的观点。关于“兴”，孔安国释为“引譬连类”，朱熹注为“感发意志”，叶嘉莹也是以这一原则阐发赋比兴的，同时叶嘉莹非常重视诗歌兴发感动的作用，正是因为自由联想，诗歌才具有无比丰富的意义。因此，在叶嘉莹看来，由于有了传统诗学的支持，王国维的解说自然圆通而为人接受，张惠言则滞于政教之用而牵强保守。叶嘉莹的分析似乎区分了两派的高下，但是，叶嘉莹的讨论有未尽之处。

罗钢将张惠言、王国维二者之差异置于中西美学的对比中展开分析，通过中西方两种不同的宇宙观对张王二人哲学观念产生不同的影响中寻找原因。在正式展开分析之前，罗钢同样从现代阐释学的角度寻找根据，从而改变了我们提出问题的方式：“我们需要提出的问题不再是他们的阐释是否符合词作者的创作意图，并据此判定其合法或谬误，而是他们的阐释究竟联系于哪一个‘阐释共同体’；这个‘阐释共同体’共同信奉和遵循一些什么样的文学原则；这些文学原则又是如何制约着共同体成员具体的阐释行为，并最终保证了这种阐释的有效性。"[1]所谓"阐释共同体"即集体决定文学标准并保证其效力的社会共同体。

在罗钢看来，受中国传统诗学的深刻影响，张惠言"比兴""寄托"说词把思想内容和艺术表现两个方面的问题一并解决了。"在中国古代诗学中，比兴不仅关乎思想内容，也关乎艺术表现。……'依诗取兴、引类譬喻'……这种观念不仅源远流长，而且本身就构成了从《诗经》开始的比兴诗学传统的一个不可或缺的组成部分。"[2]张惠言把这种方式发展成一种完整的批评方法，经过周济、谭献等人的揄扬，终于使"比兴""寄托"成了常州词派作为一个阐释共同体普遍认可的基本纲领：力图通过重建诗歌与历史的关系，以政治性和道德性的文学批评来阐发作品的思想意义。

王国维是站在这一立场之外的。比张惠言等常州词派更幸运的是，王国维在构建自己的理论体系时，可以同时利用来自西方近代美学特别是德国古典美学和中国古代诗学两份不同的理论遗产，取外来之观念与本土之观念，从而构建起自己的新的观念。深受以康德、叔本华为代表的德国古典美学影响的王国维，对常州词派的"比兴""寄托"观念采取了一种拒斥的态度，按照康德"美不涉及利害"的观念，王国维"尽管并不

1. 罗钢 . 传统的幻象：跨文化语境中的王国维诗学 [M]. 北京：人民文学出版社，2015：209.
2. 罗钢 . 传统的幻象：跨文化语境中的王国维诗学 [M]. 北京：人民文学出版社，2015：211.

拒绝在艺术手法的意义上使用比兴的概念，但他对‘美刺比兴’的观念却是坚决排斥的”[1]。西方思想中本体论的观念影响深远，受此观念的影响，王国维试图寻找超越性和普遍意义的“宇宙人生”，但“王国维所谓的‘忧生忧世’也只是西方近代悲观主义哲学的一种跨文化的变体”[2]。与张惠言不同，王国维的说词方式遵循着叔本华等西方思想家指引的路径，基本上依据诗歌与形而上学的关系来阐发作品的思想意义。

罗钢的论述表明，张惠言、王国维二人的说词方式并没有高下之别，只是所依据的阐释共同体不同，二者都有其内在的合理性与合法性。作为一种阐释方式，张惠言的思路对当下的文学理论建构或许仍有启示意义。

1. 罗钢 . 传统的幻象：跨文化语境中的王国维诗学 [M]. 北京：人民文学出版社，2015：220.
2. 罗钢 . 传统的幻象：跨文化语境中的王国维诗学 [M]. 北京：人民文学出版社，2015：225.

# 第五章　现代诗学视野下的“寄托”

作为常州词派的理论核心，“寄托”在长期的演变过程中逐渐与“比兴”分离从而获得独立的审美意义，成为独立的词学研究范畴。这是“诗言志”在词学中的落实，也是对词体美学特质的确认。“寄托”作为独立范畴，赋予读者参与重建文本意蕴的权利，赋予词学一种几乎全新的阐释模式和批评话语。在解决“言”“意”矛盾的策略上，“含蓄”的美学效果是言尽而意未尽，已经知晓的意义在外表的文字中表露无遗，期待探究的意义在表层文字之外；“寄托”则追求言在此而意在彼的艺术效果。张惠言坚守着儒家以德为本、美善相兼的悠久传统，推求词旨时表现出泛政治化的倾向，也有一定的合理性。

# 第一节 “寄托”脱离“比兴”作为独立范畴的意义

“寄托”，作为常州派的词学范畴虽然晚出，却是对整个中国诗学史“比兴寄托”说的总结。钱锺书在《谈艺录·随园论诗中理语》中系统地进行了寻源溯流式的研究和评论。从《诗大序》的“比兴之义”和王逸《离骚经序》的“香草美人”开始，“比兴寄托”之说即在中国诗学史上流行开来。“风气既丌，囿人难拔。香艳之篇什，淆于美刺之史论。至吾州张氏兄弟《词选》，阐‘意内言外’之旨，推‘文微事著’之原，比傅景物，推求寄托，‘比兴’之说，至是得大归宿。”[1]

所谓“大归宿”，即以《诗大序》“比兴”说诗为开端的方式，到常州张惠言发端的“寄托”说得以完备。这就充分肯定了“寄托”说作为“比兴”诗学的总结地位。但钱锺书在这里仍然将“寄托”理解为汉儒式的索引比附，这种理解体现了现代学者对常州词派“寄托”论词的总体评价，但在一定程度

1. 钱锺书．谈艺录［M］. 北京：中华书局，1993：231.

上却忽视了“寄托”论词在批评实践过程中的深度阐释模式与美学张力。

## 一、“寄托”何以可能成为独立的审美范畴

张惠言并没有直接使用“寄托”这一术语。在《词选》及其对唐宋词的评介中，张惠言使用的是“比兴”“所兴”“寄意”“寓意”“用意”“所指”等词。这一方面说明张惠言并没有为词学建构“寄托”范畴的自觉意识，另一方面也说明古代诗学范畴内涵的丰富性与含混性。就“寄托”而言，自诞生之日起，就经常与“比兴”缠绕在一起，殊难分解，以至于有人认为“比兴”就是“寄托”，“寄托”就是“比兴”，很少去做区分。“所谓‘寄托’与‘比兴’犹如镜之两面，一明一暗，一表一里。”[1]因此要考察“寄托”，我们的辨析首先应该从这里开始。

李健在《比兴思维研究》中认为“比兴寄托”是弥漫于古典的艺术思维主潮。“比兴寄托又简称兴寄，这一概念肇始于汉代。……比兴与寄托似乎是同义反复的两个词，两者可以相互包容，比兴中有寄托，寄托必用比兴。”[2]在李健看来，王逸

---

1. 刘贵华．略论清代常州词派的比兴寄托理论 [J]. 广西社会科学，2005（07）：78–81.
2. 李健．比兴思维研究 [M]. 合肥：安徽教育出版社，2003：112–113.

《离骚经序》提出的“香草美人”的笔法是“以实证的方法分析屈原《离骚》中的比兴寄托。比兴寄托的含义在这里已经和盘托出，它是从比兴逐渐演化而来的诗学批评概念”[1]。

诚然，“寄托”是从“比兴”逐渐发展而来的范畴，作为思维方式的“寄托”和“比兴”在诗词的创作实践中更是有着诸多的一致性，所以“寄托”之中包含有“比兴”的传统内容，是毫无疑问的。但据此认定二者就是一回事，显然是不合适的。这既是后世文人无意开拓“寄托”理论的缘由，也是后世文人长期以来有意无意地忽视、贬低“寄托”理论价值的原因。故而特别引起我们注意的是以张惠言为代表的常州词派对“比兴”的继承与超越，使得“寄托”这一范畴从“比兴”中独立了出来。李旭《中国诗学范畴的现代阐释》即从这一角度理解“寄托”，并将其定位为“常州派词学的基本范畴”。“本来‘比兴’‘寄托’就常州派词学来说是同等程度的范畴，意义基本相同，不可拘泥于词语。但考虑到‘比兴’在诗学中使用时间更长，涉及范围更广，我们选用‘寄托’作为词学范畴，来揭示词体美学的一些独特的内涵，其中很多意义仍然是和‘比兴’相通的。”[2]“不可拘泥于词语”是指陈匪石《声执·比兴》认为“张、周二氏之言又即《毛诗》学者之所谓‘兴’也。……

---

1. 李健．比兴思维研究［M］. 合肥：安徽教育出版社，2003：113.
2. 李旭．中国诗学范畴的现代阐释［M］. 上海：上海古籍出版社，2009：182.

名以‘寄托’，虑犹涉迹象也。”[1]在李旭看来，选用“比兴”还是“寄托”作为常州派词学的基本范畴并没有实质意义的区别，仅仅是词语的差异而已，又因为常州派词学揭示了词体美学的一些独特内涵，故选用“寄托”以便于强调同诗学中使用时间极长的“比兴”的差异。似乎是说选用“寄托”作为常州派词学的基本范畴仅是为了行文的方便，并非为了辨别“比兴”和“寄托”的关系。

我们认为，将“比兴”和“寄托”分别限定在诗学和词学范围内，是大致妥当的。这一限定并非简单地区分诗与词二者的范围，而是从“比兴”和“寄托”这两个范畴对诗学和词学这两种体裁确实有着不一样的意义来着眼的。特别是对词学而言，以张惠言为开端的常州词派提出“寄托”这一范畴，自有其意义在：首先，这是中国古代诗学的开山纲领——“诗言志”在词学中的落实，“诗言志”的触角深入到词学的领地并将其笼罩；其次，这也是对词体美学地位的确认，是对词体审美特质的体认。经学思维、诗学背景、政教诉求，是张惠言词学思想展开的理论基石，正是在此基石之上，张惠言才合乎逻辑地提出“意内言外”，才以“诗之比兴”来规范“词之寄托”。这一思维理路经过周济的推衍，在词学领域开拓出独立的“寄托”范畴。“寄托”对于“词学”的标志意义即在于此。

---

1. 陈匪石．声执·比兴 [M]// 夏承焘，等．词学：第 1 辑．上海：华东师范大学出版社，1981：172.

20 世纪 30 年代，詹安泰发表《论寄托》一文，名动词坛。在这篇文章中，作者第一次以现代学术的眼光对“寄托”进行了理论上的审视。尽管前有谭献“以有寄托入、以无寄托出，千古词章之能事尽，岂独填词为然”的高论，但詹安泰的论述仍然将其严格地限制在词学的领域之内，不越雷池一步。这足以说明“寄托”对于词体的独特意义，也说明了“寄托”成为独立的审美范畴的可能。

## 二、“寄托”审美范畴从依附到独立

考察“比兴”和“寄托”的历史发展过程，有助于辨析二者之间的内在区别与有机联系。

“比”“兴”这两个术语首次出现在《周礼·春官·大师》：

> 大师……教六诗：曰风、曰赋、曰比、曰兴、曰雅、曰颂。[1]

《周礼》并没有对其做出具体的解释。其后，《诗大序》改“六诗”为“六义”：

---

1. 阮元．十三经注疏［M］. 北京：中华书局，1980：796.

诗有六义焉：一曰风、二曰赋、三曰比、四曰兴、五曰雅、六曰颂。[1]

《诗大序》的这一改动表明汉代经师对《诗经》的关注重点发生了改变：汉儒不再关注《周礼》强调的音乐性，而是把焦点集中于诗歌内容所展现的政治教化作用。孔颖达的疏解便是在这一意义上展开的：

风雅颂者，诗篇之异体；赋比兴者，诗文之异辞耳。大小不同而得并为六义者，赋比兴是诗之所用，风雅颂者是诗之成形。用彼三事，成此三事，是故同称为“义”，非别有篇卷也。[2]

孔疏显示出“释义”的努力，完全将“比”“兴”界定为诗歌艺术手法。这是对郑众“比、兴”之释的继承。郑众注《周礼·春官·大师》：

比者，比方于物也。兴者，托事于物。[3]

---

1. 阮元．十三经注疏［M］. 北京：中华书局，1980：271.
2. 阮元．十三经注疏［M］. 北京：中华书局，1980：271.
3. 阮元．十三经注疏［M］. 北京：中华书局，1980：796.

孔疏对此同样有阐述：

> 比者，比方于物，诸言如者皆比辞也。兴者，托事于物，则兴者，起也。取譬引类，起发己心。[1]

孔颖达阐述“比”重在比拟，阐释“兴”重在发端。所谓“兴发感动”就源于此。这种不涉及政教的观点对南北朝诗文评产生了极大影响。黄侃因此特别称赞刘勰“辨比兴之分，最为明晰；一曰起情与附理，二曰斥言与环譬，介画憭然，妙得先郑之意矣”[2]。与郑众不同，汉末经学大师郑玄注“比”“兴”，将其与诗歌表达情感的委婉方式联系起来：

> 比，见今之失，不敢斥言，取比类以言之。兴，见今之美，嫌于媚谀，取善事以喻劝之。[3]

这种委婉含蓄的表达方式显然与《诗大序》“主文而谲谏”的内在思路有着一致性，也启示着后世“寄托”意识的苏醒。先于郑玄的王逸，“以实证的方法”分析出屈原《离骚》中的

---

1. 阮元 . 十三经注疏 [M]. 北京：中华书局，1980：271.
2. 黄侃 . 文心雕龙札记 [M]. 上海：华东师范大学出版社，1996：221.
3. 阮元 . 十三经注疏 [M]. 北京：中华书局，1980：271.

“善鸟香草，以配忠贞，恶禽臭物，以比谗佞”的特殊用法，更是这一思路的典型表现，《离骚》“寓托”意识跃然纸上。

两汉之后的六朝，经学衰落，玄学大盛，审美成为时代的主潮。虽然六朝人仍然分别解释“比”“兴”，但已经开始强调“比兴”的连用了。此外，讽谏的要求已经匿迹。刘勰《文心雕龙·比兴》之赞语：

> 诗人比兴，触物园览。物虽胡越，合则肝胆。拟容取心，断辞必敢。攒杂咏歌，如川之涣。[1]

王元化认为刘勰坚持“比兴”必须综合在一起，因此在《比兴》篇的论述中肯定了“讽兼比兴”的《楚辞》而批评了“用比忘兴”的辞赋。“‘用比忘兴’也就是徒知取象而不知示义，徒知拟容而不知取心的意思了。”[2] 总览全文，刘勰《比兴》篇强调“比兴”作为艺术手法可以使文章更加生动隐约。刘勰的贡献，首先是将“比兴”结合在一起使用，其次是使“比兴”从强调讽谏转而强调托物言情言志。刘勰之后，钟嵘将赋、比、兴名为“三义”，“寓托”意识更加明显。

> 故诗有六义焉：一曰兴，二曰比，三曰赋。文已尽而

1. 刘勰 . 文心雕龙注 [M]. 范文澜，注 . 北京：人民文学出版社，1958：603.
2. 王元化 . 文心雕龙讲疏 [M]. 桂林：广西师范大学出版社，2004：164.

意有余，兴也；因物喻志，比也；直书其事，寓言写物，赋也。[1]

钟嵘强调“兴”的委婉含蓄，使“文已尽而意有余”，对常州词派周济的“寄托出入”说有直接影响。钟嵘也是将“比兴”合在一起使用，而且同“赋”一起交错运用，这样就可以解决表“意”之“深”与“浮”的问题了，作品主旨的合理表达受到关注。作品主旨的表达方式受到关注之前，首先要检讨的就是作品有无主旨。钟嵘论诗的标准便以“寄托”之有无、“寄托”之深浅为其重点。在具体的品评中，有如下评语：“托谕清远，良有鉴裁”（评嵇康）、“言在耳目之内，情寄八荒之表”（评阮籍）、“托咏灵芝，怀寄不浅”（评郦炎）、“其体华艳，心托不奇”（评张华）。这里开始透露出“比兴”向“寄托”转型的信息。

唐代，以陈子昂为代表的儒家诗学提出“兴寄”的概念，是对汉儒“比兴”诗学言志、讽喻和美刺的一次体认，也是“寄托”观念的一次较大发展。唐代诗人大多在陈子昂“兴寄”的口号下进行诗歌创作。白居易也十分强调“比兴”，并在内容上赋予它一种批判现实的规定性。白氏赞美张籍的乐府诗“风雅比兴外，未尝著空文”，论自己的诗“率有兴比，淫文艳

1. 钟嵘．诗品 [M]// 曹旭．诗品集注．上海：上海古籍出版社，1994：39.

韵，无一字焉”，又说“自拾遗以来，凡所遇所感，关于美刺比兴者……谓之讽喻诗”。可见他所谓的“比兴”，是和“美刺”“讽喻”紧密联系在一起的，具有极强的现实针对性与干预性。这既是对六朝诗歌风气的反拨，也是向汉儒解诗的回归。朱自清对白居易“比兴”论诗的意义看得很明白，《诗言志辨》有云：

> 至于论诗，从唐以来，“比兴”一直是最重要的观念之一。后世所谓“比兴”虽与毛、郑不尽同，可是在论诗的人所重的不是“比”“兴”本身，而是诗的作用。白居易是这种诗论最重要的代表。……后世论诗所说的“比兴”并不是《诗大序》的“比”“兴”了。可是《大序》的主旨，诗以“经夫妇，成孝敬，厚人伦，美教化，移风俗”，“发乎情，止乎礼义”，却始终牢固的保存着。这可以说是“诗教”，也可以说是“诗言志”或诗以明道。代表这意念的便是白氏所举“风雅”“比兴”“美刺”三个名称。……白氏以后，“比兴”这名称用得最多。[1]

在古代诗学批评史上，“比兴”的重要性和复杂性在这里再次得到体现。不仅如此，“比兴”的观念蔓延于词。这是“比

---

1. 朱自清．诗言志辨 经典常谈 [M]. 北京：商务印书馆，2017：101–102.

兴”诗学观念笼罩性影响的结果，也为“寄托”在词中的出现再次注入理论的活力。

宋人已经开始以“比兴”“寄托”论词了，但将“寄托”观念真正发扬光大的还是张惠言等常州词派健将。张、周二氏之后，畅论“寄托”者如陈廷焯《白雨斋词话·自序》：“夫人不能无所感，有感不能无所寄。寄托不厚，感人不深”；刘熙载《艺概·词曲概》：“词之妙莫妙于以不言言之，非不言也，寄言也。如寄深于浅，寄厚于轻，寄劲于婉，寄直于曲，寄实于虚，寄正与馀：皆是”；沈祥龙《论词随笔》：“咏物之作，在借物以寓性情，凡身世之感，君国之忧，斯寄托遥深，非沾沾焉咏一物矣”。[1]张、周二氏之后，以“寄托”论词为词人之习语，“自常州诸词老论词专重意格，盥言比兴，力崇词体，上媲风骚，以深美闳约为主，以醇厚沉着为归，阐发‘意内言外’之旨。于是‘寄托’之说，霞蔚云蒸，倚声之士，咸极重视”[2]。“寄托”在千余年的流变中终于正式成为中国词学的核心范畴之一。“以有寄托入、以无寄托出，千古词章之能事尽，岂独填词为然？”在谭献看来，“寄托”不仅仅是“填词”所独具的艺术途径，也是一切文学创作所具有的普遍规律。

---

1. 唐圭璋．词话丛编 [G]. 北京：中华书局，1986：4058.
2. 詹安泰．论寄托 [M]// 龙榆生．词学季刊：第 3 卷．上海：上海民智书局，1936：11.

“寄托”作为独立的范畴，对中国诗学究竟有什么意义？要回答这个问题，首先还得回到传统诗学的发端处。

中国“诗学”传统是从“学诗”开始的，“不学诗，无以言”乃圣人雅训。“学诗”的第一步就是通过对语言文辞的理解从而知晓诗歌的意义与诗人的志向和意图。《万章》篇记载孟子和学生咸丘蒙“学诗”时的一次对话：“说诗者不以文害辞，不以辞害志，以意逆志，是为得之。”孟子从性善论出发，认为人的天性都是一样的，解说诗歌的说诗者是完全有可能理解创作诗歌的作诗者之内在动机与创作意图的。古代的注疏传统常常把焦点集中在“说诗者”的“意”与“作诗者”的“志”能否契合的问题上，因为诗是言志的。在强大的作者中心论的宰制下，读者常常处于从属的地位；面对作者的绝对权威，读者往往居于被动的位置，无法对诗歌文本的意蕴提出独立的见解。所以，我们经常看到，对张惠言最有力的反驳是“知人论世”：考查作者的创作意图与作品产生的时代背景。而被张惠言作为旗帜而揄扬的温庭筠，李冰若就曾有批评。对张惠言批评实践的最大指责是疏于考证、不辨本事。谢章铤就曾说“《尊前》《花外》……必欲深求，殆将穿凿”，“东坡之《乳燕飞》，稼轩之《祝英台近》，皆有本事，见于宋人之纪载。今竟一概抹杀之……独创新说”。[1]王国维更是声称：“固哉皋文之为词

1. 唐圭璋．词话丛编 [G]．北京：中华书局，1986：3486.

也！飞卿《菩萨蛮》、永叔《蝶恋花》、子瞻《卜算子》，皆兴到之作，有何命意？皆被皋文深文罗织”[1]。传统掌握着一个我们必须服从的权威，并且总是处于自我生成的过程中，后来者只需对其加以称颂，作为其盟友，便可安然分享传统的权威进而成为传统的一部分。挑战传统总是充满风险的，而这也是张惠言屡屡受到批评的根本原因。

我们知道，文本的意义并不天然就是作者的意图，文本不是一个固定的容器，作者的意图也不是随物赋形的万斛泉源。阅读始终是一个动态的过程，所有的理解都是生产性的，理解的目的是添加意义而不是寻找意义，理解总是另有所解，可以有多种不同的有效解释。为了使文学发生，读者其实和作者一样重要。谭献以周济“寄托出入”说为本，明确提出了“作者之用心未必然，读者之心何必不然”的时代强音。事实上，尽管常州词派在建构“寄托”解词的过程中有着极端化的表现，张惠言的“寄托”也说确实存在穿凿附会的缺陷，但不可否认的是，“寄托”作为独立范畴，赋予读者参与重建文本意蕴的权利，赋予词学一种几乎全新的阐释模式和批评话语。而以读者为中心的批评模式，直到接受美学的兴起才逐渐为大家认可。

---

1. 况周颐，王国维．蕙风词话·人间词话［C］. 王幼安，校订，徐调孚，周振甫，注．北京：人民文学出版社，1960：233–234.

# 第二节 “寄托”与相关范畴比较

“寄托”作为独立范畴，是与“意内言外”紧密联系在一起的。言能否尽意是哲学持续探讨的问题，也是诗学“含蓄”“象征”的哲学基础。

## 一、“寄托”与“含蓄”

庄子笔下轮扁对“言能尽意”的嘲讽，始终是中国文学传统的心结，“言”“意”之间的关系也一直是传统文学批评关注的核心问题之一。“含蓄”与“寄托”作为两种解决言意间距与矛盾的手段，常常被混为一谈：“诗之至处，妙在含蓄无垠，思致微渺，其寄托在可言不可言之间，其指归在可解不可解之会。言在此而意在彼，泯端倪而离形象，绝议论而穷思维，引人于冥漠恍惚之境，所以为至也。”[1]叶燮的论点代表的是当时普遍的看法，但事实上，“‘言外之意’，说诗之常，然有含蓄与寄托之辨。诗中言之而未尽，欲吐复吞，有待引申，俾能圆足，

1. 叶燮．原诗笺注［M］. 蒋寅，笺注．上海：上海古籍出版社，2014：193.

所谓‘含不尽之意，见于言外’，此一事也。诗中所未尝言，别取事物，凑泊以合，所谓‘言在于此，意在于彼’，又一事也，前者顺诗利导，亦即蕴于言中；后者辅诗齐行，必须求之文外。含蓄比于形之于神，寄托则类形之于影”[1]。由此可知“含蓄”和“寄托”是两回事。

“含”字出现的确切年代难以考证。据陈博考证：“含”的初始意义为“含物”，先秦用例罕见。《汉语大字典》《辞海》等辞书中均认为“含”在此意义基础上分蘖出两类意义，第一类为以“含物”为基础而衍生出“包容、宽容；藏在里面，包含；包含未露；忍受；宽”等意义；第二类为通假字，意为“古代放在死者口里的珠玉等物品，后作‘琀’”，属丧葬礼仪。[2] 陈博认为现代辞书编纂者受许慎影响，认为第一类意义早于第二类意义。事实果真如此吗？依据人类学常识，陈博推断：“葬丧传统中的‘含玉’现象是第一类意义得以产生的根源。先民对人死后灵魂的畏惧使其注重丧葬礼节，从而造‘含’字以记录。”由此形成“含玉”文化。《春秋公羊传·文公五年》中记载：“含者何？口实也。”何休注曰：“缘生以事死，不忍虚其口，天子以珠，诸侯以玉。”在此葬礼中，“口中所含之物不仅表现出了先民对生命本体的敬畏与追寻，也展现了其包蕴神

1. 钱锺书．管锥编［M］. 北京：中华书局，1979：108.
2. 汉语大字典编辑委员会．汉语大字典［M］．湖北辞书出版社、四川辞书出版社，1986：592.

性的媒介功能。对生命本体的注重以及对其超越个体的延伸能力的关注深层地影响着中国文化，使其能够包容与整合异质文化。”[1]

“蓄”的本字为“畜”，本义为豢养动物，表征了先民诗性思维模式下的“动物崇拜”观念，在祭祀仪式中起到“协于上下”的媒介功能，担负着沟通天人的职责。随着人们审美意识的觉醒，器皿表面的动物造型逐渐受到重视，成为我国造型艺术的重要组成部分。

“含蓄”这个词虽然出现较晚，杜甫《课伐木》“舍西崖峤壮，雷雨蔚含蓄”之句或许是“含蓄”一词的首现，是对雷雨的生动描摹。“含蓄”成为诗学的一种审美范畴，大致起于中唐皎然《诗式》。皎然释“辨体一十九字”第九字“思”为：“思，气多含蓄曰思。”[2]韩愈《题炭谷湫祠堂》有“森沈固含蓄，本以储阴奸”之句，其后“含蓄”一词便流行起来，意为“在一定的空间内包含积蓄着某些事物”。

在解决“言”“意”矛盾的策略上，“含蓄”注重的是“含不尽之意见于言外”的美学效果，一唱三叹、余味无穷是它的美学特征。它要求在有限的语言文字之内表达无限多重的意蕴，引发读者无限的联想，故而“文外之旨”“文外重旨”就成为

1. 陈博．“含蓄”范畴新释与含蓄诗学体系建构 [M]. 桂林：广西师范大学出版社，2010.

2. 何文焕．历代诗话 [C]. 北京：中华书局，1981：36.

特别重要的手段。刘勰在《隐秀》篇中强调“隐也者，文外之重旨者也”，“隐以复义为工”，可以说首次发现“含蓄”的美学效果在于话语蕴藉的多重性。“隐”在一定程度上解决了言意之辨的难题。刘勰不仅解释了何者为“隐”，同时也说明了“隐”所达到的艺术效果：“使酝藉者蓄隐而意愉，英锐者抱秀而心悦。”《定势》篇中刘勰将命意浅显直白的作品全部称为“综意浅切者，类乏蕴藉”，可见其对“蕴藉”之美的重视。可以说，刘勰笔下的“隐”就是后世所称的“含蓄”。刘勰极力倡导“深文隐蔚，余味曲包”之作，影响到皎然的诗歌理论，“两重意之上，皆文外之旨……但见性情，不睹文字”，进一步丰富了“含蓄”的多重蕴藉性。其后，司空图在《二十四诗品》中将“含蓄”表述为“不着一字，尽得风流”，极力突破语言的局限性与有限性，增强文字的修辞性、修饰性与暗示性，给读者一个无限自由的联想空间，使“象外之象”“景外之景”“味外之味”“韵外之致”充分激发读者在有限的语言文字之外体味无限的意蕴。

到了宋代，“含蓄”逐渐成为一种文学批评标准，频繁出现在理论家的诗话著作中。姜夔在《白石道人诗说》中强调：“语贵含蓄。东坡云：‘言有尽而意无穷者，天下之至言也。’山谷尤谨于此。清庙之瑟，一唱三叹，远矣哉！后之学诗者，可不务乎？若句中无余字，篇中无长语，非善之善者也；句中有余味，篇中有余意，善之善者也。”欧阳修《六一诗话》：

“状难写之景如在眼前，含不尽之意见于言外。”张戒在《岁寒堂诗话》中点评杜牧的诗句“多情却是总无情，惟觉樽前笑不成”，称其“意非不佳，然而词意浅露，略无余蕴”。宋人重视“含蓄”，不仅视其为艺术风格，更是诗歌优劣的标尺。

明代陆时雍称赞杜甫的七言律诗含蓄蕴藉：“少陵七言律，蕴藉最深。有余地、有余情。情中有景，景外含情。一咏三讽，味之不尽。”[1] 清初诗论家也非常赞赏杜甫的诗歌，诗论家品评杜诗的出发点也正是以“含蓄”审美范畴为旨归，从而达到对杜诗的深层次剖析。王士祯说：“至杜少陵乃大惩厥弊，以雄辞直写时事，以创格而纾鸿文，而新体立焉。较之白太傅讽喻诗《秦中吟》之属，及王建、张籍新乐府，倍觉高浑典厚，苍凉悲壮。此正一主于赋，而兼比兴之旨者也。以贯六义，无遗憾矣。”[2] 王士祯十分推崇“不著一字，尽得风流”的审美风格。他在《带经堂诗话》中说：“或问‘不著一字，尽得风流’之说。答曰：太白诗：‘牛渚西江夜，青天无片云。登高望秋月，空忆谢将军。余亦能高咏，斯人不可闻。明朝挂帆去，枫叶落纷纷。’……诗至此，色相俱空，正如羚羊挂角，无迹可求，画家所谓逸品是也。”[3]“含蓄”是中国诗学与美学的重要范畴之一，其哲学基础是言与意之间存在的矛盾关系。在这个独特的

1. 陆时雍 . 诗镜总论［M］. 北京：中华书局，2014：166.
2. 王夫之，等. 清诗话［G］. 上海：上海古籍出版社，1978：140.
3. 王夫之，等. 清诗话［G］. 上海：上海古籍出版社，1978：140.

哲学基础之上，言意之间的矛盾张力构成了文学“言有尽而意无穷”的特殊效果。

陈廷焯也曾对“含蓄”与他所谓的“沉郁”作过区分：“含蓄之根柢浅，沉郁之意境深。”在这里陈廷焯批评“含蓄”之根柢浅，是因为与“沉郁”相比较，它缺乏深厚的历史和思想内涵，没有寄托。他的批评指出了“含蓄”与“寄托”的另一种分别：二者是在中国诗歌发展过程中逐步地形成的。在中国诗学发展史与诗学观念上，司空图的“不着一字，尽得风流”、严羽的“兴趣”、王士祯的“神韵”大约都可以归入“含蓄”的知识谱系。“寄托”则导源于《楚辞》的“香草美人”观念，是在汉代“美刺比兴”的基础上发展起来的。在清代，前者的代表是王士祯的“神韵”说，后者的代表则是常州词派的“比兴寄托”之论。万云骏曾解释“寄托”说：“何为寄托，就其形式而言，和一般比兴差不多，但就其内涵而言，则必须带有比较重要的社会内容。”[1]

我们知道，张惠言具有深厚的经学背景，是清代易学三大家之一，其言“寄托”，力主微言大义。“含蓄”的美学效果是言尽而意未尽，已经知晓的意义在表层文字中表露无遗，期待探究的意义在表层文字之外。“寄托”则追求言在于此而意在于彼的艺术效果，正所谓“言在耳目之内，情寄八荒之表”。

---

1. 万云骏．清真词的比兴与寄托［C］// 华东师范大学中文系中国古典文学研究室．词学论稿．上海：华东师范大学出版社，1986：179.

作为一种策略，“寄托”是主体情感有意识地进行自我遮蔽的手段，侧重于诗人情志隐蔽化的表达，属于创作手段。晚清学者刘熙载的《艺概·词曲概》对此有很好的表述：“词之妙莫妙于以不言言之，非不言也，寄言也。如寄深于浅，寄厚于轻，寄劲于婉，寄直于曲，寄实于虚，寄正与余。”[1]词具有抒写文人隐秘情志的独到品质，张惠言在《词选序》中反复致意“风谣里巷男女哀乐”“贤人君子幽约怨悱不能自言之情”以及“低徊要眇”之情，均可以通过词体来描述，使之获得独立的审美意义。“寄托”所承载的情志，往往为主体所刻意遮蔽，“以不言言之”。托物言志或托物寄情是“寄托”最常见的艺术手法，它强调的是对“物”的依赖。这种依赖。或延续了寄情于物之际的情感，或转化为作者刻意表达的意志，是从假借于物开始最终超越假借于物而达到物我交融的结果。正如钱锺书所言，“寄托”则如形与影，以影写形，以虚显实，是一种对直达方式的回避。而作为艺术手段，“寄托”具体变现为通过意象与事象的塑造编织来实现，同时，它要求饱满的情感与意志落实于词体之中。

1. 刘熙载．艺概注稿［M］. 袁津琥，校注．北京：中华书局，2009：564.

## 二、“寄托”与“象征”

目前，学术界对“寄托”与“象征”之间的异同鲜有辨析，且往往等同视之。如游国恩在评论《楚辞》时说道：“《离骚》的比兴与所表现的内容合而为一，具有象征的性质。……如草木、鱼虫、鸟兽和风云雷电都赋予了生命，让它们活动，甚至让它们有人的意志，用以寄托诗人的思想感情。”[1]刘学锴评价李商隐的诗歌：“由于比兴与寄托的广泛运用，诗歌内容的蕴藉与诗歌意象的暗示性大大增强了。”[2]“寄托”与“象征”是中国诗学中常见的两种艺术表现手法。在早期具有“寄托”意味的作品中，“象征”的意义比较单一，《诗经·硕鼠》《诗经·硕人》等篇中托体与托意之间的对应关系非常明显，屈原的《橘颂》也没有超出“香草美人”的单一指向。

朱自清在《诗言志辨》一文中认为“《楚辞》的‘引类譬喻’实际上形成了后世‘比’的意念。后世的比体诗可以说有四大类：咏史，游仙，艳情，咏物”。[3]咏史诗是以古比今，游仙诗是以仙比俗，艳情诗是以男女比君臣，咏物诗是以物比人。因此，《楚辞》中屈原大量使用“香草美人”手法，大大发展了《诗经》“比”的艺术手法，形成后世所谓的“比体诗”，

---

1. 游国恩．中国文学史：第 1 册 [M]. 北京：人民文学出版社 .1963：99.
2. 刘学锴，余恕诚．李商隐诗选 [M]. 北京：人民文学出版社，1986：25.
3. 朱自清．诗言志辨 经典常谈 [M]. 北京：商务印书馆，2017：88.

所谓“比体”，正是我们常说的“寄托”。和“象征”一样，早期“寄托”的基本特征是只出现托体，而“托义与物”。沈祥龙《论词随笔》说：“咏物之作，在借物以寓性情，凡身世之感，君国之忧，隐然蕴于其内，斯寄托遥深，非沾沾焉咏一物矣。如王碧山咏新月之《眉妩》、咏梅之《高阳台》，咏物之《庆清朝》，皆别有所指，故其词郁伊善感。”[1] 借物以寓“身世之感，君国之忧”，而且“隐然藏于其内”，不能一览无余，这都与“象征”相类而有别于比喻。在这里，“寄托”和“象征”可以看成一个概念的两种表述。

但是，作为诗学概念，“寄托”与“象征”毕竟有异，不可不辨。

在西方诗学与美学中，“象征”是一个很重要的问题，内涵十分丰富、驳杂，并且“不断出现在迥然不同的学科中，因此，用法也迥然不同”[2]。在逻辑学、数学、语义学、符号学、认识论、神学以及文学艺术中被反复使用。早在古希腊时期，艺术理论的“象征”概念就开始萌芽了。鲍桑葵曾在《美学史》中宣称“没有人怀疑伟大的希腊艺术在事实上包含着象征因素”。中世纪时期，神学家开始重视《圣经》故事的象征功能，奥古斯丁曾说：“当我沉思圣人的行径，想象他们是教会的口

---

1. 唐圭璋．词话丛编 [C]. 北京：中华书局，1986.4058.
2. 韦勒克，沃伦．文学理论 [M]. 刘象愚，等译注．北京：生活·读书·新知三联书店，1984: 203..

舌，把人类从错误中拯救出来，我觉得有较大的乐趣……我以最大的兴趣，瞻仰圣人纯洁之身似被剪剃的绵羊……但为什么我看他们做绵羊，便使我的乐趣盎然，苟若圣书无有绵羊为语象不先赋我以成见——圣人虽依旧是圣人——而我的乐趣便较小了，这是另外一个问题，且属很难解答的。然而没有人会怀疑下述事实的真实性，当在某种情况下，知识用语象表达，常能产生较大的乐趣，另一事实是，凡属艰难追寻的东西，一旦到手则乐趣也更大。”“用语象表达”及其让人“艰难追寻”的意义并从中获得更大的乐趣，实际上就是象征暗示的艺术方法。

黑格尔在讨论艺术发展的历史时指出人类艺术的第一种类型就是象征型的。“‘象征’无论就它的概念来说还是就它在历史上出现的次第来说，都是艺术的开始，它只应看作艺术前的艺术。”[1]黑格尔还论述了宗教、神话和象征的关系，他认为，象征的因素有两个：意义及其意义的表现。“象征一般是直接呈现于感性观照的一种现成的外在事物，对这种外在事物并不直接就它本身来看，而是就它所暗示的一种较广泛、较普遍的意义来看。”[2]

黑格尔认为，象征首先是一种符号。作为艺术符号，象征有其特定的意义规定而区别于普通符号或语言符号：“作为

1. 黑格尔．美学：第 2 卷［M］．朱光潜，译．北京：商务印书馆，1979：9.
2. 黑格尔．美学：第 2 卷［M］．朱光潜，译．北京：商务印书馆，1979：10.

象征来用的符号是另一种……象征所要使人意识到的却不应是它本身那样一个具体的个别事物，而是它所暗示的普遍性的意义。”[1]如红色象征热情、玫瑰象征爱情等，使用的语言虽有一定的暗示性，但总的来说是明晰的。黑格尔从美学的角度出发，强调意义及其意义的表现，亦即象征物与其所暗示的意义之间的复杂关系：“意义和形象的直接统一”“形象和意义之间部分的协调”以及“形象和意义之间部分的不协调”。

20 世纪，一批崇尚象征表现手法的诗人从黑格尔的象征理论中获得了灵感，他们将象征普遍应用于文学创作，使象征成为一种具有原创性质的创作方法。

瓦莱里的名诗《风灵》：

无影也无踪
我是股芳香
活跃与消亡
全凭一阵风！
无影也无踪
神工呢碰巧？
别看我刚到
一举成功！

1. 黑格尔 . 美学：第 2 卷［M］. 朱光潜，译 . 北京：商务印书馆，1979：11.

不识也不知？
超群的才智
盼多少偏差！
无影也无踪
换内心露胸
两件一刹那！

瓦莱里以“风灵”（中世纪克尔特和日耳曼民族的空气精）来象征诗人的灵感。灵感到来时，无影无踪，形迹不见，却使诗人茅塞顿开、浮想联翩，创造出优美的作品。瓦莱里的这首诗始终把风灵与灵感融为一体，构成全诗的象征。

随着象征主义的发展，后期的象征主义诗人们为了让诗歌内涵更富于暗示性、联想性、含蓄性，转而追求象征的多义、复杂的特征，在表达抽象的思想观念时更着眼于对诗歌思想内涵的理性探讨，有时甚至将诗歌引入神秘之境。西方诗学中的“象征”，强调形象与思想的内在一体，使人深深体会暗示的意义，并与隐喻、讽寓、兴喻区别开来。德国启蒙思想家莱辛认为象征只是表达艺术思想的一种工具。弗莱在他的诗学专著《批评的解剖》中，按象征的演进过程将文学象征划分为五个层次，即作为符号的象征、作为动机的象征、作为意象的象征、作为原型的象征以及作为单元即作为物质和精神统一体的象征。在文学实践中，大量的象征是“偶然而非故意的”“理性的关联”和“想象”创造出来的。“象征”出自理性的关联，这是“象征”区别于转喻和隐喻的关键。象征物与象征意义之间隐隐约约总是存在着自然的延伸与联结。

韦勒克、沃伦在其合著的《文学理论》中对“象征”有如下认识：象征是一种表现手法，通过一些具体形象来表现某种抽象的概念、情感和思想。韦勒克、沃伦写道：“‘象征’具有重复与持续的意义。一个‘意象’可以一次被转换成一个隐喻，但如果它作为呈现与再现不断重复，那就变成了一个象征，甚至一个象征（或神话）系统的一部分。”[1] 持续而重复地在某一意象与某一意义之间多次联系，意象就存在着转化为象征的可能，比如狮子象征刚强，狐狸象征狡猾，圆形象征永恒。早期文艺作品中的“意象”往往成为后来艺术家笔下的“象征”。

“象征”是用甲事物代表、暗示乙事物，具体物象代表、暗示抽象的情感和观念，但甲事物或具体物象作为表现乙事物或抽象情感和观念的必要手段，是象征创造中的最主要的问题，是象征创造的艺术技巧所欲解决、驾驭的主要对象，它决定了象征的成败。

“象征”是外来词，于新文化运动期间从西方传入中国。在先秦典籍中，虽偶有“象”“征”二字合出的现象，但始终未成为一个专词。如成玄英疏解《南华真经》：“若以言象征

1. 韦勒克，沃伦．文学理论 [M]. 刘象愚，等译注．北京：生活·读书·新知三联书店，1984：204.

求，未穷其趣也。”[1]“象征”真正成词，见于日本学者中江兆民对法国人维隆《美学》一书的翻译《维氏美学》中。事实上，中国哲学思想中的“象征”思维很早就出现了。据说，孔子在为群经之首的《周易》作传，名“十翼”，在《系辞》中特别强调“暗示”的意义。云：“夫《易》彰往而察来，而微显阐幽，开而当名辨物，正言断辞，则备矣。其称名也小，其取类也大。其旨远，其辞文，其言曲而中，其事肆而隐。”[2]在哲学认识论范畴，“象”只是一种抽象的观念符号或图像。

《周易》分经传，传以释经，经含万象。“象”是理解《周易》经传的一个关键。按照《周易》的理解，“象”指卦象和物象，因为《周易》原本为卜筮之书，故“象”实为自然物象与人文事象，而“象”是圣人仰观俯察的结果，其作用在于示人以吉凶祸福，但由于其特殊的思维特征而具有象征性的特点。

在中国诗学传统中，“诗言志”和“诗缘情”均属于奠基性的命题，它们提供了诗歌活动得以成立的根据，“情志”因而成为诗性生命的本根。但要让“情志”呈现为可供观照和传达的对象，必须赋以其“物化”的形态，使之转化为“意象”；“意象”通过语言文字的载体而得到变现，便是诗。正如“情志”理论须在秦汉哲学著作中去寻找资源一样，“象”理论的

1. 南华真经注疏［M］. 郭象，注，成玄英，疏，曹础基，点校 . 北京：中华书局，1988：618.

2. 高亨 . 周易大传今注［M］. 济南：齐鲁书社，1979：580–581.

探索也须循着这条路线。“象”观念及其理论，首见于《道德经》，后见于《周易》。

《周易》中的《系辞传》与《象传》，围绕着《易经》中八经卦和六十四别卦的“象义”而展开，极大地突出了“象”这个范畴，使其成为中国传统文艺的核心范畴之一。《周易》一书先后提及“象”者有如下数次：

1. 在天成象，在地成形，变化见矣。(《系辞上》)

2. 圣人设卦，观象系辞焉而明吉凶。(《系辞上》)

3. 是故君子居则观其象而玩其辞。(《系辞上》)

4. 成象之谓乾，效法之谓坤。(《系辞上》)

5. 圣人有以见天下之赜，而拟诸其形容，象其物宜，是故谓之象。(《系辞上》)

6. 见乃谓之象，形乃谓之器。(《系辞上》)

7. 天垂象见吉凶，圣人象之。(《系辞上》)

8. 八卦成列，象在其中矣。(《系辞下》)

9. 夫乾，确然示人易矣。夫坤，隤然示人简矣。爻也者，效此者也。象也者，像此者也。(《系辞下》)

10. 是故《易》者，象也。象也者，像也。(《系辞下》)

11. 八卦以象告。(《系辞下》)

通观以上诸例，《周易》所说的“象”主要有两种含义：一是指卦象，既指八卦之形象，又指八卦之形象所代表的天（乾卦）、地（坤卦）、山（艮卦）、泽（兑卦）、雷（震卦）、风（巽卦）、水（坎卦）、火（离卦）八种事物之象。八卦重合而为六十四卦，于是又生出六十四种卦象，每一种卦象均有指示吉凶的意义。二是指物象，物象是视觉感官可以感知的具体事物之形象。孔颖达《周易正义》云：“凡《易》者，象也，以物象明人事，若诗之比喻也。”所以，总体来讲，“象”无所不包，是万物之象，有两大类，包括自然物象与人文事象。

《象传》又分为《大象传》和《小象传》。《大象传》从整个卦象出发来阐明象义和卦义，其体例非常整齐明晰，一律由自然物象引申到人文事象，而且人文事象皆以君子的品德修养为主。绝大多数卦的人文事象和自然物象之间是一种异质同构的关系，自然物象的某种特性与人，具体说就是人文事象中的君子的某种精神品质，有着一定的对应关系。形成同构关系的自然物象与人文事象又同为卦象的喻象。

是“象”也者，大似维果所谓以想象示概念。……理赜义玄，说理陈义者取譬与近（人文事象），假象于实（某些自然物象），以为研几探威之津逮，释氏所谓权宜方便也。古今说理，比比皆然。甚或张皇幽眇，云义理之博大创辟者，每生于新喻妙譬，至以譬喻为致知之具、穷理之阶，其喧宾夺主耶？抑移的就矢也？《易》之有象，取譬明理也，“所以喻道，而非道也”（语本《淮南子·说山训》）。[1]

钱锺书的这番议论是就孔颖达《周易正义》关于《象辞》有实象、假象之分而发。它不仅道出了《象传》中“象”的意义，而且对整个“易象”都是非常重要的。

对于《易经》极力突出的“象”，《周易·系辞下》的认识是这样的：

古者包牺氏之王天下也，仰则观象于天，俯则观法于地，观鸟兽之文与地之宜，近取诸身，远取诸物，于是始作八卦，以通神明之德，以类万物之情。……其称名也小，其取类也大。[2]

这可以说是《周易》“象”论的思想纲要，阐释了卦形成的过程，“观象”所以成卦。商周之前，先民以结绳刻木为计，以龟纹和蓍草卜筮，原始的占卜活动与古人对周围事物的观察紧密联系在一起，在长期“观”的基础上，创设了“象”。《周易》从天、地、山、泽、雷、风、水、火等自然现象变化，来

1. 钱锺书．管锥编：第1册［M］．北京：中华书局 .1986：11-12.
2. 高亨．周易大传今注［M］．济南：齐鲁书社，1979：559-581.

预测人事的变化，固然有许多原逻辑性，但又不完全等同原始思维的神秘互渗性。因为“仰则观象于天，俯则观法于地，观鸟兽之文与地之宜，近取诸身，远取诸物”，即是在经验的基础上对自然事物与人事关系归纳总结，爻、象即由这归纳推理得出的结论的符号表现。所以《周易·系辞下》说：“夫《易》，彰往而察来。”因而，“立象”实际上是一个综合、归纳、推理的“抽象”的准逻辑过程。所立之“象”是人通过对自然事物的“类比”而确立的，如《国语·周语下》所说：“象物天地，比类百则。”尽管以自然现象来“类比”社会现象所得出的结论大多为主观产物，但也包含着许多科学的成果。

“依象明事”即指依《易》之象卜筮的过程。它和“立象见意”一起构成易象思维的一个完整的思维过程，《易》所立之象是圣人对客观物象所明之“理”的符号表现，是“占其吉凶”的依据，“占其吉凶”是“立象”的目的。它与原始思维支配下的原始巫术占卜的不同在于，它明事的所依之象来自圣人通过对天文地理认识的所立之象，有着一个存在的判断吉凶的“大前提”。当然，从“依象明事”看，“易象”思维并没有脱尽原始思维的神秘互渗性。在许多卦爻辞中，我们可以看到原始思维的神秘互渗性依然在发挥作用。

“易象”思维“立象”的过程，也表现出人在思维过程中相对的主体地位。在原始思维过程中，神灵的神秘力量是虚拟物象产生的关键，而“易象”思维的依据却是有如《韩诗外传》卷一所载《传》所说的“物类相感，同声相应”。在“易象”思维过程中，“立象”的主体是人，圣人是在对于事物的综合、归纳、推理的基础上，借“象”即卦、爻来表现他所认识的事物的规律的。由于卦、爻是圣人对于天下幽隐道理的总结，占卜者判断事物吉凶虽依然带有龟卜的神秘性，但依据却不再是“天”或“天帝”的意志，而是人的所立之象。尽管这整个过程犯有许多逻辑思维方面的错误，却已在一定程度上否定了神灵对于人事的支配，开始确立人的主体地位，与原始思维中任何事情都受神灵支配有着本质的不同。

《周易》所以在言、象、意之间插入一个特殊层次“象”，为的是超越“言不尽意”的局限性，用以“尽意”。“象”由此成为与形而上之道相通的“意中之象”，这便是“意象”的由来。对于《周易》来说，“意象”即“原象”，绝不可类同于向“原象”过渡的“具象”。

《周易》“易象”的象征性首先表现在“易象”的体系化营造与构建上，即以阴阳为核心，以八卦推演成六十四卦和三百八十四爻，进而形成涵盖宇宙万物、人生百相、心灵世界并沟通过去、现在和未来的庞大的象征体系。靠着层层推演，《周易》“易象”遂成为“弥纶万物”的象征。

《周易》“易象”的象征性还表现在卦爻象的多义性上。“易象”符号的多义性是《周易》中的普遍现象。《说卦》集中解说了八卦符号的多义性。我们随意拈出八卦中的任何一卦，都能看出卦象符号的多义性的特点。如果说《周易》卦象之间主要是依靠事物间正反发展运动的规律来连接，那么，卦象符号多个义项间则主要是依靠连类而及的引申和推导来连接。乾为天，坤为地，震为雷，巽为风，坎为水，离为火，艮为山，兑为泽。八卦符号用以象征此八种事物，又以此八种事物的特点为基本义项，展开连类而及的引申和推导，用来象征其他事物和道理。

《周易》“易象”的象征性还表现在“易象”意蕴的变易性上。《周易》一名而含三义：简易，变易，不易。“变易”是《周易》的最大特点，也是“易象”内蕴的最大特点。《周易》的“易”字，无论是指“日月为易”的“易”，还是指“蜥蜴”的“蜴”，都强调变化的重要。《周易·系辞下》称“易”：“为道也屡迁，变动不居，周流六虚，上下无常，刚柔相易，不可为典要，唯变所适。”[1]《周易》“易象”的变易性表现在许多方面，这里仅从六根爻象意蕴的流动变化上探讨“易象”意蕴的变易性特点。由此可见，《周易》符合象征系统，已经是明确的自觉的象征。

《周易》中以抽象的符号或图形来表述观念或思想的方式，显然是一种“象征”的方式。刘勰从《周易》“易象”所呈现的“象征”得到启发，他说：“观夫兴之托谕，婉而成章，称

1. 高亨．周易大传今注［M］. 济南：齐鲁书社，1979：587.

名也小，取类也大。关雎有别，故后妃方德；尸鸠贞一，故夫人象义。”[1]《诗经》之“兴”总是包含着一定意蕴的隐语，参与暗示着《诗经》意义的表达。刘勰是最早将《周易》之“象”与《诗经》之“兴”统一在隐喻与象征，将哲学思想中的“象征”引入诗学领域的人，但他尚未将其与“寄托”加以区分。

在我们看来，“寄托”中的情感内容和意象不可抽象为某种观念或观念符号，“象征”则完全可以。“象征”的世界是一个主观的世界、想象的世界，与真实的世界形成一种对立的比例关系。真实的比例越大，象征的可能性就越小。因而，“象征”不能安放在特定的时空里做考据式的求证，它是一个超时空的存在。这不但是对读者的要求，也是对诗人的要求。读者必须遵循完整的自主世界去追寻“象征”的意义，诗人也必须按照同一原则去建构“象征”的世界。“象征”的意象应该服从整体的图式，各个部分必须互相支持、互相联系。一个有机的统一体，无论怎样暧昧，总能暗示出它的极限而显露它的意义，尽管有时我们无法指出那些被象征的具体事物或人物。“象征”中的情感内容升华为某种观念后，象征物与象征体便开始分离。“寄托”中的形象或物象（或曰“意象”）只有饱含艺术家浓厚的情感内容才能获得艺术生命，其特定内涵只有借助于具体可感的“意象”才能被把握。抒情作品强调“寄托”，源于中国诗学崇尚的委婉含蓄、意在言外的审美追求。

---

1. 刘勰．文心雕龙注［M］. 范文澜，注．北京：人民文学出版社，1958：601.

# 第三节 “寄托”说的影响、评价及现代意义

对于常州词派词学思想及其“寄托”范畴的研究，从一开始就处于争议之中，争议的焦点集中于政治性的比附。

进入新世纪以来，这种看法在逐渐发生着变化。许多学者的分析与论述已经指出这是阐释共同体的差异而已：处身传统中的张惠言及常州词派学者极具深厚的历史意识，他们通过重建诗歌与历史的关系来阐发作品的思想意义，具有合理性。伊格尔顿在《二十世纪西方文学理论》将“结论”称为“政治批评”：“‘结论：政治批评’并非打算意味着：‘最后，一个政治的替代’；却打算意味着：‘结论是我们已经考察的文学理论是具有政治性的。’”[1]在伊格尔顿所考察的 20 世纪西方文学理论中，有俄国形式主义，有现象学、诠释学与接受理论，有结构主义与符号学，有后结构主义与精神分析。这些理论大多是在强调文学理论自主性的号召下相继发展而来的，但就是这些所谓的“纯”理论，都无可避免地具有政治性。所以，“文学理

1. 伊格尔顿．二十世纪西方文学理论［M］．伍晓明，译．北京：北京大学出版社，2007：197.

论不应因其政治性而受到谴责。应该谴责的是它对自己的政治性的掩盖或无知”[1]。

当然，在这种思路之下，就不能将政治简单地理解为僵硬的意识形态。陶东风在《文学理论的公共性——重建政治批评》一书中曾引阿伦特的话说：“政治乃是人的言谈与行动的实践、施为，以及行动主体随这言行之施为而做的自我的彰显。任何施为、展现都必须有一展现的领域或空间，或者所谓‘表象的空间’，以及‘人间公共事务’的领域。”[2]作为常州词派的开拓者，张惠言深受儒家思想影响，其为文为词，虽多有在今日看来已经完全过时的阐道翼教之作，但以张惠言为代表的常州词派学人确实以自己的行动与实践努力进行自我的彰显，极力站在公共的空间发言。张惠言坚守着儒家以德为本、美善相兼的悠久传统。而其所交，多为贫寒之士，久处困顿。在这种寒士心态的影响下，又经受着乾嘉经学的熏陶，所以常州词派往往以诗教复振为己任。故而可知，常州词派的词学思想，推求词旨时表现出泛政治化的倾向，其合理性正在于此。

作为在诗的基础上发展起来的文体，词具有可以抒写文人情怀的独特品质，词学讲“寄托”有着更贴切的文体优势。“男女哀乐”“贤人君子幽约怨悱不能自言之情”以及“低徊要眇”

1. 伊格尔顿．二十世纪西方文学理论［M］．伍晓明，译．北京：北京大学出版社，2007：197.
2. 陶东风．文学理论的公共性——重建政治批评［M］．福州：福建教育出版社，2008：2–3.

之情，都能通过词来描述。正是这一点，使词体由早期的教坊娱乐演变为士大夫的抒情工具。而词学在清代争取正统地位的艺术抗争中，使“寄托”这一范畴从此在中国古代文学批评中以更加具体的含义得以确立，并于词学产生了深远的影响。

“寄托”出于对“比兴”传统的继承与超越，总结了中国抒情传统文学的创作经验，为初学词和创作有成的词人提供了进入创作和更上一层楼的具体可行的道路，同时也为一般的读者与全力为词的评论家提供了如何欣赏作品的可靠途径。

附　录

# 意象批评法的美学基础：审美趣味及其他

在诗歌鉴赏的过程中，选取极富意蕴的“意象”以概括诗词作者独特的艺术风格，是传统诗文评介中非常常见的一种文学批评方法。这种方法以其意象呈现的直观可感性、审美体验的整体把握性、艺术感受的不可言说性等特征，在创作与评论之间架起了沟通的桥梁，深得传统文人的喜爱，因而在诗歌、散文、戏曲、书法、绘画等艺术领域乃至人物品评方面都曾大放异彩，绵延久远。对于这种批评方法，前人给予种种称谓，但以张伯伟提出的“意象批评法”认可度最高。“意象批评法”虽然提出“已经过去了二十年”，但“问题并没有得到彻底解决”。[1]

在“意象批评法”中，批评家往往将焦点集中于“意象”即“形象”本身,“意象”是批评家审美趣味的呈现。探讨“意象批评法”中文人审美趣味的兴起、发展及其演变过程，庶几可以构建趣味阐释方式，构建当代文学批评新方向。

---

1. 张伯伟 . 文学批评方法研究：如何及为何——写在《中国古代文学批评方法研究》新版之际 [J]. 江西师范大学学报（哲学社会科学版），2022，55 (01)：39.

## 一、审美趣味是个人化的经验表达

“意象批评法”是把一种趣味寄托在一个意象里，趣味离开意象，或是意象离开趣味，都不能成立。批评家的趣味与诗人诗作的意象融合得恰到好处，乃是“意象批评法”的最高理想。恰如其分的“意象批评”是“趣味”与“意象”的契合。“意象批评法”中的“意象”虽然取自原作，但已经是批评家心中的“意象”了，已经带有批评家自身的趣味印记了，是批评家将自身审美经验中的审美趣味赋予原作的“意象”，所以尽管在字面上跟原作无异，但内涵已经发生重大变化。

审美趣味是审美主体对客体的感性体悟而不是理智判断或逻辑推理，不是指事物的性质而是指心灵的愉悦感。审美趣味是一个相当复杂的观念，由感觉、想象力和判断力三者组成，其基础是感觉，但并不完全等同于感觉。审美趣味是审美主体的审美鉴赏能力，是主体的主观感受，与理性的反思和逻辑的推理无涉，极具当下性和即刻性。当下，意味着即刻发生；即刻，表征着瞬间判断。这种当下性和即刻性并不意味着审美趣味转瞬即逝、一掠而过，它可以是经久不息，持久回味而三月不知肉味的。正如朱光潜所说：“在观赏的一刹那中，观赏者的意识只被一个完整而单纯的意象占住，微尘对于他便是大千；他忘记时光的飞驰，刹那对于他便是终古。”[1]“凝神观照之际，心中只有一个完整的孤立的意象，无比较，无分析，无旁涉，结果常致物我由两忘而同一，我的情趣与物的意态遂往复交流，不知不觉之中人情与物理互相渗透。”[2]主体在默然凝神的瞬间，他的意识“只被一个完整而单纯的意象占住”，对主体而言，微尘与大千、刹那与终古，浑然一体不可分离，主体的情趣与意象的神态往复交流、互相渗透，“物我由两忘而同一”。审美趣味的主观性也并非意味着主体的任意妄为，相反，它是审美主体在长期的艺术浸染中获得的审美经验在不期然间的自然呈现，在长期的审美活动中逐渐强化，是艺术诸法则的胜利。

审美趣味总是带有非常浓厚的个人色彩，并且常常以个人化的偏爱方式表现出来，这是审美趣味最重要的特征。刘勰对审美趣味的个体差异性做过极好的描述：“慷慨者逆声而击节，蕴藉者见密而高蹈，浮慧者观绮而跃心，爱奇者闻诡而惊听。”[3]形形色色的趣味都来自个人真实的体验，不需要刻意地规范与引导。这是因为趣味的分歧来自个人先天禀赋的差异和后天努力的结果，正所谓“才有庸俊，气有刚柔，学有浅深，习

---

1. 朱光潜 . 文艺心理学 [M]// 朱光潜 . 朱光潜全集：第 1 卷 . 合肥：安徽教育出版社，1987：213.
2. 朱光潜 . 诗论 [M]// 朱光潜 . 朱光潜全集：第 3 卷 . 合肥：安徽教育出版社，1987：53.
3. 刘勰 . 文心雕龙注 [M]. 范文澜，注 . 北京：人民文学出版社，1958：714.

有雅郑，并性情所铄，陶染所凝”[1]。审美主体在审美活动中总是倾向于寻求与自身审美趣味相符合的艺术特征并表现出高度的兴奋状态，从而获得审美愉悦。趣味的判断与鉴赏属于主体审美能力的范畴，极具主观性。主体的审美趣味一旦稳定成形，就会规训主体在审美活动中的审美行为。鲁迅先生对《红楼梦》的论述就很能说明问题：“《红楼梦》是中国许多人所知道……单是命意，就因读者的眼光而有种种：经学家看见《易》，道学家看见淫，才子看见缠绵，革命家看见排满，流言家看见宫闱秘事……”[2] 即便面对同一部艺术作品《红楼梦》，不同的审美主体在审美偏好、审美态度和审美理想之间存在着巨大的差异，显然，审美主体在审美趣味上必然表现出千差万别的姿态。

英国经验主义美学的集大成者大卫·休谟，以一贯的经验主义立场详细辨析了各种趣味间的差异，这在美学史上尚属首次。休谟认为个体的趣味与其审美体验密不可分。他说：“美就不是客观存在于任何事物中的内在属性，它只存在于鉴赏者的心里；不同的心会看到不同的美；每个人只应当承认自己的感受，不应当企图纠正他人的感受。想发现真正的美或丑，就和妄图发现真正的甜或苦一样，纯粹是徒劳无功的探讨。根

1. 刘勰．文心雕龙注 [M]. 范文澜，注．北京：人民文学出版社，1958：505.
2. 鲁迅．《绛洞花主》小引 [M]// 鲁迅．鲁迅全集：第 8 卷．北京：人民文学出版社，2005：179.

据不同的感官，同一事物可以既是甜的，也是苦的；那句流行的谚语早就正确地教导我们：关于口味问题不必作无谓的争论。把这个道理从对饮食的‘口味’引申到对精神事物的‘趣味’是很自然的，甚至极为必要的。”[1] 休谟试图寻求审美趣味的标准，但上述论述更加突出了审美趣味的相对性问题，似乎“趣味无争辩”已经是人们普遍接受的规律。休谟的看法，符合人们进行审美判断或审美评价时的实际情况。审美趣味的个性化特征确乎是一个客观存在的事实，休谟很好地描述了这个事实。

## 二、“意象批评”中文人趣味初现

“意象批评”中的趣味集中展示了中国传统文人趣味偏好。李春青认为“中国古代曾经经历过贵族趣味、士大夫趣味、文人趣味分别居于主导地位的历史时期”[2]，文人趣味“主要在于个人的细微感觉、莫名愁绪、人生体验等等看上去没有丝毫政治伦理意义的情趣”[3]。在着重辨析西汉诗文所体现的趣味后，李春青将宫廷文人的趣味从文人趣味中排除掉了，因为他们“个人

---

1. 休谟 . 论趣味的标准 [M]. 吴兴华，译 . 北京：人民文学出版社，1963：5.
2. 李春青 . 从诗歌功能的演变看文人趣味之生成 [J]. 湖南师范大学社会科学学报，2014，43（06）：117.
3. 李春青 . 从诗歌功能的演变看文人趣味之生成 [J]. 湖南师范大学社会科学学报，2014，43（06）：121.

情趣则渺不可见”[1]。事实上，从深具家国情怀的士大夫趣味向关注个体心灵的文人趣味的转变，完成于魏晋时代。这是因为魏晋时期是中国“精神史上极自由、极解放，最富于智慧、最浓于热情的一个时代。因此也就是最富于艺术精神的一个时代”。

魏晋时期是“人的觉醒时期”“文的觉醒时期”，魏晋时期的文人开掘文人意识和文人趣味最为着力：“他们赞赏人格美的形容词像‘濯濯如春月柳’‘轩轩如朝霞举’‘清风朗月’‘玉山’‘玉树’‘磊砢而英多’‘爽朗清举’，都是一片光亮意象。”[2]他们用“意象”品藻人物，也暗含褒贬；他们也用“意象批评”来品评艺术作品的优劣高下。“青松之拔灌木，白玉之映沙尘”，是钟嵘将个人的审美趣味借助于意象后对谢灵运诗歌的整体风格进行的判定，使人耳目一新，过目不忘。“潘江陆海”是太康诗风的代表，人们津津乐道于二人文才的高下，“潘文烂若披锦，无处不善；陆文若排沙简金，往往见宝”，孙绰此语不仅体现了二人艺术风格的差异，也评判了二人文才孰高孰低的问题。

审美趣味，是批评家长期艺术评价过程中经验和习惯的产物。意象，则是文人趣味稳定而集中的体现。刘勰早孤，依沙门僧祐，与之居处，积十余年。青灯黄卷、暮鼓晨钟，十余年

1. 李春青．从诗歌功能的演变看文人趣味之生成 [J]. 湖南师范大学社会科学学报，2014，43（06）：121.

2. 宗白华．美学散步 [M]. 上海：上海人民出版社，2001：212.

的阅读与积累，不仅锤炼了刘勰深邃的哲思，也丰富了刘勰神妙的文思。举凡日月星辰、山川湖海、草木虫鱼、宫室器物乃至人伦世相，刘勰无不信手拈来，在《文心雕龙》中构筑起繁复多彩的意象批评。刘勰选取《诗经》中的“意象”，简明扼要地从理论的高度总结了《诗经》中诗人感物联类不穷的特征，如《物色》篇：“故灼灼状桃花之鲜，依依尽杨柳之貌，杲杲为出日之容，瀌瀌拟雨雪之状，喈喈逐黄鸟之声，喓喓学草虫之韵。皎日嘒星，一言穷理；参差沃若，两字穷形。并以少总多，情貌无遗矣。”[1]面对具体的文本，刘勰在赏析品评的基础上，将自身长期的阅读经验和人生体验浓缩于“意象批评”之中，不仅指明了审美意象传神的艺术效果，而且带有二度创作的性质。

与同时代人零星的“意象批评”实践相比，刘勰似乎更加注重以“意象批评法”揭示作品的审美风貌和美学品格。《隐秀》篇：“朔风动秋草，边马有归心，气寒而事伤，此羁旅之怨曲也。”[2]刘勰具有非常明确的方法论意识，《序志》篇称自己写作文体论时所坚持的方法为“原始以表末，释名以章义，选文以定篇，敷理以举统”[3]。事实上，这一写作方法贯彻全书。值得注意的是，在释名章义时，刘勰往往会采用“意象批评法”

1. 刘勰．文心雕龙注［M］. 范文澜，注．北京：人民文学出版社，1958：693-694.
2. 刘勰．文心雕龙注［M］. 范文澜，注．北京：人民文学出版社，1958：632.
3. 刘勰．文心雕龙注［M］. 范文澜，注．北京：人民文学出版社，1958：727.

来完成自己的目标。“形在江海之上，心存魏阙之下；神思之谓也。”[1]在解释“神思”这个概念时，刘勰使用了一个人心身分离的意象来界定艺术创作的构思活动。在描述艺术构思过程不受时空限制的活跃特征时，刘勰笔下也是意象纷呈：“寂然凝虑，思接千载，悄焉动容，视通万里；吟咏之间，吐纳珠玉之声，眉睫之前，卷舒风云之色。”[2]

“魏晋人向外发现了自然，向内发现了自己的深情。山水虚灵化了，也情致化了。”[3]尽管刘勰服膺儒家、文师周孔，但依然不能完全超脱时代的氛围而“耿介于程器”[4]。因此，于刘勰而言，对人生的感慨，对山水的审美，构成文人趣味的基本内涵，成为个人审美趣味的合法化表达。

## 三、“意象批评”中文人趣味的开掘

刘勰在《文心雕龙·原道》中详细辨析了“道”“圣”“文”三者之间的关系，但“这种关系并不是一种客观的事实陈述，而是从孔孟以来就开始的儒家士人的话语建构，是士大夫阶层

1. 刘勰．文心雕龙注 [M]. 范文澜，注．北京：人民文学出版社，1958：493.
2. 刘勰．文心雕龙注 [M]. 范文澜，注．北京：人民文学出版社，1958：493.
3. 宗白华．美学散步 [M]. 上海：上海人民出版社，2001：258.
4. 刘勰．文心雕龙注 [M]. 范文澜，注．北京：人民文学出版社，1958：727.

政治诉求的话语形式”[1]。中国传统的文人士大夫阶层以审美趣味来彰显自身的文化圈层和阶层标识，他们不仅是政治共同体，更是审美共同体，“他们通过以艺术合‘群’的方式将自身独立于其他阶层，通过‘辩异’来巩固自身阶层的审美趣味主张”[2]。在儒学作为主流话语形式的大一统体制下，文人士大夫阶层只能不断参与建构“文以明道”“文以贯道”的主流话语形式，才得以表达自身的政治诉求。

刘勰之后，唐末司空图于崎岖兵乱之间，以一种边缘性的话语存在方式将“意象批评法”推进到一个新的高度，确立了一种新的“意象批评”模式的。与魏晋人相同的是，司空图也使用了一套既可以品评人物也可以品评艺术的术语。与魏晋人不同的是，这套术语独树一帜，以朦胧模糊为最高价值。“不著一字，尽得风流”既是司空图“意象批评法”的美学效果，也是司空图崇尚的诗学追求。司空图既以诗歌的形式展开“意象批评”，又以诗歌作为批评的对象。《二十四诗品》的二十四首诗歌，试图描绘出一种实在的、直接的、高度明确的风格，使“意象批评”不再拘泥于具体的作家作品，而是侧重于对艺术风格的描述与揭示，学术性与学理性大大增强。

《纤秾》一品，几乎纯为意象：“采采流水，蓬蓬远春。窈

1. 李春青．论士大夫趣味与儒家文道关系说之形成 [J]. 北京师范大学学报（社会科学版），2011（03）：72–81.
2. 黄仲山．中西历史文化语境中的“趣味”[J]. 中国文学批评，2023（03）：101–108，191.

窕深谷，时见美人。碧桃满树，风日水滨。柳阴路曲，流莺比邻。乘之愈往，识之愈真。如将不尽，与古为新。”[1]这些浓密的意象不再是某个具体的诗人笔下的某一首具体的诗作，而是聚焦于一类作品整体风貌的普遍性特征，具备了概念的概括性与象征意义。与第二品主要描述主体内在心性平和的“冲淡”不同，第三品“纤秾”几乎完全瞩目于外在的景致。“纤秾”一品所描述的诗歌类型在总体上呈现出的便是浓郁深沉而又小巧明媚的艺术特征，为后世称道。司空图的“意象批评”摆脱了个体事物的具体性，却能巧妙地抓住艺术风格的本质内涵。

“自从建安来，绮丽不足珍”（李白诗《古风·大雅久不作》），“绮丽”总是让人联想到人工技巧。唐人笔下的“绮丽”，与华丽、轻浮和放荡联系在一起，故而为人诟病。司空图用一组组意象表达了“绮丽”的本质特征，又冲淡了它的贬义倾向。《绮丽》：“神存富贵，始轻黄金。浓尽必枯，淡者屡深。雾馀水畔，红杏在林。月明华屋，画桥碧阴。金樽酒满，伴客弹琴。取之自足，良殚美襟。”[2]富贵闲人的富贵之气是自然而然流露出来的，不需要外在的金银饰品刻意装点，过分的浓烈反而更容易耗尽生命导致事物枯萎凋谢。“绮丽”之美在神不在貌，这一组意象都突出了这样一个特征：浓重、富贵、华丽、色彩饱满的内质呈现于外表的平淡、平静与模糊。事物的这一特征就

1. 张少康．司空图及其诗论研究［M］．北京：学苑出版社，2005：95.

2. 张少康．司空图及其诗论研究［M］．北京：学苑出版社，2005：105-106.

是"绮丽"的精神实质。涂饰辞藻并不是"绮丽"的本质特征，表现"绮丽"之美，宜清新秀丽，宜淡，宜含蓄，但不宜浓艳。"在司空图对'绮丽'的修订中，'自足'是一个非常重要的概念。'绮丽'总是面临滑向过度的危险，只有我们满足于不过度的、被遮掩的或以某种方式被限制的'绮丽'，才能获得完美的'绮丽'。"[1]宇文所安的这一判断，诚为确论。

司空图精心营造出一种含蓄蕴藉、余味无穷的艺术境界象征诗歌的风格类型，从整体上将"意象批评法"推进到一个新的高度。"《二十四诗品》采用这种独到的意象批评方法论诗，无论是对批评者更切当地进行批评，还是对接受者更精微地进行领悟，均大有助益。批评者采用这样的批评方法可以将许多玄妙高深的诗思以生动可感的形式予以阐发。"[2]《二十四诗品》概括了诗歌的二十四种风格类型，显示了他对风格多样化的深刻理解，为风格学的完成奠定了坚实的基础。而司空图个人独特的审美趣味，在其包括《二十四诗品》之内的论诗之作中，显露无遗。"侬家自有麒麟阁，第一功名是赏诗。"这两句诗表露出司空图的自得与自负，多少也透露出一些中国式的文本中心主义色彩，是文人士大夫之间诗文酬唱、逞才炫技、摛文弄藻的趣味。在《与李生论诗书》中，司空图以烹调食物的醋与

1. 宇文所安 . 中国文论：英译与评论［M］. 王柏华，陶庆梅，译 . 上海：上海社会科学院出版社，2003：355.

2. 郭绍虞 . 诗品集解［M］. 北京：人民文学出版社，2005：10.

盐为喻象，论述诗歌的味外之旨、韵外之致。赏诗，要辨味，要追寻诗歌文字表面背后深藏的趣味。在《题柳柳州集后》《诗赋》中，司空图简要地评论了三十余位诗人，表现出对王维、韦应物的明显推崇。与王维一样，司空图早年锐意进取，后于离乱之际被俘，晚年归隐山林。王维等人诗中隐逸山林、闲居独处的情致与趣味特别能引发司空图的共鸣，由此展现了此前文人趣味不曾有过的一面。

## 四、"意象批评"中文人趣味的创化与复归

生命在进展和创化，意象在进展和创化，趣味也要进展和创化。司空图之后，"意象批评"中的文人趣味继续向前开拓。在诗歌中着力表现"理趣"，是宋代诗歌的一大特征。"夫诗有别材，非关书也；诗有别取，非关理也。然非多读书，多穷理，则不能极其至。"苏黄之后，江西诗派大讲"来历""出处"，掉书袋已然成时代风气，愈演愈烈。"近代诸公，乃作奇特解会，遂以文字为诗，以才学为诗，以议论为诗。"在严羽看来，诗歌散文化的倾向已经严重地背离了传统诗歌的艺术特征，正所谓"虽极天下之工，要非本色"。为此，诗歌创作一定要有诗人独特的性情与兴趣，一味地读书苦吟，也能创作出格律谨严对仗工整的诗作，然"终非古人之诗也，盖于一唱三叹之音有所歉焉"。不过，读书穷理还是有助于诗人趣味的获得的，

“理趣”的产生还是不能舍弃书本的滋养。严羽深刻地指出了“理”与“趣”之间相辅相成的关系，指出了诗歌创作与读书穷理之间的辩证关系。此外，严羽强调：诗人趣味的表达，仍然需要借助于意象的作用。

在诗歌艺术创作与批评中，“理趣”与“理语”有着本质差异。袁枚在《随园诗话》中曾驳斥严羽“诗有别趣，非关理也”的论点而大讲“理语”。对此，钱锺书在《谈艺录》中指出：传统诗歌中以诗言理，主要有两个时期。其一为东晋玄言诗的盛行；其二是宋代道学家的诗作。前者被讥为“理过其辞，淡乎寡味”“平典似道德论”，后者则被嘲为“语录讲义之押韵者耳”。“理趣”则不然，“鸟语花香，而浩荡之春寓焉；眉梢眼角，而芳悱之情传焉。举万殊之一殊，以见一贯之无不贯，所谓理趣者，此也”[1]。在钱锺书看来，“理趣作用，亦不出举一反三。然所举者事物，所反者道理，寓意视言情写景不同”[2]。这就是说，“理趣”是通过意象的凝结，寓意言外隐含的性命天理，揭示无在而无不在的道体。“理趣”的作用，不是泛泛说理，也不是空空言道，而是状物态以明理，写器用而载道。在这里，钱锺书维护了严羽对诗歌抒情写意、形象生动以及含蓄蕴藉等艺术特征的要求。而严羽《诗辨》以“兴趣”概括他

1. 钱锺书．谈艺录［M］. 北京：生活·读书·新知三联书店，1993：228.
2. 钱锺书．谈艺录［M］. 北京：生活·读书·新知三联书店，1993：227–228.

所推崇的盛唐诗歌的审美特征，也是在维护汉儒解诗所规训的“温柔敦厚，诗教也”的主旨。

富于“理趣”的作品总是以思想的精妙和意味的深长为特征。宋人进一步认识到文学风格的多样化特征，体悟到文学审美的细腻性，其“意象批评”更多地散见于各种序跋、诗话中。苏轼《和子由渑池怀旧》：“人生到处知何似，应似飞鸿踏雪泥。泥上偶然留指爪，鸿飞那复计东西。老僧已死成新塔，坏壁无由见旧题。往日崎岖还记否，路长人困蹇驴嘶。”诗作以鸿鸟飘飞无定，在泥土上偶然留下的爪印来喻示人生虚无的空幻感。宋人在诗歌中阐发自然之理趣、人生之理趣、社会之理趣、禅道之理趣等。“雪泥鸿爪”“源头活水”“乌衣巷”“庐山真面目”等蕴藉着诗人理趣的意象已经超出了艺术的界限，成为我们日常生活用语的一部分。“雪泥鸿爪”等寄寓宋人理趣的意象不仅很好地概括了全诗的主旨，同时也是对宋人诗作进行“意象批评”的恰当的表达。

## 五、小说评点中的“意象批评”及其文人趣味

明清之际，小说作为新兴的文体大放异彩。小说的兴盛带动了一批小说评点家的出现，其中金圣叹最有代表性。金圣叹把自己一生的心血都倾注在了他心爱的文学批评事业中，将小说戏曲与传统经传诗歌等量齐观，提升了通俗文学的地位，堪

称小说评点第一人。金圣叹的小说评点，创造性地使用了“意象批评法”：理性与感性共存，审美与学术兼具，对小说的情节结构、叙事技巧有独到的发现，扩大了“意象批评法”的表现空间，提升了小说评点诗性阐释的意蕴。

在金圣叹评点《水浒传》中，第23回回评中有一段文字值得注意：“上篇写武二遇虎，真乃山摇地撼，使人毛发倒卓。忽然接入此篇，写武二遇嫂，真又柳丝花朵，使人心魂荡漾。”[1]“山摇地撼”“柳丝花朵”，这两种不同的审美体验，表述了武二遇虎与遇嫂两段不同的情节及其叙事，融感性形象与知性分析为一体，令人解颐。再如小说第41回宋江还道村遇险一节相当惊险，宋江躲避官兵搜捕，仓皇逃避，数次险些被发现而又侥幸躲开，最后躲进神橱，而后又被九天玄女召见得授天书。金圣叹点评道：“上文神橱来捉一段，可谓风雨如磐，虫鬼骇逼矣。忽然一转，却作花明草媚，团香削玉之文。如此笔墨，真乃有妙必臻，无奇不出矣。”[2]“风雨如磐，虫鬼骇逼矣”“花明草媚，团香削玉”两个不同的审美意象，对照着两段情节的节奏变化，浓缩了情节发展所产生的审美感受，形象贴切又省却烦冗，合审美性与学术性二者为一。“意象批评法”作为金圣叹最为卓异的小说评点方式，批评的学理化色彩明显增强。在《读第五才子书法》中，金圣叹用“意象批评法”界

1. 金圣叹．金圣叹全集［M］. 南京：凤凰出版社，2008：429.
2. 金圣叹．金圣叹全集［M］. 南京：凤凰出版社，2008：429.

定了《水浒传》的叙事文法，如“草蛇灰线”“横云断山”“绵针泥刺”等。这种批评方式后来被毛宗岗用于《三国演义》的评点。

明中叶以降，部分文人对小说戏曲等通俗文学抱有浓厚的兴趣。明胡应麟曰：“今世人耽嗜《水浒传》，至缙绅文士亦间有好之者。”[1]对小说进行“意象批评”，乃是明清之际文人彰显自身趣味，确认文人身份，进而树立群体意识以求得相互认同的方式。晚明时期，社会上出现了一股“尚奇”的审美风潮，文人之间表现出明显的世俗化趣味。在经济领域，商品经济得到长足发展，形成了一些大小不等的商业中心，由此形成了市民阶层。“在经济与文化双重转型的社会背景下，部分文人的自我认同观念悄然生变，其中非主流的一脉可谓名士派。他们或流连山水，或以酒色自娱，绝意仕进，表现出与传统儒士迥异的精神品格，在社会上当属自我边缘化的类群。而这些边缘文人有自己的精神领地，更有强烈的自我表达欲，他们彰显才情的一种重要方式即是评点通俗文学。”[2]文人趣味的生成是一个历史演变的过程，不同的时代有不同的侧重。

在时代风潮之外，有些趣味则为历代文人所欣赏。东汉王逸用“香草美人”的意象概括了屈原及其《楚辞》的艺术特

1. 胡应麟 . 少室山房笔丛 [M]. 上海：中华书局，1958：572.
2. 卢永和 . 文人趣味与通俗小说的评点——金批《水浒》新论 [J]. 山西师大学报（社会科学版），2011，38（04）：71-74.

征，“香草美人”成为美好事物的隐喻。王国维曾以“美人迟暮”之意象评论南唐中主李璟的《浣溪沙》，“南唐中主词‘菡萏香销翠叶残，西风愁起绿波间’。大有终芳芜秽，美人迟暮之感”[1]。“美人迟暮”的意象直接来源于屈原的《离骚》，寄寓了对美好事物即将消失无力挽回的慨叹。这里，表面上是“美人”意象的沿袭，实则是文人趣味的稳定延伸。

作为传统文学批评手法的“意象批评法”萌芽于东汉，成熟于东晋，发展于两宋，流布于明清，终讫于五四，随着传统文化向现代文明的转型而隐退于历史的深处，从台前走向了幕后。“意象批评法”虽已消歇，但文人趣味恒久绵延。

## 六、寻找“趣味阐释”

“意象批评法”作为文人趣味的载体，是传统诗文评中解读诗歌乃至小说的主要方式，极具民族特色，构成传统诗学中“趣味阐释”方式。“所谓趣味阐释就是将阐释对象视为某种趣味的载体，通过某种独特的言说方法将这种趣味呈现出来的阐释。因此，趣味阐释的首要特征是把阐释对象，即阐释所要把握的东西，理解为趣味。”[2]与西方阐释学建构体系的努力不同，

1. 况周颐，王国维．蕙风词话·人间词话［M］．王幼安，校订，徐调孚，周振甫，注．北京：人民文学出版社，1960：196.

2. 李春青．论趣味阐释——兼谈中国古代诗文评的生产性问题［J］．社会科学战线，2020（05）：171.

"趣味阐释"不注重谨严的分析和逻辑的归纳，在思维方式上具有深刻的民族文化心理烙印，直觉体验是其基本的运思方式。也许，灵动的巧思，空灵的妙想，这些思想的碎片，相较长篇大论更能体现感性经验积累与爆发时的力量，更能体现古人诗性智慧的价值。钱锺书就提醒我们要在古人三言两语的孤单见解中寻找周密理论的根苗："在考究中国古代美学的过程里，我们的注意力常给名牌的理论著作垄断去了……诗、词、随笔里，小说、戏曲里，乃至谣谚和训诂里，往往无意中三言两语，说出了精辟的见解，益人神智；把它们演绎出来，对文艺理论很有贡献。"[1]

"趣味阐释"是传统文人曾经普遍使用的一种阐释方法，是古代诗人对美和审美的感受与体验。"意象批评法"的"意象"是显性形式，"趣味"则是寄寓文人性情的隐性本真。在"意象批评法"与"趣味阐释"中，"趣味"既是批评与阐释的出发点，也是批评与阐释的结果。借鉴传统诗学的批评方法与阐释方式，回归古代诗性智慧，有助于构建现代文学批评新方向。

---

1. 钱锺书 . 七缀集 [M]. 北京：生活·读书·新知三联书店，2002：33.